헤르만 헤세,
이탈리아 여행 그리고 르네상스 예술

헤르만 헤세,
이탈리아 여행
그리고
르네상스 예술

초판 1쇄 인쇄 2020년 12월 23일
초판 1쇄 발행 2020년 12월 30일

—

지은이 김선형
펴낸이 이방원
편 집 송원빈·김명희·안효희·정조연·정우경·최선희·조상희
디자인 손경화·박혜옥·양혜진   **영 업** 최성수

—

펴낸곳 세창출판사
　　　　신고번호 제300-1990-63호 주소 03735 서울시 서대문구 경기대로 88 냉천빌딩 4층
　　　　전화 02-723-8660 팩스 02-720-4579 **이메일** edit@sechangpub.co.kr **홈페이지** http://www.sechangpub.co.kr
　　　　블로그 blog.naver.com/scpc1992 **페이스북** fb.me/Sechangofficial **인스타그램** @sechang_official

—

ISBN 978-89-8411-997-0   03850

이 저서는 2017년 정부(교육부)의 재원으로 한국연구재단의 지원을 받아 수행된 연구임(NRF-2017S1A6A4A01018902).

이 도서의 국립중앙도서관 출판예정도서목록(CIP)은 서지정보유통지원시스템 홈페이지(http://seoji.nl.go.kr)와
국가자료종합목록 구축시스템(http://kolis-net.nl.go.kr)에서 이용하실 수 있습니다.(CIP제어번호: CIP2020054189)

머리말

독일 문학을 전공하면서 작품 속에 등장하는 유럽의 문화, 예술과 연관된 명칭이 나오면 항상 외국 연구자로서의 한계를 느꼈다. 그러던 어느 날, 괴테와 헤세가 이탈리아를 여행한 후, 저서와 기록들을 남기고, 이탈리아에서 받은 영향을 그들의 작품 속에 남기는 것을 보고, 이것에 대한 설명이 필요다고 생각했다.

이탈리아는 수많은 문화유산과 예술품의 보고이다. 이탈리아의 문화와 예술에 많은 지식을 가지고 있는 괴테조차도 그의 『베네치아 에피그람』(1796)의 서른여섯 번째 시에서 이탈리아의 수많은 예술 작품에 지쳐버렸다고 말할 정도이다. 이 책을 계획하면서, 헤세가 방문했던 피렌체, 베네치아, 피사, 베르가모, 트레빌리오, 크레모네, 라벤나 등을 방문하고 그가 그곳에서 관찰하고 기록했던 예술품들과 자연 풍경들을 촬영했다. 그러나 헤세가 특히 1901년 이탈리아를 여행하는 동안 관찰하고 기록한 성당, 예술품, 궁전, 그리고 지명들을 확인하고는 그 어마어마한 양의 기록에 좌절할 수밖에 없었다.

헤세는 이탈리아 르네상스의 예술을 연구하고 이탈리아를 여행하면서 그의 초기와 중기 작품 세계를 구축하였다. 그러므로 이탈리아와 르네상스의 예술을 연구하는 것은 '헤세, 이탈리아 그리고 르네상스 예술'을 성

명하는 것이다.

그러므로 이 저서의 제목이 말해 주듯이, 헤세가 관심 있게 관찰하였던 이탈리아 르네상스의 예술품, 이탈리아의 자연과 사람들, 그리고 이탈리아에서의 경험이 구현된 작품들을 독자들에게 알리고자 한다.

저자는 이탈리아를 직접 방문해서 헤세가 본 장소와 작품들의 수많은 사진들을 확보했고 그 외의 사진 자료들도 첨가하였기에, 이탈리아를 여행하는 이들과 르네상스 예술에 관심을 가지고 있는 독자들에게 도움을 줄 수 있을 것이다. 또한, 이탈리아 여행을 하지 않았더라도 헤세를 좋아하는 사람들에게 그의 눈으로 바라본 이탈리아를 생생하게 보여 줄 수 있을 것이라 생각한다.

김 선 형

헤세의 이탈리아 여행지

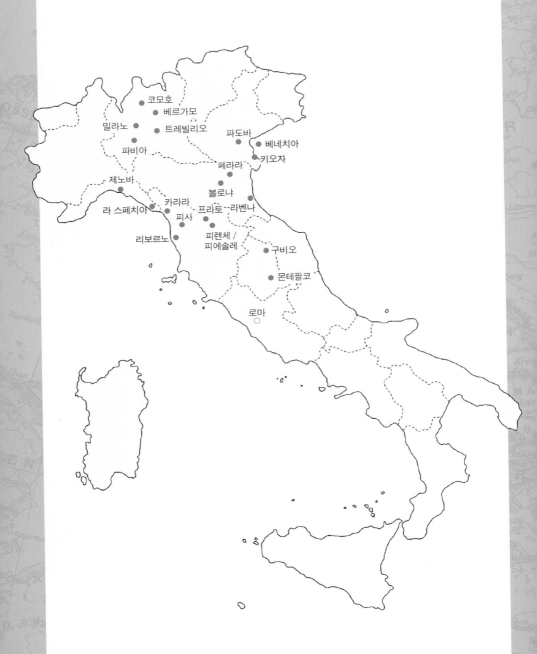

헤세의 이탈리아 여행 경로와
그가 감상한 예술 작품들

1901년 3월 25일~26일

칼프 → 슈투트가르트 → 고트하르트 철도 터널 → 밀라노

1901년 3월 27일　밀라노

밀라노 대성당

탄타르디니의 얕은 돋을새김 〈마리아의 탄생〉

산타 마리아 델레 그라치에 성당

다 빈치 〈최후의 만찬〉

브레라 미술관

루이니의 프레스코, 크리벨리 〈마돈나 델라 칸델레타〉, 라파엘로 〈성모 마리아의 결혼〉

성 스테파노 마조레 성당

1901년 3월 28일　파비아, 밀라노

[파비아]

파비아 수도원

베르고뇨네의 프레스코 〈잔 갈레아초가 성모에게 수도원을 헌정하다〉

[밀라노]

비토리오 에마누엘레 2세 갤러리

1901년 3월 29일　　**제노바**

보게라 → 몬테 펜나

빌라 두라초 팔라비치니

반 다이크와 루벤스 〈실레누스〉, 뒤러의 작품, 티치아노 〈막달레나〉, 〈케레스〉, 반 라이든의 작품

리보르노 항구

1901년 3월 30일

스타리에노 공동묘지

팔라초 로소

틴토레토의 초상화, 보르도네의 작품

몰로 자노 → 산 로렌초 성당 → 예수회 성당 → 팔라초 비안코

1901년 3월 31일

라 스페치아 → 카라라 → 피사 → 피스토이아

1901년 4월 1일　　**피렌체**

우피치 미술관

필리포 리피 〈두 천사와 함께하는 성모자〉, 루벤스와 렘브란트의 자화상, 후스의 작품, 보티첼리의 〈찬가의 성모〉, 〈동방박사의 경배〉, 기를란다요, 필리피노 리피, 티치아노, 스카아보네, 벨라스케스, 헤어코머, 와츠, 밀레의 작품

로자 데이 란치 → 산 조반니 세례당 → 산타 마리아 델 피오레 대성당, 조토의 종탑, 아르노강과 다리들

1901년 4월 2일

우피치 미술관

후스 〈포르티나리 세폭화〉, 보티첼리 〈찬가의 성모〉, 〈수태고지〉, 〈불굴의 용기〉, 〈아펠레스의 중상모략〉, 기를란다요 〈동방박사의 경배〉, 라파엘로 〈검은 방울새의 성모〉, 페

루지노 〈성모〉, 부온탈렌티의 트리뷰나, 미켈란젤로 〈성가족〉, 크레디, 안젤리코,
티치아노의 작품

산 미니아토 알 몬테 성당 → 미켈란젤로 광장

1901년 4월 3일

우피치 미술관
헤르마프로디테의 방: 〈헤르마프로디테〉, 〈주노〉, 〈죽어가는 알렉산드르드〉, 〈판의 토르소〉
니오베의 방: 라파엘로, 필리포 리피, 사르토와 미켈란젤로의 스케치화
바로치의 방: 바로치 〈백성의 성모〉, 스니더르스 〈수퇘지 사냥〉, 렘브란트의 작품, 피옴
보 〈포르나리나〉

아르노강 → 폰테 베키오 → 피에솔레

1901년 4월 4일

피렌체 중앙시장 → 메르카토 누오보
산타 크로체 성당
마키아벨리, 알베르티, 로시니의 묘
우피치 미술관
〈마르시아스〉, 〈데메테르〉, 〈니오베〉
피렌체 아카데미아 미술관
미켈란젤로의 〈다비드〉, 시뇨렐리, 필리포 리피의 작품
산 마르코 국립 박물관 → 팔라초 메디치 리카르디

1901년 4월 5일

팔라초 베키오
프레스코, 천장화, 태피스트리
산 미니아토 알 몬테 성당
발도비네티 〈수태고지〉, 로셀리노 〈포르투갈의 야코보 추기경의 묘〉, 로비아의 테라
코타

1901년 4월 6일

베르디 〈아이다〉, 폭죽수레 행사

오르산미켈레 성당 → 조토의 종탑

1901년 4월 7일

산 프레디아노 인 세스텔로 성당

셀라이오의 제단화

산타 마리아 델 카르미네 성당

필리피노 리피 〈베드로의 십자가 처형〉, 〈천사가 감옥에서 베드로를 자유의 몸이 되게
하다〉, 마사초 〈아담과 이브의 추방〉

벨로스구아르도 언덕 → 빌라 델 포조 임페리알레 → 갈로의 탑 → 빌라 일 조이엘로 →
산 미니아토 알 몬테 성당

1901년 4월 8일

팔라초 피티

사르토, 바르톨로메오, 페루지노 〈자루의 성모〉, 티치아노 〈성 카타리나의 결혼식〉, 〈피
에트로 아레티노〉, 나폴레옹의 목욕탕, 틴토레토 〈성모〉, 필리포 리피 〈성모자와 성 안
나의 일생의 장면들〉, 보티첼리 〈시모네타 베스푸치의 초상화〉, 사르토의 두 개의 자화
상, 라파엘로 〈대공의 성모〉, 티치아노 〈음악회〉

빌라 포조 아이 메를리

1901년 4월 9일

팔라초 스트로치

산타 트리니타 성당

세티냐뇨 〈마리아 막달레나〉, 기를란다요 〈목동들의 경배〉

산 파올로 병원

로비아 〈성 프란체스코와 도미니코의 만남〉

산타 마리아 노벨라 성당
보오닌세냐 〈루첼라이 성모〉, 기를란다요 〈마리아의 탄생〉, 〈요아힘의 추방〉, 프레스코, 오르카냐의 프레스코

1901년 4월 10일
팔라초 피티
티치아노 〈성 카타리나의 결혼식〉, 라파엘로 〈줄리오 데 메디치와 루이지 데 로시 추기경과 함께 있는 레오 10세의 초상화〉, 페루지노 〈마리아 막달레나〉, 바르톨로메오의 작품
바사리 통로
우피치 미술관
발도비네티 〈수태고지〉, 〈카파지올로 제단화〉, 보티첼리 〈비너스의 탄생〉
사진작가 브로지의 스튜디오
보티첼리 〈단테의 『신곡』 삽화〉
미켈란젤로 광장 → 산 미니아토 알 몬테 성당 → 포르타 로마나

1901년 4월 11일
바디아 피오렌티나 성당
필리피노 리피 〈성 베르나르도 앞에 나타난 성모〉, 부글리오니의 릴리프
바르젤로 국립 박물관
미켈란젤로 〈톤도 피티〉, 로베차노의 릴리프, 베로키오 〈다비드〉, 〈성 조르조〉, 첼리니 〈메두사의 머리를 들고 있는 페르세우스〉
자르디노 디 보볼리 → 피에솔레(산 프란체스코 수도원)

1901년 4월 12일
오르산미켈레 성당
오르카냐의 대리석 감실, 다디 〈천사들과 함께 있는 성모 마리아와 아기 예수〉

산 로렌초 성당

메디치가 예배당

미켈란젤로 〈낮〉, 〈밤〉, 필리포 리피 〈수태고지〉

산 마르코 국립 박물관

안젤리코 〈두 명의 도미니코회 성인들과 예수〉, 기를란다요 〈최후의 만찬〉, 바르톨로메오 〈성모자〉

1901년 4월 13일

산타 트리니타 성당

기를란다요의 프레스코

폰테 베키오 → 골목길

1901년 4월 14일

팔라초 베키오

베로키오 〈돌고래를 안은 소년〉, 루벤스 〈앙기아리 전투〉

우피치 미술관

파르미자니노 〈젊은 남자의 초상화〉, 멤링 〈아기 예수와 두 천사와 함께 있는 옥좌의 성모〉, 후스 〈포르티나리 세폭화〉

피에솔레

카스텔로 빈칠리아타

1901년 4월 15일

바디아 피오렌티나 성당

미노 다 피에솔레의 묘비

산타 크로체 성당

마이아노의 설교단, 아그놀로 가디의 프레스코, 타데오 가디의 프레스코, 밀라노의 프레스코, 조토의 프레스코, 마르수피니의 묘

1901년 4월 16일

페르골라 극장

단눈치오 〈죽은 도시〉

산타 크로체 성당

아르노강

1901년 4월 17일

산토 스피리토 성당

필리피노 리피 〈성자와 네를리 가족과 함께 있는 아기 예수와 성모 마리아〉

팔라초 구아다니

산타 마리아 델 카르미네 성당

필리피노 리피 〈천사가 감옥에서 베드로를 자유의 몸이 되게 하다〉, 마사초의 프레스코화, 밀라노의 프레스코

오그니산티 성당

보티첼리 〈성 아우구스티누스〉, 기를란다요 〈서재에 있는 에로니모〉, 〈최후의 만찬〉

포르타 로마나

1901년 4월 18일

팔라초 피티

작가 미상 〈젊은 여인의 초상〉, 티치아노 〈아레티노〉, 사르토 〈수태고지〉, 페루지노 〈마리아 막달레나〉

자르디노 디 보볼리

넵튠의 분수

피에솔레

메디치 빌라, 산 도미니코 성당

1901년 4월 19일　**피사**

피사의 대성당

치마부에의 모자이크 〈성 요한〉, 사르토 〈로마의 성 아그네스〉

사탑 → 산 조반니 세례당

캄포산토

고촐리의 프레스코, 〈죽음의 승리〉

산타 마리아 델라 스피나 성당

리보르노 항구

1901년 4월 20일　**피렌체, 프라토**

[피렌체]

우피치 미술관

보티첼리 〈성모와 다섯 천사〉, 〈산탐브로조의 제단화〉, 〈봄〉, 보티치니 〈토비아스와 세 명의 대천사〉

[프라토]

산타 마리아 델레 카르체리 성당

프라토 대성당

필리포 리피 〈헤롯의 향연〉

산 니콜로 성당 → 산 프란체스코 성당 → 팔라초 코뮤날레

1901년 4월 21일　**피렌체**

바르젤로 국립 박물관

유물함, 파스티의 메달

피에솔레 → 아르노강

1901년 4월 22일　**피스토이아**

산 조반니 푸오르치비타스 성당

산 제노 대성당

베로키오와 크레디 〈광장의 성모〉, 로비아의 작품

팔라초 프레토리오 → 팔라초 델 코뮤네

체포 병원

로비아의 띠 장식

산탄드레아 성당

피사노의 설교단

1901년 4월 23일   피렌체

갈루초 수도원

오르카냐, 도나텔로의 묘

포르타 로마나 → 포르타 산 조르조 → 포르타 산 미니아토 → 폰테 알레 그라치에

1901년 4월 24일

산타 마리아 노벨라 성당

부오닌세냐 〈루첼라이 성모〉, 필리피노 리피의 프레스코

세티냐노

1901년 4월 25일

산타 마리아 델 피오레 대성당

피에솔레

산 클레멘테 거리, 무스콜리의 산 미카엘 성당

세티냐노 → 카스텔로 빈칠리아타

1901년 4월 26일

산티시마 안눈치아타 성당

사르토의 프레스코 〈자루의 성모〉

오스페달레 델리 인노첸티 고아원
로비아 〈수태고지〉

스칼초 회랑
사르토 〈황야에서의 세례〉, 프란치아비조 〈젊은 요한의 세례〉

1901년 4월 27일
로자 데이 란치
첼리니 〈메두사의 머리를 들고 있는 페르세우스〉

팔라초 베키오
우피치 미술관
라파엘로 〈검은 방울새의 성모〉

바사리 통로
피에솔레

1901년 4월 28일
우피치 미술관
제라르도 〈수태고지〉

바디아 피오렌티나 성당
필리피노 리피의 작품

산타 마리아 델 피오레 대성당 → 세례당 → 산 미니아토 알 몬테 성당

1901년 4월 29일   볼로냐
포르티코, 산 페트로니오 성당 → 가리센다 탑, 아시넬리 탑
볼로냐 국립 박물관
라파엘로 〈체칠리아〉, 레니, 카라치, 조토의 작품, 페루지노 〈성자들과 함께 있는 성
모자〉

산 자코모 마조레 성당 → 산토 스테파노 성당 → 볼로냐 대학

1901년 4월 30일 **라벤나**

네오니아노 세례당

라벤나 대성당과 종탑

대사교의 궁전과 예배당

산타폴리나레 인 클라세 성당

로마와 에트루리아 시대의 유물, 테오도리쿠스 대제의 상어 조각품, 봉인과 갑옷

산 프란체스코 성당

단테의 묘

산 비탈레 성당

갈라 플라치디아 영묘

산타폴리나레 누오보 성당

페라라

1901년 5월 1일 **파도바**

팔라초 델라 라조네

에르베 광장, 프루티 광장

통일 광장 → 팔라초 델 카피타노 → 안테노르 광장 → 산 프란체스코 대성당 → 산토 광장의 가타멜라타 기마상

산탄토니오 성당

안토니우스의 묘비, 피에트로 벰보의 묘비

산타 유스티나 성당

비토리오 에마누엘레 광장(프라토 델라 발레)

파도바 대학

에레미타니 성당

만테냐의 프레스코, 조토의 작품

1901년 5월 2일 **베네치아**

산 마르코 광장 → 산 마르코 대성당 → 팔라초 두칼레

부라노 섬
레이스 학교
토르첼로 섬 → 산 마르코 종탑

1901년 5월 3일
산 마르코 대성당
모자이크, 아치와 큐폴라, 4마리의 말
산 마르코 광장 → 산 마르코 종탑 → 시계탑의 종 치는 무어인 → 국립 마르차나 도서관
→ 리도

1901년 5월 4일
산 조르조 마조레 성당
틴토레토의 작품
키오자

1901년 5월 5일
베네치아 아카데미아 미술관
벨리니, 팔마, 조르조네, 티치아노, 보니파치오 베로네세, 틴토레토의 작품들
리도

1901년 5월 6일
산티 조반니 에 파올로 성당
베로키오 〈콜레오니 기마상〉, 도제 벤드라민의 묘
산 마르코 대신도 회랑
산타 마리아 포르모사 성당
팔마 〈성 바바라 다폭제단화〉
산타 마리아 글로리오사 데이 프라리 성당
벨리니 〈프라리의 삼부작〉, 티치아노 〈페사로의 성모〉

팔라초 카 벤드라민 칼레르지 → 카도르

1901년 5월 7일
공립 공원
뵈클린의 초상화

1901년 5월 8일
일 레덴토레 성당
틴토레토의 작품
산타 마리아 데이 미라콜리 성당

1901년 5월 9일
팔라초 두칼레
틴토레토 〈천국〉, 파올로 베로네세 〈정의의 여신, 평화의 여신, 그리고 성 마르크스의
사자와 함께 즉위하는 베네치아〉, 〈베네치아의 도제 베니에르의 봉헌 초상화〉, 〈중용〉
탄식의 다리
팔라초 두칼레의 감옥

1901년 5월 10일
산 마르코 대성당

1901년 5월 11일
산토 스테파노 성당
사키스의 프레스코, 콘타리니의 묘
산타 마리아 델라 살루테 성당
티치아노 〈사도들과 함께 있는 성 마르코〉와 세 개의 천장화, 틴토레토 〈가나의 결혼〉
베네치아 아카데미아 미술관
티치아노 〈마리아의 성전 봉헌〉, 〈피에타〉

1901년 5월 12일

산타 마리아 델라 피에타 성당

티에폴로의 천장화

산 조반니 인 브라고라 성당 → 자르디니 델라 비엔날레 → 리도 → 산타 마리아 초
베니고 성당

1901년 5월 13일

산 조베 성당

사볼도 〈목동들의 경배〉

산 제레미아 성당 → 팔라초 라비아

산타 마리아 디 나자렛 성당

티에폴로 〈성녀 테레사의 영광〉

산 니콜로 다 톨렌티노 성당

산 자카리아 성당

벨리니 〈성 자카리아의 성화〉

리도

1901년 5월 14일

코레르 시립 박물관

로레단의 흉상, 비바리니 〈파도바의 성 안토니우스〉, 카르파초 〈두 명의 귀족 여인들〉

산 자코모 델로리오 성당

바사노 〈성 요한과 바리의 성 니콜라우스와 함께 있는 성모〉

리도

1901년 5월 15일

산토 스피리토 성당

부온콘실리오의 작품

제수아티 성당

티에폴로 〈세 명의 도미니코 성녀와 성모 마리아〉, 틴토레토 〈십자가에 못박힘〉

산 세바스티아노 성당

베노네세의 묘, 천장화, 티치아노 〈바리의 성 니콜라우스〉

산타 마리아 데이 카르미니 성당

코넬리아노 〈목동들의 경배〉, 틴토레토 〈주님의 봉헌 축일〉, 로토 〈세례자 요한, 성녀 루치아와 함께한 영광의 성 니콜라우스〉

1901년 5월 16일

베네치아 아카데미아 미술관 → 산 마르코 광장 → 팔라초 두칼레 → 석호 → 산 조르조 마조레 성당

1901년 5월 17일

베로나 → 가르다호 → 밀라노

1901년 5월 18일　　**밀라노**

브레라 미술관

보르도네 〈베네치아의 연인〉, 코넬리아노의 작품, 벨리니 〈성모와 아기 예수〉, 〈피에타〉, 크리벨리 〈마돈나 델라 칸델레타〉

폴디 페촐리 박물관

조개 분수, 루이니의 작품들, 로토 〈성모와 아기 예수 그리고 예언자 즈가리야〉, 보티첼리 〈책을 든 성모〉

밀라노 대성당 → 산 카를로 알 코르소 성당 → 밀라노 대성당 → 알프스 철도

1901년 5월 19일

칼프

1903년 4월 1일

바젤

1903년 4월 2일　파비아

밀라노 → 파비아

성당의 첨탑과 입상

파비아 수도원

베르고뇨네 〈잔 갈레아초가 성모에게 수도원을 헌정하다〉

1903년 4월 3일　**피렌체**

밀라노 → 볼로냐 → 피스토이아 → 프라토 → 피렌체

시뇨리아 광장

룽가르노 호텔

폰테 베키오

스트로치 거리

1903년 4월 4일

시뇨리아 광장 → 폰테 베키오 → 산타 트리니타 성당 → 산 미켈레 거리 → 산 미니아토

알 몬테 성당 → 갈로의 탑 → 포르타 로마나

산타 마리아 델 카르미네 성당

필리포 리피 〈천사가 감옥에서 베드로를 자유의 몸이 되게 하다〉

바르젤로 국립 박물관 → 오르산미켈레 성당 → 팔라초 피티

1903년 4월 5일

바르젤로 국립 박물관 → 자르디노 디 보볼리 → 산티시마 안눈치아타 성당

팔라초 피티

티치아노 〈성 카타리나의 결혼식〉

피에솔레 → 산 로렌초 성당 → 산 로렌초 → 산타 마리아 노벨라 성당

1903년 4월 6일

카사 부오나로티

미켈란젤로 〈계단 위의 성모〉

산타 크로체 성당 → 갈루초 수도원

1903년 4월 7일

우피치 미술관

보티첼리 〈봄〉

피에솔레

1903년 4월 8일

우피치 미술관

보티첼리 〈찬가의 성모〉, 사르토 〈성모〉, 미켈란젤로 〈성가족〉

산 로렌초 성당

메디치 가문의 묘

산티시마 안눈치아타 성당

1903년 4월 9일

산타 마리아 노벨라 성당

폴리뇨 수도원

페루지노 〈최후의 만찬〉

팔라초 메디치 리카르디 → 산티시마 안눈치아타 성당

1903년 4월 10일

폰테 산타 트리니타 → 피에솔레 → 세티냐노

1903년 4월 11일

폭죽수레 행사

팔라초 베키오

1903년 4월 12일 피사

사탑 → 캄포산토

1903년 4월 13일

제노바 → 펠리 → 프라

1903년 4월 14일

가르다호 → 시르미오네 → 베네치아 도착

1903년 4월 15일 베네치아

산토 스테파노 성당 → 리도

1903년 4월 16일

산타 마리아 글로리오사 데이 프라리 성당

티치아노 〈페사로의 성모〉

산 시메온 피콜로 성당 → 산 조반니 바티스타 데코라토 성당 → 리도 → 산 마르코 대성

당 → 팔라초 두칼레 → 석호

1903년 4월 18일

산타 마리아 포르모사 성당

팔마 〈성 바바라 다폭제단화〉

산티 조반니 에 파올로 성당

〈콜레오니 기마상〉, 모체니고 묘, 벤드라민 묘

리도

1903년 4월 19일

팔라초 두칼레

파올로 베로네세 〈베네치아의 승리〉

1903년 4월 20일

베네치아 → 리도 → 키오자

1903년 4월 21일

산 세바스티아노 성당

파올로 베로네세 〈성 세바스찬〉

산타 마리아 포르모사 성당 → 산티 조반니 에 파올로 성당 → 산타 마리아 데이 미라콜리 성당 → 산티 아포스톨리 성당 → 산 펠리체 성당 → 산 제레미아 성당

1903년 4월 22일

주데카 섬 → 리도 → 폰테 디 리알토 → 산 마르코 광장

1903년 4월 23일~24일

산 마르코 광장

시계탑

베네치아 → 밀라노 → 고트하르트 철도 터널 → 테신

1907년

몬테팔코

베르치에레 탑 → 포르타 아고스티노 → 산 프란체스코 성당(박물관) → 산타 키아라 다 몬테팔코 수도원

구비오

집정관의 궁전

1911년

오르비에토 → 스폴레토

1913년　코모호

브루나테산 → 몰트라시오

1913년　베르가모

가리발디 기념비

콜레오니 예배당

콜레오니 영묘

산타 마리아 마조레 성당

제단의 작품, 프레스코, 벽감의 조각품

산 비질리오 성

1913년　트레빌리오

산 마르티노 성당

성 마르틴 부조

눈물의 성모 마리아 성당

1913년　크레모나

크레모나 대성당, 종탑

1914년

밀라노, 베르가모, 브레시아, 이세오호

헤세의 베네치아 여행 경로와 그가 감상한 예술 작품들: 『베네치아 비망록』을 따라서

1901년 4월 17일

산 조르조 마조레 성당 → 일 레덴토레 성당 → 산타 마리아 델 지질리오 성당 → 다리와 골목

1901년 4월 20일

무라노 → 산 미켈레 섬 → 리도 → 말라모코
베네치아 아카데미아 미술관
보니파치오 베로네세 〈부자와 나사로〉

1901년 4월 26일

산 마르코 대성당 → 토르첼로 성당

1901년 4월 30일

산타 마리아 델라 살루테 성당 → 팔라초 벰보 → 팔라초 단돌로 → 팔라초 팔리에르 → 팔라초 바르바로 → 팔라초 콘타리니–파산 → 팔라초 코르네르 델라 카 그란데 → 팔라초 그리마니 → 팔라초 마닌

1901년 5월 3일

산 조르조 마조레 성당의 탑 → 리도

1901년 5월 4일

산토 스테파노 성당

폰타코 데이 테데스키

1901년 5월 7일

산 조르조 마조레 성당

1901년 5월 8일

산 조베 성당

사볼도 〈목동들의 경배〉, 롬바르도의 장식

산 세바스티아노 성당

파올로 베로네세의 흉상, 묘, 〈성 세바스찬과 다른 성자들과 함께 있는 성모자〉

차례

일러두기

1. 이 책에 등장하는 헤세의 글은 헤세 전집(Hermann Hesse, *Sämtliche Werke. Bbe. 20*, Frankfurt am Main 2001~2003)을 참고해 번역하였다. 이후 본문에서의 출처는 권차와 쪽수로 표기하였다.
   예) (13권 308) → 헤세 전집 13권 308쪽.
2. 헤세 전집 이외의 문헌에서 인용한 경우, 출처는 해당 참고문헌을 약자와 쪽수로 표기하였다. 참고문헌의 원제는 참고문헌 목록에서 확인할 수 있다.
   예) (HSB 5) → Michels, Volker(Hrsg.), *Hermann Hesse/Stefan Zweig Briefwechsel*, Frankfurt am Main 2006. (Abkürzung: HSB), 5쪽.
3. 건축물과 명소는 이탈리아 이름을 우선으로 표기하되, (대)성당, 예배당, 수도원, 광장, 호(수) 등은 한국어로 표기하였다. 또한, 한국어로 번역된 이름이 대중적으로 불리는 건축물이나 명소의 경우 한국어 이름으로 표기하였다.
4. 미술품 제목의 경우 한국어로 번역된 제목으로 표기하고, 원제를 이탈리아어로 병기하였다.
5. 본문에서 추가 설명이 필요한 곳은 각주(파란색)로 표시하였고, 출처를 명시해야 하는 곳은 미주(자주색)로 표시하여 구분하였다.
6. 본문에 삽입된 그림 및 사진 자료 중 회화작품과 일부 사진은 'Public Domain' 자료를 활용하였다.

여행을 시작하기 전에

세익스피어, 괴테, 릴케, 토마스 만, 클림트와 니체 등, 서구의 많은 작가, 예술가, 그리고 철학가들이 서구 문화의 근원지인 이탈리아를 방문하여 많은 영감을 받았듯이, 헤세도 10번 정도 이탈리아를 방문하였다.

헤세로 하여금 이탈리아로 가도록 영향을 준 이들은 괴테와 바젤 대학의 역사학과 교수이자, 최초의 문화사·미술사 창립자로 평가받는 부르크하르트Jacob Burckhardt(1818~1897)이다. 헤세는 1901년과 1913년 이탈리아 여행에서 부르크하르트의 『치체로네. 이탈리아 미술을 즐기기 위한 안내Der Cicerone. Eine Anleitung zum Genuss der Kunstwerke Italiens』[1]와 독일 프라이부르크의 카를 배데커Karl Baedecker 출판사가 발행한 여행 안내서 『배데커Baedecker』[1](1861년, 11권 255)를 지참하고[2] 이탈리아를 여행했다. 헤세는 1901년 4월 10일에는 여행 시 참고하기 편하게 배데커의 책자를 분철하여 다녔다(11권 218). 그러나 헤세는 『치체로네』와 『배데커』가 여행의 "긴장감과 진미를 망쳐 버린다"라고 토로하면서 1904년 이탈리아 여행

---

1 『배데커』는 독일 출판인 카를 배데커(Karl Baedecker)에 의해 출간된 가이드북으로, 지도, 정보, 건물, 박물관, 볼거리 등이 기록되어 있다.

에는 배데커의 안내 책자 없이 다니고(13권 301), 1913년 베르가모Bergamo 여행에는 배데커의 책자에 없는 이탈리아 북부의 작은 도시 트레빌리오 Treviglio를 방문하기도 한다(13권 298).

헤세는 이탈리아에서 주로 걷거나 2등 혹은 3등 기차[2]를 탔는데, 한편으로는 경제적인 이유 때문에, 다른 한편으로는 많은 이들과 대화를 나누며(11권 240),[3] 다른 나라 사람들과 직접적으로 소통하면서 그들의 문화를 알고 싶었기 때문이다.[3] 대부분의 이탈리아 여행객의 주 목적지가 로마인 것과는 달리, 그는 대도시를 좋아하지 않았기에 이탈리아에서 로마로 가는 기차표를 두 번이나 샀으나 로마는 한 번도 방문하지 않았다.[4]

그는 이탈리아 여행을 하면서 수많은 편지와 일지, 이탈리아와 연관된 많은 단상과 작품들을 남겼다. 여기서 우리는 그가 남긴 기록들을 바탕으로 헤세가 이탈리아에서 본 르네상스 예술과 자연, 그가 생각하는 이탈리아의 형상을 살펴보고자 한다.

---

2 1903년 4월 8일 자로 가족에게 보내는 편지에도 헤세는 돈이 없기에 3등 기차를 타고 여행했다고 밝히고 있다(1권 68). 또한, 1903년 4월 14일에도 헤세는 마리아 베르누이와 함께 베네치아로 가는 3등 기차를 이용하고 있다고 밝히고 있다(11권 286).
3 헤세는 볼로냐에서 라벤나까지 여행할 때 2등 기차를 타고 가면서, 스페인 상인과 이탈리아어로 바르셀로나에 대해 열렬히 대화를 나눌 수 있었다고 기록한다.

I.

르네상스,
헤세를
이탈리아로
끌어당기다

괴테의 영향

헤세와 친분을 가졌던 토마스 만Thomas Mann(1875~1955)은 이탈리아를 "아름다움"과 "열정적이고 유혹적인 감각"§을 지닌 나라라고 말한다. 만은 자신의 단편소설 『베네치아에서의 죽음Der Tod in Venedig』(1912)에서 베네치아로 여행을 떠났다가 치명적 아름다움을 지닌 타치오Tazio라는 소년과 사랑에 빠져 결국 사망하게 되는 주인공 구스타프 폰 아셴바흐Gustav von Aschenbach를 통해 이탈리아의 형상을 구체화시킨다. 반면에 『토니오 크뢰거Tonio Kröger』(1903)에서는 예술가의 운명 속에서 괴로워하던 주인공 토니오로 하여금 이탈리아 대신 고향인 덴마크에서 해결책을 찾도록 한다. 헤세와 동시대의 작가 릴케Rainer Maria Rilke(1875~1926)도 파리에서 1902년부터 1910년까지 머물고, 파리를 배경으로 하는 『말테의 수기Die Aufzeichnungen des Malte Laurids Brigge』를 쓴다. 북쪽 나라는 고민에 해결을 제시하는 곳으로, 남쪽의 이탈리아는 치명적인 곳으로 파악했던 토마스 만과, 파리에서 작품의 모티브를 찾았던 릴케와는 달리, 헤세는 이탈리아를 꿈의 나라로 생각하는 괴테Johann Wolfgang von Goethe(1749~1832)를 따랐다.§ 헤세는 1896년 5월 2일 자 부모님께 보낸 편지에서 자신이 괴테의 영향을 받았다고 밝히고 있다.

그는 이탈리아를 다녀온 이후 국민들에게 낯설지만, 자신의 과거가 두 가지의 빛으로 조명되는 고요히 창조하는 사람, 수수께끼 같은 사람이 되었습니다. […] 모든 것을 포함하는 거인을 연구하는 것은 가치 있는 일입니다. 사람들은 세계를, 예술을, 인간을, 무엇보다 스스로를 배우게 됩니다(1권 22).

헤세가 1901년 가을에 엘리자베트Elisabeth La Roche(1876~1965)[4]에게 보낸 편지에서는 이탈리아에 대한 생각을 다음과 같이 드러낸다.

미래의 예술은 프로이센, 스칸디나비아, 러시아 등의 위쪽에서 옵니다. 그러나 우리들 남쪽 사람들은 그런 나라들에서 공포와 동정만을 찾을 수 있을 뿐이고, 우리와 같은 과거의 사람인 공상가들에게 사형 선고를 말하는 것입니다. 왜냐하면 나와 당신 그리고 우리 친구들의 예술과 취향은 몰락한 나라들인, 피렌체, 베네치아 그리고 로마에서 편안해지기 때문입니다(1권 490).

헤세는 당시 20세기와 더불어 새로운 것이 이루어지는 곳이 유럽의 북쪽이라는 것을 알았고, 이탈리아로 가는 것은 낡은 일이라는 것을 알고 있었다. 그러나 그는 과거의 가치를 인정하지 못하면 오히려 손실의 시대를 초래할 것이라는 생각을 가지고 있었기에 이탈리아로의 여행을 택한다.[Z]

4　헤세는 튀빙겐(Tübingen)에서 머무는 동안 목사의 딸 엘리자베트에게 사랑에 빠졌다. 엘리자베트는 『페터 카멘친트(Peter Camenzind)』(1904)에서 주인공 페터가 사랑한 여인의 이름으로도 등장한다.

니체와 부르크하르트가
말하는 르네상스

1900년 전후 독일어 문화권에서 르네상스 열광이라는 현상이 나타난다. 당시 독일에서의 르네상스는 니체Friedrich Wilhelm Nietzsche(1844~1900)가 바젤 대학에서 부르크하르트의 강의를 듣고 감탄하여, 그의 르네상스 이론을 수용하면서 대중화되었다. 헤세가 튀빙겐의 헤켄하우어Heckenhauer 고서점에서 일하는 기간이었던 1895년 11월 6일, 작가이자 고고학자인 카프 박사Ernst Kapff(1863~1944)에게 보낸 편지에서 그는 니체의 작품을 알고 있다고 말한다.[8]

헤세는 1896년 6월 아버지에게 보낸 편지에서 "강력한, 언어와 시의 천재"인 니체의 글 중에서도 "몰락에의 의지, 동경의 화살, 그대가 덕에 대해 말해야만 하는 경우라면, 더듬거리며 말한다 하더라도 부끄러워 말라"와 같은 문구가 가장 천재적인 문구라고 극찬한다(1권 25). 니체의 "몰락에의 의지, 동경의 화살"이란 말은 헤세의 "의지와 동경으로의 방향 설정에 대한 과격한 고백"이다.[9] 그는 니체의 말처럼 자기 파괴의 길을 걷게 되더라도 자신이 동경하는 시인이 되고자 하는 의지를 천명한 것이다.

헤세는 22살이 되던 1899년에서 1904년까지 바젤의 라이히Reich 서점에서 조수로 일하였다. 바젤은 헤세가 가장 좋아하던 화가 뵈클린Arnold

Böcklin(1827~1901)의 탄생지이자, 많은 그림을 볼 수 있는 박물관이 있었기에, 조형 예술을 접하기에는 가장 적합한 곳이었다. 그는 단상 「바젤의 추억들Basler Erinnerungen」(1937)에서 이 시기에 가졌던 니체, 부르크하르트 그리고 뵈클린에 대한 관심을 다음과 같이 밝히고 있다.

> 나는 더 이상 어린아이가 아니었다. 그리고 어린 시절, 신학교와 신학교의 분위기를 지닌 바젤과는 더 이상 상관이 없다고 믿었다. 나는 작은 시집을 출간하였고 쇼펜하우어를 읽었으며 니체에 열광해 있었다. 바젤은 이제 나에게 니체, 야코프 부르크하르트와 뵈클린의 도시였다(12권 80).

바젤에서의 시기는 헤세에게 "새가 알을 깨고 나오며"(3권 305), 또한 조형 예술을 독학하던 시기였다. 그는 바젤에서 『낭만적인 노래Romantische Lieder』(1899)를 출간하였고, 자신의 모범인 니체와 부르크하르트의 저서에 심취하였다. 그는 튀빙겐에서 출발할 때 이미 가방 속에 뵈클린의 〈죽음의 섬Die Toteninsel〉[5]을 지니고 있었는데, 그에게 이 그림은 "출발의 상징"이었던 것이다.[10] 헤세는 바젤의 집에 니체의 초상화, 뵈클린의 〈바닷가의 저택Villa am Meer〉[6]과 〈죽음의 섬〉을 가지고 있었다.[11] 1899년 9월 24일 부모님께 보내는 편지에 다음과 같이 쓰고 있다.

> 책상에서 박물관을 볼 수 있습니다. 그곳에는 많은 것이 바뀌었습니다. 저는 이 박물관에 앉아 많은 공부를 하는 데 시간을 보내고 있습니다. 뵈클린의 방에는 그의 12개의 그림이 있습니다. 뵈클린의 방에 머무는 것은 정

---

5 뵈클린은 〈죽음의 섬〉을 여러 버전으로 그렸다.
6 뵈클린의 〈바닷가의 저택〉은 여러 버전이 있다. 그는 1864년 로마를 방문했을 때, 이 그림을 지니고 갔다.

뵈클린 〈죽음의 섬〉 바젤 미술관

뵈클린 〈바닷가의 저택〉 샤크 갤러리

말 멋집니다. 부모님께서는 제가 뵈클린 그림의 원본을 보기 전부터 얼마나 뵈클린을 존경해 왔는지 아실 겁니다. 이제 엄청난 사치로 인해 저의 마음은 들뜨고 있습니다(NH 2권 387).

니체와 부르크하르트에 의한 르네상스의 대중화는 많은 예술가들로 하여금 르네상스와 연관된 예술적 주제와 모티브를 작품 속에 즐겨 형상화하게 하였다. 르네상스 열풍은 '르네상스 주의Renaissancismus'라는 신조어를 낳게 한다.[12] 부르크하르트는 르네상스 연구의 고전이라 평가되는 저서 『이탈리아 르네상스의 문화Die Kultur der Renaissance in Italien』에서 르네상스 문화는 "최고의 인격 완성의 충동"이 "만능인l'uomo universale"[7]을 통해 이루어진 것이라고 하였다. 르네상스 주의는 독일의 지성인들 사이에서는 르네상스의 고전을 앎으로써 교양을 획득하려는 노력으로 나타난다.

헤세가 1898년 3월 30일 부모님께 보낸 편지에도, 당시 그가 역사 연구에서 예술의 중요성을 확립한 부르크하르트의 영향으로 이탈리아 르네상스 예술에 대한 관심을 갖게 되었다고 말하고 있다.

3주 전부터 제가 주로 읽는 저서는 부르크하르트의 『이탈리아 르네상스의 문화』입니다. 그 저서의 1권을 완독하였습니다. 그 저서는 괴테의 『파우스트』와 『나의 생애에서』 외에, 제가 기대했던 것을 능가했던 유일한 책입니다. 이 책이 바로 우리 시대가 르네상스를 어느 정도 이해하고 발견했음을 보여 주는 의미 있는 것이라고 저는 생각합니다. 그것은 그 시대에 대한 숭배이고, 순례이며, 손길을 뻗치는 것입니다. 그리고 저는 그 풍요로움, 정

---

7 야코프 부르크하르트, 『이탈리아 르네상스의 문화』, 이기숙 옮김, 한길사, 2016, 207쪽. 이후 부르크하르트의 『이탈리아 르네상스의 문화』의 인용은 '이탈리아 르네상스의 문화'와 쪽수로 표시함.

신, 예술, 위트, 아름다움, 지고의 인도적이고 예술적인 교양 외에도 지고의
국가 예술이 꽃을 피웠던 그 독특한 도시들에 대한 향수에서 빠져나올 수
없었습니다(NH 2권 248).

헤세는 르네상스 문화에 대한 기본 지식을 가지고, 이탈리아 여행 때
부르크하르트의『치체로네』를 지니고 다니면서 예술 작품을 관찰한다.
여기서는 헤세가 관찰한 작품들이『치체로네』에서 어떻게 평가되는지도
함께 살펴볼 것이다.

1) 르네상스 예술의 특징: 자연미의 발견, 인간 외면의 묘사, 성모 숭배

부르크하르트는『이탈리아 르네상스의 문화』에서 르네상스 문화의 다
양한 특성들을 정리하고 있다. 그가 말하는 이탈리아 르네상스 문화의 특
성 중, 헤세의 이탈리아 연구에 많은 의미를 부여한 부분은 '자연미의 발
견, 인간 외면의 묘사, 성모 숭배'이다.
헤세의 이탈리아 여행 기록을 보면, 이탈리아의 문화와 예술을 관찰하
고 묘사하고 평가하면서도, 유독 자연에 대한 관심을 보인다. 마찬가지로
그의 작품을 보면 유독 자연 묘사가 두드러진다. 부르크하르트는『이탈
리아 르네상스의 문화』중「자연미를 발견」이라는 장에서 자연의 아름다
움을 인식한 근대 최초의 민족으로 이탈리아인을 꼽고 있다.

고대인들은 미술과 시에서 먼저 인간사의 제반 문제를 다룬 뒤에 자연 묘
사로 눈을 돌렸지만, 그 자연 묘사는 핵심적인 장르가 되지 못했다. […] 십자
군 원정에 참여한 기사들의 노래 속에도 그들이 먼 길 떠나온 자임을 알게
한 것은 없으며, 서사시 역시 복장과 무기 따위는 상세히 그려 냈으나 지방

묘사에서는 스케치에 머물러 있었다. [...] 이탈리아인에게 자연은 벌써 오래 전부터 속죄받고 온갖 영향에서 벗어난 대상이었다. 아시시의 성 프란체스코는 그의 〈태양 찬가〉에서 하늘의 별과 4대 원소를 창조한 하느님을 솔직한 마음으로 찬양하였다. 그리고 위대한 자연을 바라보면서 깊은 감동을 느꼈다. 단테도 위대한 자연을 보면서 드는 깊은 감동을 확실하게 전해 준다. 그는 부드럽게 물결치는 바다 멀리 햇빛을 반사하며 불어오는 아침 바람과 숲속의 폭풍 같은 것을 몇 줄의 시로 훌륭히 노래했고, 먼 곳의 경치를 즐기겠다는 일념 하나로 높은 산에 올랐다(이탈리아 르네상스의 문화 373 이하).

부르크하르트의 영향을 받은 헤세는 "거대한 자연의 풍광이 감수성 예민한 영혼에게 어떤 의미를 주는지를 완벽하고 힘차게 묘사한" 보카치오Giovanni Boccaccio(1313~1375)처럼, "자연의 음미는 모든 정신 활동에 뒤따라야 하는 가장 바람직한 동반자"로 생각한 페트라르카Francesco Petrarca(1304~1374)처럼, 자연을 표현하려 한다(이탈리아 르네상스의 문화 375).

부르크하르트는 「인간 외면의 묘사」라는 장에서 이탈리아 르네상스 문화는 인간을 발견하고, '인간의 외모'에 대한 고찰을 예술적으로 탐구하는 것이라고 정의한다. 그중 단테Dante Alighieri(1265~1321), 보카치오 등의 이탈리아 작가들이 "외면 묘사를 비롯해 인물 묘사 전반에서 드러나는 완벽함"(이탈리아 르네상스의 문화 423)을 지닌다고 칭찬한다. 부르크하르트의 영향을 받은 헤세는 그의 시 「아레티노Der Aretino」(1904), 「보니파치오의 그림Bonifazios Bild」(1902), 『난쟁이Der Zwerg』(1917) 등의 작품에서 인간 외모를 통해 인간의 성격을 알 수 있도록 묘사한다.

마지막으로 부르크하르트는 「일상에서의 종교」라는 장에서 이탈리아 사람들이 갖고 있는 종교의 의미를 언급하고 있다.

16세기 외세의 지배가 확고해지면서 사려 깊은 사람들이 암울한 징조에 빠지는 조짐이 보이기 시작했다. […] 과거의 신에 대한 의식의 근원이자 버팀목이 되어 준 것은 기독교 신앙과 그 외형의 권력인 교회였다. […] 르네상스 전성기에 이탈리아의 상류층과 중류층이 교회에 대해 가지고 있었던 정서는 뿌리 깊은 경멸과 불만, 자신들의 외면적 생활에 갖가지 방식으로 얽혀 있는 교권 제도에 대한 순응, 성사聖事와 성별聖別과 축복에 대한 의존성이 복합된 것이었다(이탈리아 르네상스의 문화 543 이하).

이탈리아 민중의 의식 속에 뿌리 깊게 박혀 있는 가톨릭의 대중적 요소들은 "신에게 간구하며 공물을 바쳐서 그의 마음을 달래는 고대의 이교적 풍속"과 결합하여 성인 유물 숭배와 성모 숭배의 현상으로 나타났다. 파도바, 밀라노, 그리고 베네치아에서는 성인 숭배가 광신적이었으나, 피렌체에서는 비교적 관심이 적은 편이었다(이탈리아 르네상스의 문화 569 이하).

이탈리아에서는 서구 어느 나라보다도 오래전부터 성인 유물 숭배가 성모 숭배에 뚜렷하게 밀려나고 있었다. […] 거대한 성당마다 모두 성모 마리아를 모시고 있고, […] 이탈리아에서는 기적을 행하는 성모를 그린 무수한 그림들이 위력을 발하면서 일상생활에까지 지속적으로 파고들었다. […] 교양인들은 성인 유물 숭배보다는 성모 숭배에서 더 확실한 태도를 보였다(이탈리아 르네상스의 문화 573 이하).

부르크하르트가 언급한 것처럼, 이탈리아에는 성인 유물들과 성모 마리아를 기리는 작품들이 많이 보전되어 있다. 특히 이탈리아의 성당에서는 유독 성모 마리아의 성상을 많이 찾아볼 수 있다.

팔라초 피티, 피렌체

2) 티치아노의 초상화 〈피에트로 아레티노〉

1901년 4월 8일 헤세는 피렌체의 팔라초 피티Palazzo Pitti[8]의 2층으로 간
다. 이 건물은 르네상스 건축의 특색 중 하나인 루스티카Rustica 기법으로
지은 건물이다. 루스티카 기법이란 거칠게 깎은 돌덩이를 쌓는 형식으로,
거친 외형과 달리 치밀하게 계산된 건축 기법이며 한 덩어리로 보이는 돌
사이에 이음새가 있다.

팔라티나 미술관Galleria Palatina의 '비너스의 방Sala di Venere'에는 르네상
스 화가 티치아노Vecellio Tiziano(1488~1576)[9]의 〈피에트로 아레티노의 초상

---

8   팔라초 피티는 은행가 루카 피티(Luca Pitti, 1398~1472)가 메디치 가문을 이기기 위해 이탈리아의
     건축가 브루넬레스키(Filippo Brunelleschi, 1377~1446)에 의뢰하여 1448년부터 짓기 시작하였지만
     완공되지 못하였다. 결국 루카 피티가 죽고 난 후 메디치 가문이 이를 사들였다. 팔라초 피티는
     1549년 한 번 확장되었고, 그 후 여러 번 개축되어 7개의 박물관과 갤러리가 생겼다.
9   티치아노는 티치안(Tizian)이라 불리기도 한다.

화Ritratto di Pietro Aretino〉[10]가 있다. 헤세는 이 작품을 보고 시 「아레티노」
(1901)를 완성한다.

𝒮 아레티노

그대는 아레티노에 대한 것을 한 번도 읽어 본 적이 없는가?

그러면 내가 그대에게 이야기하리라! 그는

위대하지만, 평판으로 망가져 버리고 재산과 사악함으로 인한

위험이 뒤엉킨 음산한 존재.

나는 피렌체의 피티 궁전에서 그의 그림을 보았다.

넓은 가슴, 갈색의 수염과 꼿꼿한 목덜미

화려한 장신구의 빛나는 광휘는

어두운 광채를 가진 그의 수수께끼 같은 시선을 감추는구나.

그는 베네치아인이 아니지만, 그러나 일생 동안 아름다운

도시의 손님이었다. 그가 진수성찬과 유희로도 편안함을 느끼지 못했던 곳
에서

그는 정원도 궁전도 소유하지 않았다.

여성들의 마음에는 호감을 주었던 이방인,

그러나 남성들은 그를 마치 페스트처럼 증오했다.

그는 즐겁게 삶을 살아갔고, 아첨하는 시와 술에 취해

모든 즐거운 축제를 빛나게 하였다.

이에 대해 그는 촛불을 켜고 밤새도록

문을 닫고 비밀스러운 편지를 썼다.

---

10   티치아노는 아레티노의 친구로, 그의 초상화를 세 번이나 그렸다.

기만과 독 그리고 사악한 마술로 가득 찬

사탄이 거기 있어 그에게 영감을 주었다.

그는 그런 사람이었다! 그의 넓은 가슴에서

사랑의 칠현금에서 나오는 달콤한 선율이

마치 부드러운 푄 바람처럼 부드럽고 유혹하듯 울린다.

그리고 천박한 사악함으로 점철된 언어는

거짓, 변절, 살인의 내용을 담고 있다.

아레티노는 그런 사람이라고 사람들은 말한다. 그러나 나에게는

그는 다른 얼굴을 가지고 있는 사람이 아닌가 생각이 든다.

나는 그가 무라노의 정원에서

영원한 명성으로 자신을 치장할 수 있는 노래를 얻고자

궁리하는 이로 여겨진다 ─ 그러나 그는 그런 작품을 쓰지 못하였다.

나는 밤새 그를 바라보았다. 마치 도둑처럼

이마에 뜨거운 손을 대고서

그는 열린 창가에 고독하게

무거운 마음으로 어둠 속을 바라보면서 앉아 있다.

어둠은 석호 위로 신비롭게 푸른빛을 띠고 있다.

그의 어두운 시선은 깊은 고뇌 속에서 빛나고 있다.

그는 자신의 삶을 응시한다 ─ 혼란스러운 운명은

파괴되고 마음속 깊은 곳은 더럽혀졌다.

그리고 그는 자신의 추방 가능성에 고뇌한다,

그리고 고향이란 뿌리를 잃은 그의 마음은

낯선 부뚜막 주위를 맴돌고 있다.

희망 없이 방황하는 날갯짓으로,

그는 살며시 웃음을 짓는다 "한 바보가 그 운명에

저항하며 투쟁한다!" 그리고 외투와 모자를 들고

연회로 달려간다.

높디높은 잔 속의 황금색 그리스산 포도주가

명료한 빛을 발하며 미소 짓고 있다.

술잔을 엎지르고, 그는 날카로운 붉은 선으로 넓게 수놓은

비잔티움산 비단 덮개 쪽으로 달려간다.

사람들은 거의 알지 못했다. 아레티노는 말하였다.

신호등의 불빛으로 그의 뜨거운 얼굴은

일그러져 있다. 사람들은 웃으며, 회오리바람을 일으키는 그의 말에,

성스럽고 사악함 위로 넘나드는

그의 말에 취하였다.

그리고 모든 진지한 말에도 음담패설도 섞여 있다.

그는 계속 말하였다 ― 이제 그의 잔은 빠르게 비워져 갔다.

계속해서 재빠르게 말을 하였다. 끝없이 모독하는

악의 있는 말은 빛에 빛을 더하여 명예를 얻는다.

음탕한 거리의 위트로.

그는 일어섰고 ―방자하게 웃더니― 비틀거리며 걸어서

그의 잔 위에 쓰러졌다. 잔은 날카로운 소리를 내며 깨졌다.

술꾼들이 그의 격렬한 웃음을 억제하는 방법을 알기 전에

그는 죽어 버렸다.

― 무엇이 더 있겠는가? 아무것도 없다. 그는 죽었다. 그의 광휘는

소녀의 화환보다 더 빨리 시들었다.

거칠고 특이했던 그의 삶에서 그의

이름만 남아 있다.

그리고 피렌체에는 그의 놀라운 그림이 남아 있다.

티치아노
〈피에트로 아레티노의 초상화〉
팔라티나 미술관, 팔라초 피티

그 안에 푹 패인 정신의 흔적이

방탕자의 이마 위에 관찰자를

불명예와 수수께끼 같은 슬픔으로 가득 채운다. (10권 524 이하)

부르크하르트의 저서 『이탈리아 르네상스의 문화』는 이탈리아의 시인
이자 풍자 작가인 아레티노Pietro Aretino(1492~1556)의 일생에 대해 자세히
설명한다.

　그의 문학적 재능, 분명하고 예리한 산문과 인간과 사물에 대한 풍부한
관찰은 누가 뭐래도 그를 주목할 만한 인물로 만든다. 게다가 그는 거칠고
세련된 악의뿐 아니라 기괴한 익살이라는 빛나는 재능도 발휘했는데, 이 점
에서는 라블레[11]에 뒤지지 않는 인물이었다(이탈리아 르네상스의 문화 237 이하).

피에트로 아레티노는 이탈리아
중부의 아레초Arezzo에서 태어났고
움브리아 지방의 페루자Perugia에
서 이력을 쌓기 시작했다. 그는 교
황 레오 10세Leone X(1513~1521)의 애
완동물인 코끼리 안노Hannao가 죽
자, 풍자적 팸플릿 〈코끼리 안노의
마지막 의지와 유언Le ultime volontà
e testamento di Annone, l'elefant〉을 쓰면
서 풍자 작가로 자리 잡았다.[12] 또

라파엘로 혹은 줄리오 로마노 〈교황 레오 10세의 코
끼리〉

한, 1525년에 최초의 근대적 포르노그래피 작품인 『음란한 소네트Sonetti
Lussuriosi』[13]를 쓰면서 작가로서의 명성을 쌓기 시작하였다.

로마에 정착하게 된 그는 볼로냐 출신의 볼타Achille della Volta라는 사람
에 대한 풍자적 시를 썼다. 이에 분개한 볼타가 아레티노를 찾아가 단검
으로 그를 공격하였고, 아레티노 역시 볼타를 암살하려고 시도하였으
나 실패하였다. 이 일로 아레티노는 로마를 떠나 1527년 베네치아에 정
착하였고, 베네치아의 권세가들을 풍자하는 작품을 써서 명성을 쌓았
다. 1556년 10월 21일 아레티노는 웃음 발작을 일으키다가 의자에서 쓰
러지는 바람에 목뼈가 부러져 죽었다. 그의 사후 교황 바오로 4세Paulus IV
(1476~1559)는 아레티노의 작품을 금서 목록Index Librorum Prohibitorum에 포
함시켰다.

---

11 프랑수아 라블레(François Rabelais, 1483~1553)는 프랑스의 대표적 작가이자 학자이다.

12 라파엘로가 교황 레오 10세의 코끼리를 스케치하였고, 라파엘로 혹은 줄리오 로마노가 나머지 그
    림을 스케치한 것으로 알려져 있다.

13 소네트는 13세기 이탈리아 민요에서 파생된 대표적인 형식의 정형시를 말한다.

헤세는 작품 속에 당대를 풍비했던 풍자 작가로서의 아레티노의 이력과 그의 존재를 설명한다. 풍자 작가 아레티노가 가지는 자부심 넘치는 모습은 티치아노의 그림에서 볼 수 있듯이, "넓은 가슴, 갈색의 수염과 꼿꼿한 목덜미"로 묘사한다. 아레티노가 삶에서 어려움을 겪는 운명은 "어두운 시선"으로 표현된다. 마지막 부분에 아레티노의 웃음 발작으로 의한 갑작스러운 죽음은 "그의 격렬한 웃음"과 "그는 죽었다"로, 그의 작품이 교황에 의해 금서 목록에 들어간 것을 "불명예와 수수께끼 같은 슬픔"이라 표현한다.

독일의 화가 포이어바흐Anselm Feuerbach(1829~1880)의 〈시인 피에트로 아레티노의 죽음Der Tod des Dichters Pietro Aretino〉은 의자에 쓰러져 죽은 아레티노의 모습을 표현하고 있다. 헤세는 아레티노의 초상화를 묘사하면서 아레티노의 삶을 함께 적는다. 헤세가 「아레티노」에서 "위대하지만, […] 사악함으로 인한 위험이 뒤엉킨 음산한 존재"라고 말한 것처럼 상반된 평가를 받고 있는 아레티노는, 헤세에게는 "영원한 명성으로 자신을 치장할 수 있는 노래"를 쓰려 하는 시인인 것이다.

3) 지나 살리스트리: 개인적 체험의 일반화, 베로네세의 작품

헤세는 1901년 4월 20일 자 『베네치아 비망록Venezianisches Notizbüchlein』(1902)에서 보니파치오 베로네세Bonifacio Veronese(1487~1553)의 〈부자와 나사로Il ricco Epulone e Lazzaro〉[14]를 언급한다. 이 그림에는 "보니파치오의 그림 속 향기를 품고 명상에 잠겨 우아한 형태의 라우테[15] 위로 고개를 숙이

---

14 야코프 부르크하르트, 『치체로네 ―이탈리아 미술을 즐기기 위한 안내― 회화편』, 박지형 옮김, 서울대학교 출판문화원, 2015, 421쪽 참조. 이후 부르크하르트의 『치체로네』의 인용은 치체로네와 쪽수로 표시한다.

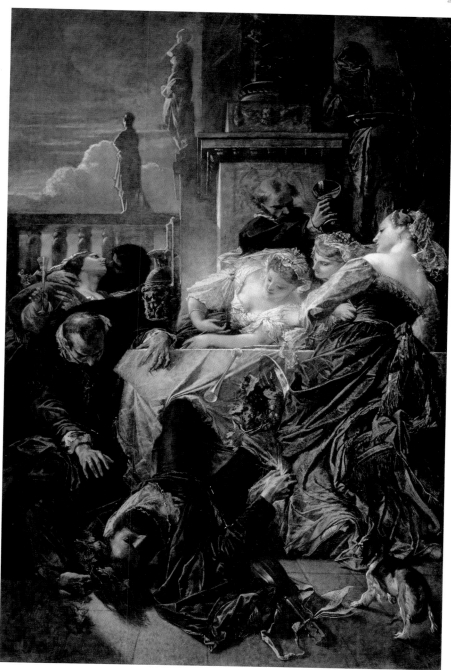

포이어바흐 〈시인 피에트로 아레티노의 죽음〉 바젤 미술관

보니파치오 베로네세 〈부자와 나사로〉 베네치아 아카데미아 미술관

고 부드러운 꿈속에 잠긴 금발 머리 여인과 아름답고 총애를 받는 정부情
婦들이나 음악가들"(11권 266)이 등장한다. 부르크하르트는 『치체로네』에
서 베로네세의 〈부자와 나사로〉를 "보니파치오의 최고 걸작"이라 평한다
(치체로네 421). 보니파치오의 그림을 보고 헤세 또한 시 「보니파치오의 그
림」(1902)을 완성한다.

♪ 보니파치오의 그림

나는 사랑의 부드러운 매력으로
낯선 아름다움을 그대에게 보여 준 한 명의 여인을 알고 있으니.
부드러운 자태에, 음악의 대가인 그녀를
그녀는 그대에게 마치 사랑스러운 누이와 같으니
유감스럽게도 나는 그녀의 이름을 정확히는 알지 못하니

　16세기에서 18세기에 유럽에서 유행했던 기타와 같은 현악기.

아름답고 진기한 갈색을 띤 금발의 숙녀

― 이제 그대는 이미 부루퉁하고 있도다! 그러나 이번에는 이유는 없어.

나는 그 여인의 가는 입과

하얀 손을 내 생애에서는 한 번도 만진 적이 없고

그리고 그녀의 달콤한 사랑의 노래를 들어 본 적이 없으니

그리고 한 번도 그녀의 부드러운 시선을 느껴 본 적이 없다.

그러나 그녀의 매력은 나를 유혹하였도다.

내가 그대를 잘 알기도 전에.

내가 그대의 사랑의 안식을 찾기도 전에

나는 그녀를 사랑하였다.

아름다운 그 여인은 수백 년의 나이를 먹었으니

보니파치오가 그녀를 예전에 그렸다.

그녀는 죽었지만 그녀의 존재의 흔적은

아름다운 대가의 그림 속에만 있으니

이름은 실종되었으나 그녀가 사랑의 소리를 위해

노래했던 그 선율은 사라지지 않았으니

그리고 엿듣는 수없는 사람들이 살며시 억제했던 이후로

그 멜로디는 놀라운 젊은이의 우울함이 깃든 매력을 지녀

유혹적이고 비밀스러우니

그 안에 모든 즐거움의 예감이 살아 있고

모든 것이 이름 없는 달콤한 고뇌를 지니고 있다.

격렬하고, 어두운 사랑에 병이 든 마음이

마치 살아 있는 가슴속에서처럼 뛰어,

이해할 수 없는 고요한 고통이 가득 차

가사도, 노래의 멜로디도 알지 못하니.

그녀가 예전에 노래했던 것을

오늘날에는 우리는 어떤 말도 알지 못하니.

그럼에도 우리는 귀 기울이고

잃어버린 소리에 마음을 태운다.

우리는 정말로 잘 이해하여

나는 그대에게 그 그림을 보여 주리니, 오시오, 우리 가 봅시다.

여기! 어느 부잣집 정원에는 즐거움으로 활기가 넘치고

한 명의 거지는 궁핍에 찬 손을 들고 있다,

손 위에 새를 들고 있는 매사냥꾼,

거칠게 포효하는 말 위의 기사

많은 기둥이 장식하고 있는 화려한 안마당

언덕이 멀리 보이는 전망

끝없이 펼쳐지는 아케이드[16]

초록빛, 향기 그리고 멀리 보이는 흘러가는 구름

그리고 이 즐거운 세계 한가운데

은밀한 힘으로 아양을 떠는

낮은 등받이 의자에 앉은 훌륭한 외모의 여인은

시선을 매혹하고 사로잡네.

라우테 연주자! 그녀는 섬세한 손실로

라우테의 머리 부분을 잡고

그녀의 오른편의 사람은 연주하며 약간 몸을 구부리고

---

16 아케이드는 줄지어 늘어선 기둥에 의해 지탱되는 아치형 건축 구조로 이루어진 개방된 통로형 공간을 뜻한다.

시선은 초점 없이 꿈에 젖은 듯

약간 나이 든 두 번째 연주자는 방관하며 침묵하네.

생각에 잠긴 원숙한 머리

사람들은 귀 기울인다.

젊은이들의 입을 통해

모든 즐거움과, 마치 꿈과

같은 모든 동경의

신비로운 아름다운 수수께끼를

모든 침묵하는 이들에게

알려 주리라.

사랑의 행복에 대한 오래되고 다정한 노래는

사랑스러운 봄에 대해서, 청년 시절에 대해 노래하네.

그것은 얼마나 아름다운지! 그리고는 그 노래는 멀리 퍼져

그 시기는 지나가고 다시 돌아오지 않네.

나에게는 청년 시절의 아름다운 정신이

희미한 웃음을 지으며 멀어져 간 것 같네.

시든 사랑의 화환이 머리에서 떨어지고

그리고 아득한 밤의 별이 사라져 버렸네.

[…]

그대는 이제 그녀를 알겠지. 그리고 나는 예전에 다시

밤에는 침묵하고 아무 말 없이

경쟁자가 부르는 시끄러운 노래에서

어두운 골목길로 나오게 되면,

그대는 무엇이 나를 고요함 속으로 이끌어 주었나를 알게 되고,

더 이상 책망하지 않네. 그것은 바로 누이의 노래라네. (10권 124 이하)

베네치아 아카데미아 미술관

베네치아 아카데미아 미술관Galleria dell'Accademia di Venezia에 전시되어 있는 보니파치오 베로네세의 작품 〈부자와 나사로〉는 성경의 누가복음 16장 19절에서 31절에 등장하는 부자와 나사로에 관한 이야기를 재현한 것이다.

성경의 누가복음에 나오는 '부자와 가난한 자'의 비유는 가난한 자는 죽어서 구원받고, 부자는 저승에서 고통받는다는 내용이다. 그러나 헤세는 자신의 시 「보니파치오의 그림」속에 '부자와 가난한 자'의 비유나 의미는 언급하지 않는다. 헤세는 보니파치오의 작품 속에 그려진 라우테 연주를 하는 여인의 모습에 집중하여, 이름도 알 수 없는 여인의 매력을 묘사한다. 그리고는 그림 속의 인물들과 건물들, 거지, 매사냥꾼, 기사, 기둥이 즐비한 안마당, 아케이드, 구름, 출중한 외모의 "아름답고 진기한 갈색을 띤 금발"과 "하얀 손"을 지닌 여인, "약간 나이 든" 연주자들을 언급한다.

젊은이들은

고요히 침묵하는 모든 이들이 갖는

모든 즐거움의 신비스럽고 아름다운 수수께끼를

하나의 꿈처럼 모든 동경을 의식하고 있다.

헤세는 르네상스 예술품에서 '침묵하지만 […] 신비롭고 아름다운 수수
께끼'를 지닌 문화에 대한 동경, 즉 르네상스주의를 설명하고 있다. 『베네
치아 비망록』에 따르면 그는 1901년 5월 6일 베네치아에서 지나 살리스
트리Gina Salistri라는 여인을 만났다. 그는 이 만남에 대해 다음과 같이 기
록한다.

오늘 나는 가장 감미롭고 사랑스러운 기적과 마주하였다. 나는 보니파치
오가 400년 전 라우테 연주자로 그렸던, 바로 그 매력적인 금발 여인을 보았
다. 그녀는 운하의 계단 앞, 콜레오니 동상에서 멀지 않은 곳에서 초조하게
기다리고 있었다. 나는 그녀를 멈추게 하고 그녀에게 말을 걸고 싶은 마음
을 거역할 수 없었다. 그녀는 자신을 카나레조Cannaregio로 데려가기로 약속
했지만 아직 오지 않는 한 곤돌라 사공을 기다리고 있었던 것이다. 그녀는
얼마 동안 머뭇거리더니 나의 곤돌라를 이용하기로 결정하였다. 그리고 나
와 반시간 동안 같이 움직였다. 그녀의 집은 산 조베 성당 옆이었다. 그렇게
해서 나는 환한 대낮에 아름다운 여인이 내 앞에 앉아 있는 것을 보았고, 너
무도 빨리 지나가는 여행에서 마치 마술에 걸린 것 같았다(1권 405).

그날 헤세는 베네치아의 산티 조반니 에 파올로 성당Basilica Santi Giovanni
e Paolo에서, 1901년 4월 20일 베네치아 아카데미아 미술관에서 본 보니파
치오의 그림 속 라우테 연주자와 똑같은 모습의 여인 지나를 만난 것이
다. 그녀와의 만남은 헤세의 초기 단편소설 『6월의 밤Die Juninacht』(1903)에
서 다시 등장한다. 이 작품에는 시인 마르틴Martin, 엘리자베트Elisabeth, 그

리고 식당 주인과 그 아내가 등장한다. 식당 주인의 아내는 시인에게 보
니파치오의 그림 속에서 보았던 여인을 베네치아에서 발견하고 사랑을
하게 되었느냐고 질문한다. 이에 시인은 "그녀는 하나의 모범으로, 보니
파치오의 궁녀였습니다"(1권 425)라고 대답한다. 헤세에게 지나는 보니파
치오의 그림 속 여인이었다. 헤세는 이 상황을 시 「지나Gina」(1902)에서 표
출하는데, 시의 내용은 다음과 같다.

✒ 지나

어떻게 당신을 그릴까? — 저녁녘 계단,
초록색 물결이 빛을 발하고
숄은 그림 같은 자태로
따뜻해진 돌 위에 드리워져 있었다.

자그마한 입은 노래할 준비가 되어 있고,
신발을 신지 않은 발은 박자를 더듬는다.
붉은 옷 위에 갈색 손은
축제의 밤을 위해 낮부터 휴식을 취하였으니.

뒤편에 황금색 돛단배는
고요한 저녁에 휴식을 취한다.
그리고 끝없이 잔잔한 물결은
멀리 붉은색으로 빛을 말하고 있다.

그리고 나서 나는 오랫동안 서서 바라본다, 밤까지

석호가 별빛으로 장식되어 있는 것을

그리고 서서히 그대의 아름다운 모습은 나에게서 사라져

그대의 노래는 더욱 고요해진다. (10권 504)

작가는 베네치아 운하의 계단 앞에서 곤돌라 사공을 기다리는 지나의 모습을, 숄을 걸치고 돌 위에 옷자락을 드리운 모습, 붉은 옷 위에 갈색의 손을 얹은 모습으로 형상화하고 있다. 그는 현실 속의 지나를 보니파치오의 작품에서 노래를 하려고 준비하는 라우테 연주자의 형상으로 보는 것이다. 지나는 시인이 베네치아 운하에서 만나 사랑에 빠진 현실 속의 아름다운 여인이 아니라, 르네상스 예술에서 볼 수 있는 매력적인 여인 그 자체이고 현실 속에 구현된 아름다움인 것이다.

4) 조르조네의 삶과 예술

1901년 5월 10일 헤세는 산 마르코 대성당Basilica di San Marco 안의 의자에 앉아 성당 안의 작품들을 본다. 그 후 그는 지금까지 이탈리아에서 본

산 마르코 대성당, 베네치아

여인 중 가장 아름다운 여인을 보게 되는데, 그녀는 이탈리아 화가 조르
조네Giorgione Barbarelli da Castelfranco(1477/1478~1511)[17]의 작품 속 등장인물을
연상시킨다. 헤세는 이 경험을 시 「조르조네」(1902)로 그려 낸다.

♪ 조르조네

그렇게 예술가는 지상에서 이별을 해야 했다.

사망 날짜도, 무덤도, 나이와 쇠락과

몰락 그리고 고통에 대한 기록도 없이!

그러나 마치 전설처럼, 한 편의 시처럼

그의 존재는 환희로 변용되어 우리에게 전해 온다.

어떤 고통의 향내도 품어 내지 않는다.

아마도 청춘의 환희와 고통으로

페스트가 그대를 낚아채 갔을 것이다.

아마도 밤에 화려하게 축제의 화환으로 장식된 배로

차가운 죽음이 그대를 불러 갔을 것이다!

우리는 알지 못한다. 우리에게는

그대의 몇 점의 그림만이 남아 있다. 그것의 달콤한 힘이

오래된 장식 속에 우리에게 끝없이

시대를 초월하여 미소를 짓는다.

그리고 의기양양한 청춘의 옛 광휘 속에

---

17 조르조네는 그의 독특한 작품 세계 때문에 유럽 미술사에서 신비로운 작가로 알려져 있다. 그의
대표작은 〈폭풍우(Das Gewitter)〉, 〈잠자는 비너스(Schlafende Venus)〉 등이 있다.

조르조네 〈폭풍우〉 베네치아 아카데미아 미술관

그대의 기억을 장식하니

그리고 그대의 아름다운 금발 위에

비밀스러운 사랑의 모험의 월계관이 자리 잡고 있구나.

그대는 무덤도 없지만, 그대의 대단한 존재감은

시들지 않는다. 우리는 그대가 살아 있는 것으로 느낀다. (10권 117 이하)

티치아노와 더불어 초상화 장르에서 혁신을 이룬 작가로 알려진 조르조네는 페스트로 30대에 사망했다. 그는 무덤도 없고, 자신의 작품에 서명도 하지 않아 유럽 미술사에서 신비로운 작가로 알려져 있다. 헤세는 "무덤도 없고", 서명하지 않은 그의 작품, 그리고 일찍 막을 내린 조르조네의 삶과 그의 작품의 영향력을 작품 속에서 설명한다.

5) 『난쟁이』: 보카치오, 반델로, 그리고 베네치아

헤세는 1903년 4월 22일 베네치아를 떠나기 전에 동화 『난쟁이』를 구상한다. 완성된 내용은 다음과 같다.

선창가에서 이야기꾼 체코Cecco가 이야기를 시작한다. 마르게리타 카도린Margherita Cadorin은 베네치아 귀족인 바티스타 카도린Battista Cadorin의 딸로, 베네치아 여인들 중에 가장 아름다운 여인이었다. 아름다운 그녀에게 남자들이 보낸 시와 노래들은 대운하에 있는 궁전의 창문보다도 많고, 폰테 델 빈Ponte del Vin과 세관 사이에 정착한 곤돌라보다도 많다. 그녀의 아름다움은 다음과 같다.

> 그녀는 금발이고, 사이프러스 나무처럼 크고 날씬했으며 그녀의 머리는 바람에 흩날리고 바닥에 닿을 정도로 길었다. 티치아노도 그녀를 보자 일년 내내 이 여자만을 보며 그림을 그리고 싶다고 할 정도였다(9권 7).

그녀는 귀중한 물건을 수없이 많이 가진 부자였지만, 다른 부자들이 유독 그녀를 부러워하는 것은 그리스어, 시리아어 그리고 베네치아어를 구사할 줄 아는 곱사등이 난쟁이 필리포Filippo 때문이었다. 그의 외모는 볼품없었지만, 역사를 잘 알고 있었으며 새로운 이야기를 생각해 내고 사람들을 웃게 만드는 능력의 소유자였다. 마르게리타는 아름다운 여인이지만 가혹한 사람이기도 했다. 그녀는 재미로 난쟁이를 앵무새의 새장에 가두기도 하고, 바닥에 넘어뜨리기도 했다.

필리포에게는 마르게리타에게서 선물로 받은 개가 한 마리 있었다. 처음 만났을 때 다리가 부러져 있었는데, 그가 돌보아 주어 목숨은 건졌지만 다리를 절룩이게 되었다. 개의 이름은 필리피노Filippino였고, 애칭으로 피노Fino라고 불렀다.

많은 사람들이 마르게리타에게 청혼했지만, 무라노Murano의 정원에서 열린 축제에서 그녀의 마음을 빼앗은 사람은 젊은 기사이자 선원인 발다사레 모로시니Baldassare Morosini였다. 그런데 발다사레가 그녀의 집 안에만 들어오면, 앵무새가 소리 지르고 피노도 짖어 댔다. 그러자 발다사레는 앵무새를 목 졸라 죽이고 개를 물속에 빠트려 죽인다. 필리포가 곤돌라를 몰고 물에 빠진 개를 찾으려 하지만, 마르게리타는 아무 말도 하지 않고 그 자리를 떠나 버린다. 난쟁이는 무릎을 꿇고 애원하는데도 그들은 아무런 조치를 취하지 않는다.

그 후 마르게리타는 자신의 약혼자 발다사레가 여행 중에 저지른 외도에 대한 소문을 듣게 되지만, 약혼자는 계획한 여행을 떠나려 한다. 불안해진 마르게리타는 난쟁이에게 이야기를 해 달라고 청한다. 난쟁이가 그녀에게 사랑의 묘약과 연관된 이야기를 해 주자, 그녀는 난쟁이에게 사랑의 묘약을 준비해 달라고 요청한다. 난쟁이는 복수하기 위해 사랑의 묘약이라고 속이고 마르게리타에게 독약을 준다. 발다사레가 그 약을 먹고 죽자, 난쟁이도 같이 약을 먹고 죽는다. 이에 마르게리타는 미처 버린다.

잠시 살펴보자면 부르크하르트는 『이탈리아 르네상스의 문화』에서 르네상스인들의 일상의 삶에서 흔히 볼 수 있는 '고급 사교'의 예로 보카치오의 『데카메론Decameron』을 든다.

사고는 적어도 16세기 초에는 묵시적인 관례나 공인되고 규정된 합의에 바탕을 둔 규약의 측면에서 볼 때는 고급스러운 사교였다. [⋯] 일시적이고 부담 없는 사교에서는 참석자 중에서 가장 유명한 여성이 제안하는 내용을 기꺼이 모임의 규율로 받아들였다. [⋯] 『데카메론』에서는 분명히 허구이지만, 그 허구는 일상에 흔히 있는 사례에 바탕을 둔 것이었다. [⋯] 먼저 아침에는 언덕을 산책하며 철학을 논하는 시간을 가진 뒤 류트 연주와 노래가 곁들여진 식사를 하고, 다음에는 전날 밤 주어졌던 주제를 가지고 새로 창작한 칸초네를 시원한 방에서 낭독하며, 저녁에는 샘가로 산책을 가서 자리 잡고 앉아 각자 짧은 소설 하나씩을 얘기하고, 마지막으로 저녁을 먹으러 유쾌한 담소를 나누네, "여성들이 듣기에 민망하지 않아야 하고, 남성들의 경우는 술기운을 빌려서 얘기하는 느낌이 들지 않아야 한다(이탈리아 르네상스의 문화 466).

헤세의 『난쟁이』의 도입 부분에 『데카메론』의 이야기가 언급되는데, 『데카메론』과 마찬가지로 선창가에서 이야기꾼 체코가 이야기를 시작한다. 『난쟁이』는 르네상스 시대의 작가 마테오 반델로Matteo Bandello (1485~1562)풍의 작품이다. 부르크하르트는 『이탈리아 르네상스의 문화』에서 반델로를 다음과 같이 평가한다.

반델로는 한 롬바르디아 수도사의 마법을 초라한 사기술로, 종국에는 끔찍한 결과를 부르는 사기술로 그려 냈을 뿐 아니라, 남의 말에 잘 속는 바보들을 끊임없이 따라다니는 재앙도 진정으로 분격해 하며 묘사했다(이탈리아 르네상스의 문화 631).

헤세의 『난쟁이』의 이야기도 반델로의 작품 경향과 마찬가지로, 잘 생겼지만 잔인한 바보들을 위해 자신의 능력을 낭비해야 하는 못생긴 현자의 이야기를 그리고 있으며, 마법을 이용해 끔찍한 결과를 초래한다. 특히 헤세는 이 작품에서 베네치아에서 볼 수 있는 독특한 장면을 자세히 설명한다.

> 난쟁이는 곤돌라의 뒤편에 편안히 앉아 곤돌라 사공의 운하인 바르카롤리 운하Rio dei Barcaroli에서 볼 수 있는 오래되고 높고 어두워진 집들을 바라보았다. 뱃사공은 그 사이로 배를 저어, 팔라초 구이스티아니까지 갔다. 그 옆에는 작은 정원이 있었고 석호는 대운하의 입구에 도달하였다. 그 모퉁이에 오늘날에는 아름다운 팔라초 바로치를 볼 수 있다(9권 24).

헤세의 『난쟁이』에서는 베네치아에서 볼 수 있는 곤돌라 사공의 작은 운하, 궁전(팔라초)들 그리고 대운하 등이 묘사된다.[13] 헤세는 이 작품 속에 베네치아의 사교 문화와 반델로의 소설풍의 분위기를 담고자 했다.

II.

헤세,
이탈리아의
르네상스를 여행하다

화려한 예술, 소박한 일상,
그의 문학 속에 녹아든 풍경

　헤세는 "책에서나 그림으로 알았던 낯선"(1권 367) 곳을 방문한 후. 일기와 여행 일지에 그곳에서 감상하였던 작품들에 대한 자신의 인상이나 평가를 자세히 기록한다.

　그는 단순한 여행객이 아니다. 부르크하르트가 『치체로네』에서 르네상스 예술품들을 상세히 기록하고 평가하며 설명하듯, 헤세도 미술관에 전시되어 있는 예술품의 제목, 내용, 특징이나 기법을 자세히 나열하고 분석하며 평가한다. 주로 건축물 위주로 방문하고 기록을 남긴 괴테와는 달리, 헤세는 부르크하르트가 말하는 대로, "개성의 완성"(이탈리아 르네상스의 문화 207)이 이루어지는 르네상스의 회화 작품들을 관찰하고 열거한다.

1901년의 여행

헤세는 자신의 시집 『야상곡 혹은 바젤의 루돌프 바커나겔 박사 부부—부르크하르트에게 보내는 친밀한 시적 편지Notturni oder Vertraulich poetische Briefe an Herrn und Frau Dr. Rudolf Wackernagel—Burckhardt in Basel』(1900)를 20번 베껴 내고, 친구들과 친지들에게 팔아 400프랑켄을 모았다. 그는 이 돈으로 이탈리아 여행을 준비한다.[14]

1901년 3월 25일 월요일 저녁 23세가 된 헤세는 고향인 독일의 바덴뷔르템베르크주Baden-Württemberg의 도시 칼프Calw에서 출발하여 "몇 년 동안 동경하고 꿈꾸었던 이탈리아로의 여행"(1권 362)을 시작한다. 그는 약 53일 동안 이탈리아 여행을 하였는데, 그가 방문한 도시들은 밀라노Milano, 밀라노 근교 파비아Pavia, 제노바Genova, 라 스페치아La Spezia,[18] 피사Pisa, 볼로냐Bologna, 파도바Padova, 베네치아Venezia, 그리고 피렌체Firenze와 그 근교이다. 그는 1901년 5월 18일까지 여행을 하고, 밀라노를 떠나 5월 19일 오후 2시 칼프로 돌아온다.

헤세는 이탈리아를 여행하면서 대도시보다는 작은 도시에서 편안함

---

18 라 스페치아는 리구리아주(Liguria)의 항구도시.

을 느낀다고 자주 토로한다. 한 예로 밀라노를 방문하고 난 뒤, 근교의 작
은 도시 파비아에 있는 파비아 수도원Certosa di Pavia을 방문하고는, 밀라노
에서의 불안했던 인상보다 훨씬 더 "조화롭고 고귀한 느낌"(11권 199)을 받
는다고 고백한다. 그가 1901년 초에 방문한 이탈리아 도시들과 그곳에서
관찰하고 묘사한 예술품들은 다음과 같다.

1901년 3월 27일

1901년 3월 27일 헤세는 밀라노에 있는 산타 마리아 델레 그라치에 성당
Chiesa di Santa Maria delle Grazie과 브레라 미술관Pinacoteca di Brera을 방문한다.

"대단히 활기찬" 대도시 밀라노의 상업적인 분위기는 헤세가 상상하는
이탈리아의 이미지와 맞지 않는다. 1903년 3월 6일 자에 오스트리아의
작가 츠바이크Stefan Zweig(1881~1942)에게 보내는 편지에, 밀라노는 다 빈치
Leonardo da Vinci(1452~1519)의 〈최후의 만찬L'Ultima Cena〉이 있는 도시이지
만, "만족스럽지 못한"(HSB 5) 도시라고 한다.

밀라노 대성당Duomo di Milano[19]은 밀라노의 초대 공작인 잔 갈레아초
비스콘티Gian Galeazzo Visconti(1351~1402)에 의해 1386년 공사가 시작되어
500여 년이 후인 1890년경 완공되었다. 밀라노 대성당은 "(높이 때문에) 내
부는 거대하고, 다채로운 창문을 통하여 들어온 빛이 대리석 기둥에 비추
어 아름답"지만, "장식적이고 거대하다는 인상"을 주는 성당이다. 밀라노
대성당은 이탈리아 조각가 탄타르디니Antonio Tantardini(1829~1879)의 "고귀
하지만 깊이는 없는" 얕은 돋을새김 기법의 〈마리아의 탄생La Nascita della

---

19 밀라노 대성당은 마리아 탄신일을 기념하는 성당으로, 정식 이름은 Cathedrale Metropolitana di
Santa Maria Nascente이다.

산타 마리아 델레 그라치에 성당, 밀라노

브레라 미술관, 밀라노

밀라노 대성당

Vergine〉으로 장식되어 있다.[20]

건축가 브라만테Donato Bramante(1444~1514)가 산타 마리아 델레 그라치에 성당의 "큐폴라Cupola"[21]를 작업하였다. 이 성당에는 다 빈치가 1498년에 완성한 〈최후의 만찬〉이 전시되어 있다.

밀라노의 브레라 미술관에는 이탈리아 화가 루이니Bernardino Luini(1481~1532)의 프레스코[22]와 크리벨리Carlo Crivelli(1430~1495)의 〈마돈나 델라 칸델레타Madonna della Candeletta〉[23], 그리고 라파엘로Raffaello Sanzio(1483~1520)의

20 헤세는 이 성당이 마리아의 탄신일을 기념하는 성당이라, 탄다르디니의 〈마리아의 탄생〉이라는 작품을 언급한 것일 것이다.
21 큐폴라는 돔 양식의 둥근 천장을 뜻한다.
22 브레라 미술관에 있는 루이니의 프레스코는 〈만나의 거둠(La Raccolta della Manna)〉이다.
23 과일과 잎으로 장식된 대리석 왕좌에 앉아 있는 성모는 무릎에 배를 잡고 있는 아기 예수를 안고 있다. 과일은 원죄를 상징한다.

루이니 〈만나의 거둠〉 브레라 미술관

크리벨리 〈마돈나 델라 칸델레타〉 브레라 미술관

라파엘로 〈성모 마리아의 결혼〉
브레라 미술관

〈성모 마리아의 결혼Sposalizio della Vergine〉 등 르네상스 회화의 걸작들이
전시되어 있다. 부르크하르트는 『치체로네』에서 라파엘로의 〈성모 마리
아의 결혼〉에 대해 다음과 같이 설명한다.

　　완벽한 대칭은 아름다운 대비를 통해 회화적으로 극복되었으며, 예식의
　　순간과 (막대기를 부러뜨리는 참관자에게서 느껴지는) 운동감, 활기찬 군중과 엄
　　숙하고 고도로 건축적인 배경은 혼연일체를 이룬 모습이다(치체로네 291).

밀라노 대성당의 옥상에 올라가면 밀라노 "시내와 알프스"를 볼 수
있다. 헤세는 밀라노의 산토 스테파노 마조레 성당Basilica di Santo Stefano
Maggiore을 "대단히 현대적"이라고 설명하는데, 원래 이 성당은 417년경에

산토 스테파노 마조레 성당, 밀라노

카를로 크리벨리 〈성 스테파노〉 런던 국
립 박물관

완성된 것이다. 그 후 1070년에 화재로 파괴되었다가, 1075년에 로마네스크 양식으로 복원되었다. 그 후 여러 번 재건, 확장, 그리고 복원을 한 것이다. 이 성당은 처음에는 이스라엘의 예언자 성 즈가리야[24]와 기독교 최초의 순교자인 성 스테파노에게 헌정되었으나, 후에 성 스테파노에게만 헌정되었다.

1901년 3월 28일

1901년 3월 28일 헤세는 밀라노 근교에 있는 "모든 수도원 중에서 가장 아름다운"(이탈리아 르네상스의 문화 71) 파비아 수도원과 이탈리아에서 가장 오래되었으며, 도시의 랜드마크인 비토리오 에마누엘레 2세 갤러리 Galleria Vittorio Emanuele II를 방문한다.

파비아 수도원은 "파사드façade[25]와 성당이 대단히 아름답다." 헤세는 파

---

24   예언자 즈가리야는 세례자 요한의 아버지를 일컫는다.
25   파사드는 건물 출입구로 쓰이는 정면의 외벽 부분을 뜻한다.

비아의 수도원을 다음과 같이 평한다.

불안한 밀라노 사람들에게 조화롭고 고귀한 영향을 미친다(11권 199).

파비아 수도원에는 르네상스 시대의 이탈리아 화가 암브로조 디 스테파노 베르고뇨네Ambrogio di Stefano Bergognone(1470~1523/1524)[26]의 프레스코인 〈잔 갈레아초가 성모에게 수도원을 헌정하다Gian Galeazzo dona alla Madonna la Certosa〉가 있다. 프레스코에는 성모자, 밀라노 공작 비스콘티와 세 명의 아들들이 그려져 있다. 헤세는 "그림같이 아름다운 풍경을 지닌" 파비아에서 "편안하고 소박한 사람들"을 알게 된다.

"거리가 우아하고 생기를 띤 거대한 도시" 밀라노에는 "화려하고 아름다운 상점들"이 있는 이탈리아 초대 왕 비토리오 에마누엘레 2세의 이름

파비아 수도원

---

26   베르고뇨네의 본명은 Ambrogio da Fossano, 혹은 Ambrogio di Stefano, Il Bergognone이다.

베르고뇨네 〈잔 갈레아초가 성모에게 수도원을 헌정하다〉 파비아 수도원

비토리오 에마누엘레 2세 갤러리, 밀라노

을 딴 갤러리[27]가 있다(11권 199 참조). 이곳에는 유리로 된 지붕과 그 밑에
4대륙을 뜻하는 프레스코가 그려져 있다.

---

27   비토리오 에마누엘레 2세 갤러리 중앙에 팔각형으로 된 바닥에는 밀라노, 토리노, 피렌체와 로마
를 상징하는 모자이크가 있다.

1901년 3월 29일

1901년 3월 29일 헤세는 밀라노에서 제노바Genua로 가는 기차를 타고 가는데, 가는 도중 그는 보게라Voghera[28]와 해발 1,735m에 이르는 몬테 펜나Monte Penna를 본다. 헤세는 리구리아주의 주도이자 지중해에서 중요한 항구도시인 제노바에서, 빌라 두라초 팔라비치니Villa Durazzo Pallavicini를 방문한다.

헤세는 제노바에 도착하여 다음과 같은 글을 쓴다.

노비(노비 리구레) 역은 바젤 역과 마찬가지로 지저분하다(11권 200 이하).

헤세가 경험한 이탈리아는 예술품과 아름다운 풍경을 가진 나라이면서, 동시에 가난한 나라이기도 하다. 그는 이탈리아에서 많은 사람들과

제노바 항구

---

28   롬바르디아 지방에 있는 도시.

어울리는데, 그중 거지아이에 대해 유독 많이 언급한다.

1901년 4월 21일 그는 피에솔레로 올라가 아이들, 거지들과 대화를 나누면서, 도마뱀, 야생 장미를 보고 잔디에 눕기도 하며, 와인을 마시는 등 "빈둥거리며 시간을 보낸다faulenzen"(11권 232). 1901년 5월 2일 헤세는 부라노Burano 섬에 배를 세우고 공중제비를 하면서 구걸하는 아이를 만난 얘기를 하고(11권 244), 1901년 5월 4일 키오자Chioggia에서 만난 "반쯤 헐 벗고, 흑갈색의 영리하지만 거칠고, 학교도 다니지 않으며 경찰을 보면 피하는 개구쟁이"와의 에피소드를 이야기한다(11권 247 이하). 1903년 4월 15일 리도Lido에서 동냥하는 아이를 만나기도 하고(11권 297), 1903년 4월 16일에도 베네치아 거리를 다니다, 구걸하면서 서로 폭력을 행사하는 세 명의 아이들에 의해 둘러싸이기도 한다(11권 298). 그러나 그는 거지아이들을 만났다는 설명 외엔 이탈리아란 나라에서 접할 수 있는 가난에 대한 사회적·경제적 요인 등에 대해서는 언급하지 않는다.

제노바에는 많은 궁전이 있는데, 그중 "대단히 화려하고, 아름다운 정원과 대리석 계단이 있는 집"인 빌라 두라초 팔라비치니는 현재 박물관으로 운영된다. 이곳에는 플랑드르Vlaanderen의 화가 반 다이크Anthony van Dyck(1599~1641)의 작품들, 루벤스Peter Paul Rubens(1577~1640)의 〈실레누스Silen〉, 독일 화가 뒤러Albrecht Dürer(1471~1528)의 작품, 티치아노의 〈막달레나La Magdalena〉와 〈케레스Ceres〉, 네덜란드 화가 반 라이든Lucas van Leyden(1494~1533)의 작품들, 수많은 초상화들, 화려한 샹들리에와 도자기들이 전시되어 있다.

제노바의 "태양, 흰색의 밝은 집들, 오색이 영롱한 청록색의 바다, 집의 계단과 성당을 찾아오는 화려하게 입은 사람들, 걸인 그리고 거니는 사람들, 여기에다 여러 나라의 배가 떠 있는 항구, 등대 옆에 노동자들이 열심히 공을 차는 놀이터"에서 "진정한 이탈리아의 모습"을 볼 수 있다.

루벤스 〈실레누스〉 빌라 두라초 팔라비치니

하얀 눈이 덮여 있는 리보르노의 항구Porto di Livorno에서는 파도가 거세게 포효한다. "이러한 바다의 풍경은 꿈처럼 스쳐 지나갔지만 [...] 어렴풋하지만 장엄하고 진지한 인상으로 기억 속에 꽉 자리 잡고 있다"(11권 200 이하 참조).

1901년 3월 30일

1901년 3월 30일, 헤세는 스타리에노 공동묘지Cimitero Monumentale di
Staglieno, 팔라초 로소Palazzo Rosso, 산 로렌초 성당Basilica di San Lorenzo, 산티
암브로조 에 안드레아 예수회 성당Chiesa del Gesù e dei Santi Ambrogio e Andrea,
팔라초 비안코Palazzo Bianco를 방문한다.

제노바에 있는 "거대하고, 호화찬란한" 스타리에노 공동묘지는 "바둑
판 무늬로 장식된 큐폴라가 있고 회랑이 있는 아름다운 사원이다." 유럽
에서 가장 기념비적인 공동묘지로 평가되는 스타리에노 공동묘지는 정
치가 마치니Giuseppe Mazzini(1805~1872), 음악가이자 정치가인 노바로Michele
Novaro(1818~1885), 그리고 오스카 와일드Oscar Wilde(1854~1900)의 아내 로이
드Constance Lloyd(1859~1898) 등 많은 유명인들이 매장되어 있다. 스타리에
노 공동묘지에는 "셀 수 없는 화려한 묘비, 대리석의 거대한 덩어리들. 알

스타리에노 공동묘지 외관, 제노바

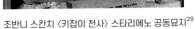
조반니 스칸치 〈키잡이 천사〉 스타리에노 공동묘지[29]　　　팔라초 로소, 제노바

레고리와 무취미가 순박함과 결합하여 진정한 무절제를 벌이고 있다."

　　박물관으로 운영되는 팔라초 로소에는 틴토레토Tintoretto(1518~1594)의
초상화와 부르크하르트가 "초상화 부분에서 거장의 반열에 속"(치체로네
428)한다고 평가하는 보르도네Paris Paschalinus Bordone(1500~1571)[30]의 작품들
이 전시되어 있다.

　　몰로 자노Molo Giano[31]에는 "부서지는 파도가 넘실거린다." 제노바에는
"검고 하얀 대리석"의 파사드로 장식된 산 로렌초 성당과 "오래되고 아름
다운", 그리고 루벤스의 "그림들이 전시되어 있는" 산티 암브로조 에 안드
레아 예수회 성당이 있다. 또한, 제노바의 귀족 루카 그리말디Luca Grimaldi

29　〈키잡이 천사〉는 스칸치(Giovanni Scanzi, 1840~1915)의 작품으로, 카르파네토(Giacomo Carpaneto)의 주
　　문으로 제작되었고, 그와 그 가족의 묘를 장식하고 있다.
30　Paris Paschalinus Bordone는 Paris Bordon과 같은 인물이다.
31　몰로는 부두라는 뜻이다.

산티 암브로조 에 안드레아 예수회 성당, 제노바

(1240~1275)가 16세기에 완공한 팔라초 비
안코가 있고, 시내에는 수많은 "종려나무
들"이 즐비하다(11권 201).

산 로렌초 성당, 제노바

1901년 3월 31일

1901년 3월 31일, 헤세는 라 스페치아를 지나간다. 이날 폭풍우가 몰아치고, 파도는 거세게 물결쳤으며, 기차는 끝을 예상할 수 없을 정도의 긴 터널을 지나간다(11권 201). 이때의 경험을 헤세는 「스페치아 근교에서Bei Spezia」(1901)[32]에 이렇게 표현하고 있다.

스페치아 근교에서

바다는 거대한 울림에 맞추어 노래한다.
후덥지근한 서풍은 울부짖다가 웃기도 한다.
구름은 질주하며 검은색의 폭풍을 몰고 온다.
너무 어두워 우리는 그 광경을 볼 수 없다.

그것이 나에게는 마치 막다른 길인 것 같아 두렵게 여겨진다.
마치 어떤 위로도 없으며, 금빛으로 빛나는 별도 없는 것과 같다.
무더운 밤과 폭풍우가 내는 노랫소리를 지나,
나의 삶이 그렇게 지나가는구나.

그리고 곧 다가올 아침의 문턱에서,
빛은 예감을 할 수 없는 어둠이 가득 차 있는 곳에서,
움직이지 말아야
밤이 힘들지 않을 것이니. (10권 116 이하)

---

32 라 스페치아의 옛 이름은 스페치아이다.

카라라 채석장

헤세는 새벽녘 폭풍우와 거세게 몰아치는 바다, 그리고 긴 어두운 터널을 지나가며 느끼는 힘겨운 감정을 인생의 어려움으로 표현하고 있다. 그는 힘든 상황에서도 좌절을 느끼지 않으려 하고, 위로도 희망도 찾을 수 없을 때 잠시 쉬는 것도 한 방법이라고 한다.

라 스페치아를 지나 헤세는 먼저 "눈 덮인 산처럼 하얀" 카라라Carrara의 대리석 채석장[33]을 지나간다. 카라라는 미켈란젤로Michelangelo di Lodovico Buonarroti Simoni(1475~1564)가 조각품을 만들기 위해 이곳의 대리석을 가져다 사용한 것으로 유명하다.

1901년 4월 1일

헤세는 1901년 4월 1일부터 4월 28일까지 피렌체에 머물며, 피렌체와 그 근교를 방문한다.

---

33 카라라는 로마 시대부터 품질이 뛰어난 흰색과 청회색 대리암으로 유명한 지역이다.

사실 처음부터 헤세의 이탈리아 여행의 주 목적지는 피렌체였다. 왜
냐하면 그가 존경하던 부르크하르트가 피렌체를 르네상스 시대에 "열정
적으로 문화에 헌신하고 문화야말로 가장 먼저 추구해야 할 대상임을 인
식한"(이탈리아 르네상스의 문화 293) 곳이라 평했기 때문이다. 또한, 그의 저
서 『세계 역사의 관찰Weltgeschichtliche Betrachtungen』(1905)에서도 "위대한 정
신적 교환의 장소"인 피렌체에서 "가장 위대하고 유일한 자극과 품격"[34]을
발견할 수 있다. 헤세는 시 「북쪽에서Im Norden」(1901)에서 피렌체를 다음
과 같이 묘사한다.

♪ 북쪽에서

꿈꾸었던 것을 이야기해야 할까?
잔잔한 햇살을 받아 반짝이는 언덕에
짙은 색의 수목의 숲과,
노란 바위, 하얀 집들이 있는

골짜기에 자리 잡은 도시.
하얀 대리석 성당들이 있는 도시가
나를 향해 반짝이고 있다.
그곳은 피렌체라는 곳

좁은 골목으로 둘러싸인

---

34 야코프 부르크하르트, 『세계 역사의 관찰』, 안인희 옮김, 휴머니스트, 2008, 107쪽. 이후 부르크하
르트의 『세계 역사의 관찰』의 인용은 '세계 역사의 관찰'과 쪽수로 표시함.

그곳의 오래된 어느 정원에

내가 두고 온 행복이

아직도 나를 기다리고 있으니. (10권 74 이하)

"골짜기에 자리 잡은" 피렌체[35]에는 숲, 노란 바위, 하얀 집들, 하얀 대리석 성당, 그리고 좁은 골목들이 있다. 고향으로 돌아온 작가는 "두고 온 행복"인 피렌체에서 본 것이 자기를 향해 반짝인다고 표현하며, "꿈속에서 본 것"과 같다며 피렌체에 대한 그리움을 드러낸다(11권 201 이하 참조).

1901년 4월 1일, 헤세는 피렌체 시내에서 우피치 미술관Gallerie degli Uffizi[36], 산타 마리아 델 피오레 대성당Cattedrale di Santa Maria del Fiore, 조토의 종탑 Campanile di Giotto, 산 조반니 세례당Battistero di San Giovanni, 다리들이 즐비한 아르노강Il Fiume Arno을 방문한다.

우피치 미술관, 피렌체

---

35   피렌체는 피에솔레(Fiesole), 카레지(Careggi), 벨로스구아르도(Bellosguardo), 세티냐노(Settignano), 아르체트리(Arcetri), 포조 임페리알레(Poggio Imperiale) 등의 언덕으로 둘러싸인 분지이다.
36   우피치 미술관 안에 피렌체 치안판사의 사무실이 함께 있기 때문에 "사무실"이라는 뜻을 가진다.

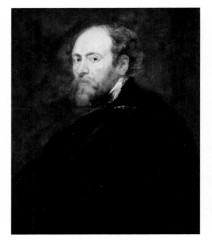

루벤스 〈자화상〉 우피치 미술관　　　　　　　렘브란트 〈자화상〉 우피치 미술관

　　우피치 미술관은 코시모 1세Cosimo I de' Medici(1519~1574)에 의해 건축
되었으며, 고대 미술부터 렘브란트에 이르기까지 수많은 그림을 소장하
고 있는 곳으로, 세계에서 가장 큰 미술관 중의 하나이다. 이곳에는 프라
필리포 리피Fra Fillippo Lippi(1406~1469)의 아들 필리피노 리피Filippino Lippi
(1457?~1504), 렘브란트Rembrandt(1606~1669), 티치아노, 이탈리아에서 활약
한 달마티아[37] 화가 스키아보네Giorgio Schiavone(1436~1504)의 작품들을 볼
수 있다. 또한 "단호하고, 경쾌하고 광채를 발하고 있는" 루벤스의 자화
상, 스페인의 화가 벨라스케스Diego Velázquez(1599~1660), 영국 화가 허코머
Hubert von Herkomer(1849~1914), 영국 화가 와츠George Frederick Watts(1817~1904)
와 밀레Sir John Everett Millais(1829~1896)의 작품들이 전시되어 있다.

　　우피치 박물관 2층에는 플랑드르의 화가 판 데르 후스Hugo van der Goes
(1440?~1482)의 "훌륭하고 빛을 발하여 아름답고 소박한" 작품, 보티첼리

37　　달마티아는 구 유고슬라비아를 뜻한다.

보티첼리
〈찬가의 성모〉 우피치 미술관

Sandro Botticelli(1445~1510)의 〈찬가의 성모Madonna del Magnificat〉가 전시되어 있다. 보티첼리의 〈찬가의 성모〉에는 석류를 손에 들고 있는 아기 예수, 투명한 베일로 덮여 있는 성모, 그 머리 위로 왕관을 씌우는 두 명의 천사, 책과 잉크를 든 두 명의 또 다른 천사가 있고, 아치형 창문 밖으로 강과 마을이 보인다.

보티첼리의 "대단히 드라마틱한 감동을 주지만, 암석의 표현은 별로 잘된 것이 아닌" 〈동방박사의 경배Adorazione dei Magi〉와 프라 필리포 리피의 "실망스러운" 〈두 천사와 함께하는 성모자Madonna col Bambino e due Angeli〉도 볼 수 있다. 부르크하르트는 리피의 작품을 다음과 같이 설명한다.

"우피치에는 성모에게 응석을 부리는 아기 예수를 떠받들고 있는 두 명의 천사와 다소곳이 기도하는 성모가 등장하는 그림이 있다"(치체로네 136).

보티첼리
〈동방박사의 경배〉
우피치 미술관

프라 필리포 리피 〈두 천사와
함께하는 성모자〉 우피치 미
술관

로자 데이 란치, 피렌체

또한, 피렌체의 화가 도메니코 기를란다요Domenico Ghirlandaio(1449~1494)
의 "소박하지만 특별히 생생한 느낌을 주는" 작품들도 전시되어 있다.

헤세는 우피치 박물관을 나온 사람들에게 "활기찬 시뇨리아 광장에서
두 번이나 사람들과 부닥칠 뻔했기 때문에, 눈이 거리의 빛과 사람들을
다시 견뎌 낼 수 있을 때까지" 박물관 옆의 옥외 조각 갤러리인 로자 데이
란치Loggia dei Lanzi[38]에서 잠시 머무르기를 추천한다.

시내 중심가에서 팔각형의 건물
산 조반니 세례당 그리고 그중 동쪽
에 있는, 흔히 포르타 델 파라디소
Porta del Paradiso(천국의 문)라 불리는
기베르티Lorenzo Ghiberti(1378~1455)의
세례당 문과 "압도적이고 아주 멋있
는 색채"로 장식된 "산타 마리아 델
피오레 대성당과 조토의 종탑"을 볼
수 있다(11권 203 이하 참조).

산 조반니 세례당, 피렌체

---

38   로자는 한쪽에 벽이 없는 복도 모양의 방, 또는 갤러리를 뜻한다.

기베르티의 세례당 문

산타 마리아 델 피오레 성당과 조토의 종탑, 피렌체

아르노강 위의 폰테 베키오와 폰테 산타 트리니타, 피렌체

1901년 4월 2일

1901년 4월 2일 헤세는 우피치 미술관, 산 미니아토 알 몬테 성당Basilica
di San Miniato al Monte[39] 그리고 미켈란젤로 광장Piazzale Michelangelo을 방문
한다.

우피치 미술관에는 후스의 〈포르티나리 세폭화Trittico di Portinari〉, 보티첼
리의 "색채의 광택, 화려함"이 남다른 〈찬가의 성모〉, 〈수태고지Annunciazione
di Cestello〉[40]와 〈불굴의 용기Fortezza〉가 있다. 그리고 같은 방에 로렌초 디
크레디Lorenzo di Credi(1459?~1537)의 작품과 "소박한 기쁨이 보티첼리보다

보티첼리 〈수태고지〉 우피치 미술관

보티첼리 〈불굴의 용기〉 우피치 미술관

39 산 미니아토 알 몬테 성당에는 많은 묘지가 있다. 이곳은 피렌체가 로마 제국의 일부였던 시절, 시
    리아의 왕자 성 미니아토가 기독교를 믿는다는 이유로 참수당한 곳이다. 전설에 의하면 그는 자
    신의 머리를 들고 걸어와 이곳에서 숨을 거두었다고 한다. 성당에는 미니아토 알 몬테의 유골이
    안치되어 있다.
40 보티첼리의 〈수태고지〉는 피렌체의 산 프레디아노 인 세스텔로(Chiesa di San Frediano in Cestello) 성
    당을 장식하기 위한 것이다.

도메니코 기를란다요 〈동방박사의 경배〉 우피치 미술관

보티첼리 〈아펠레스의 중상모략〉 우피치 미술관

월등한" 기를란다요의 〈동방박사의 경배Adorazione dei Magi Tornabuoni〉, "작지만 매력적인" 보티첼리의 〈아펠레스의 중상모략Calunnia〉[41]과 안젤리코Beato/Fra Angelico(1387~1455)의 작품이 있다.

헤세는 보티첼리의 〈비너스의 탄생Nascita di Venere〉을 찾아다녔으나 결국 찾지 못했고, 티치아노의 그림이 라파엘로의 〈검은 방울새의 성모Madonna del Cardellino〉 때문에 빛을 잃었다는 감상을 남긴다. 라파엘로의 그림에는 배경에 나무, 수평선 그리고 왼쪽의 다리가 있고, 바위에 앉은 성모의 무릎께에 아기 예수와 성 요한이 보인다. 성모는 손에 예수의 운명을 적은 책을 들고 있다. 라파엘로의 〈검은 방울새의 성모〉가 헤세의 고단했던 여행을 충분히 보상해 주었으나, 여기서 받은 감동 때문에 그 옆에 있는 티치아노의 그림 속 여인의 머리 모습이 평범해 보인다고 평한다.

부온탈렌티Bernardo Buontalenti(1531~1608)가 디자인한 팔각형 방 '트리뷰나La Tribuna'에는 페루지노Pietro Perugino(1450~1523)의 〈성모Madonna〉[42]가 있다. "수준 높은 작품들이 전시되어 있지 않고, 내부가 너무 좁은" 편인 트리뷰나에는 미켈란젤로의 〈성가족Tondo Doni〉이 있다. 헤세는 이 작품을 "기술적으로는 높이 평가받을 만"하다면서도, "분위기와 색채감을 부정적으로 평가한다." 부르크하르트도 『치체로네』에서 미켈란젤로의 "둥근 그림" 〈성가족〉을 다음과 같이 평가한다.

---

[41] 고대 그리스 시대의 화가 안티필로스(Anthiphilos)가 알렉산드로스(Alexandros) 대왕에게 화가 아펠레스(Apelles)를 모략했으나 결국 그는 무고임이 밝혀진다. 아펠레스는 자신의 경험을 바탕으로 당나귀를 가진 마이다스와 질투, 중상모략, 간계와 속임수 등을 의인화하는 그림을 그렸다. 후대의 화가들이 중상모략에 빠진 아펠레스의 그림을 그렸는데, 그중 대표적인 것이 보티첼리의 그림이다.

[42] 라파엘로의 스승인 페루지노가 남긴 〈성모〉의 정식 명칭은 성 〈아기 예수, 엘리사벳, 세례 요한과 함께 있는 성모(Madonna col Bambino, Santa Elisabetta e San Giovannino)〉이다.

라파엘로 〈검은 방울새의 성모〉 우피치 미술관

미켈란젤로 〈성가족〉 우피치 미술관

이 작품에서는 (무릎을 꿇은 마리아가 그의 뒤에 앉아 있는 요셉에게서 아기를 들
어 올리는) 부자연스러운 자세가 완전히 극복되지 못한 채 남아 있다(치체로
네 270).

피렌체에서 가장 높은 곳에 있는 "아름다운" 산 미니아토 알 몬테 성당
에 가면 다음과 같은 풍경이 보인다.

저 아래 빛을 발하는 아르노강과 도시가 뜨거운 태양 아래 보인다. 이것
이 남쪽에서 처음 보는 밝고 거대한 인상이다. 고전적이고, 진지하고 아름
다운 소나무, 사이프러스, 태양, 따스함, 꽃 사이로 빛을 발하는 하얀 빌라
그리고 오래된 담벼락들이 보인다. 멋진 파사드, 오래된 그림들, 그리고 거
의 폐허가 된 탑이 있는, 아름다운 대리석 성당인 산 미니아토 알 몬테 성당
은 묘지 역할을 하는 곳이다. 내부의 납골당에는 많은 작은 기둥들이 있고,

제의실에는 성 베네딕트의 생애를 그린 프레스코가 있다. 정원에는 과일나

무가 있다.

산 미니아토 알 몬테 성당 내 묘지, 그리고 피렌체 시내

산 미니아토 알 몬테 성당, 피렌체

헤세는 미켈란젤로의 〈다비드David〉 모조품이 있는 미켈란젤로 광장[43]
에서 6시까지 "빈둥거리며 시간을 보내다, 숙소로 돌아온다. 그는 자신의
숙소 앞 창가에 "신문팔이, 꽃장수, 낯선 이들, 맨발로 돌아다니는 악동
들"의 소음에도 즐거워한다(11권 203 이하 참조).

1901년 4월 3일

1901년 4월 3일 헤세는 우피치 미술관, 아르노강, 폰테 베키오Ponte
Vecchio와 피에솔레를 방문한다.

우피치 미술관의 '헤르마프로디테의 방Sala del Hermaphrodite'에는 〈헤르
마프로디테〉, 〈주노Juno〉, 〈죽어가는 알렉산드로스〉, 그리스 신화에 등
장하는 반인반수 〈판Pan의 토르소〉가 전시되어 있다. 또한, '니오베의 방
Sala del Niobe'에는 라파엘로, 프라 필리포 리피, 안드레아 델 사르토Andrea
del Sarto(1486~1530)와 미켈란젤로의 스케치화가 전시되어 있다. '바로치
의 방Sala del Barocci'에는 바로치Federico Barocci(1535~1612)의 〈백성의 성모La
Madonna del Popolo〉와 플랑드르 화가 스니더르스Frans Snyders(1579~1657)의
〈수퇘지 사냥Caccia al Cinghiale〉이 있다.

우피치 미술관에 전시된 이탈리아 작가들과 비교하여 유일한 네덜란
드 작가 렘브란트의 그림이 헤세에게 "강한 인상"을 준다. 그리고 "첫눈에
빛을 발하고 있는" 세바스티아노 델 피옴보Sebastiano del Piombo(1485?~1547)
의 〈포르나리나Fornarina〉(1512)가 있다. 이 그림은 로마의 국립 고대 미술
관Galleria Nazionale d'Arte Antica의 팔라초 바르베리니Palazzo Barberini에 있는

---

43 미켈란젤로 광장은 건축가 포기(Giuseppe Poggi, 1811~1901)가 설계한 곳으로, 여기서 피렌체의 전경
을 볼 수 있다.

미켈란젤로 〈클레오파트라〉
우피치 미술관

바로치 〈백성의 성모〉
우피치 미술관

라파엘로의 〈포르나리나〉(1520)와는 "다른 것"이다.

"수량이 풍부한 초록빛 아르노강은 바젤에 있는 라인강과 거의 유사하다. 오래된 집들과 금세공 상점들이 있는 폰테 베키오는 마치 그림처럼 아름답다. […] 수도원, 로마 극장 그리고 로마의 욕장"이 있는 피에솔레는 피렌체에서 약 9km 정도 떨어진 곳으로, 피렌체의 전경을 전망할 수 있는 곳이다. 헤세는 피렌체 체류 당시 이곳을 여러 번 방문하여, "4월의 더운 날"에 "장미꽃, 앵초와 노란 수선화"가 피어 있는 이탈리아의 자연과 풍경을 자세히 묘사한다(11권 204 이하 참조).

헤세는 1901년의 여행에서 피에솔레를 여러 번 방문하고 다수의 기록을 남긴다. 그리고 그는 다음과 같이 「피에솔레」라는 글을 남긴다. 그는

폰테 베키오, 피렌체

피에솔레에서의 경험을 다음과 같이 기록한다.

피에솔레에서 가장 아름다운 장소는 높은 곳에 위치한 수도원 자리이다. 그곳에서 나는 여러 번 따뜻한 오후 느지막이 넓은 담벽에 누워 밀짚모자를 엮어 파는 사람들, 거지들 그리고 아이들과 수다를 떨었다. 그곳에는 웅장한 쌍둥이 사이프러스가 서 있었다. 두 그루의 나무는 하나의 뿌리에서 나온 것으로, 그 풍부하고 날렵한 검은색의 두 우듬지는 날카롭게 하늘을 향해 뻗어 있었다. 발밑에 보이는 포도밭과 올리브 정원이 바디아 성당 쪽으로 밝고 아름다운 초록빛을 띠며 가라앉아 있었다. 그 뒤에는 피렌체 도시가 놓여 있다. [⋯] 도시의 저편에는 산 미니아토 성당이 언덕길의 사이프러스로 덮여 있는 저 높은 곳에 작지만 밝은 모습으로 자태를 보이고 있었다. [⋯] 위에서 볼 수 있는 가장 아름다운 것은 저녁녘 맑은 하늘의 일몰이다. 나는 잊을 수 없는 풍경을 다섯 번이나 즐겼었다. 그러나 그 아름다운 저녁 중 오늘의 저녁이 나의 기억에 성실하고 아름답게 남아 있었다. [⋯] 나는 돌로 된 긴 의자에 앉아서, 자주 마주치는 바람에 내가 편해져서 나와의 대화를

즐거워하는 거지들과 아이들에 의해 둘러싸여 있는 왕이 되어 있었다. 여덟
살 된 여자아이는 나의 무릎에 앉아 있었다. 그 아이는 늙고 중얼거리는 거
지의 손녀였는데, 정말 풍성한 금발의 머리를 한, 영리하고 예쁘게 성장한
아이여서, 이 아이의 모습은 토스카나 풍경 속에서 많은 아름다운 아이들
중에서도 낯선 이의 눈에 띄는 것 같았다. 작은 아이는 내가 며칠 전 약속했
던 카라멜을 얻고 싶어 했고, 나와 몇 개의 오렌지를 나누어 먹고는 만족해
했다(1권 384).

피에솔레에는 주교궁, 대성당, 그리고 수도원 등이 있고, 14세기부터
부유한 피렌체인들이 전원주택을 지었으며, 그 외 많은 유명인들이 거
주한 것으로도 유명하다. 화가 뵈클린이 1892년부터 피에솔레의 산 도
미니코 수도원 옆에 거주했고, 프랑스 작가 마르셀 푸르스트Marcel Proust
(1871~1922)도 이곳에 거주했다. 이곳에서 유명한 곳은 이탈리아의 소설가
보카치오의 『데카메론』에서 나오는 정원인 빌라 팔미에리Villa Palmieri이
다. 『데카메론』은 페스트를 피해 피렌체 외곽에 위치한 빌라에서 7명의
여성과 3명의 남성이 열흘 동안 함께 지내면서, 오후 때마다 나무 그늘에
모여 앉아 100개의 이야기를 하는 내용의 소설이다. 헤세의 『페터 카멘친
트』 속에 표현된 피에솔레 체험은 다음과 같다.

언덕에는 아름다운 피에솔레가 하얗게 따스한 햇빛을 받으며 가로놓여
있었다. 언덕이라는 언덕은 모두 희고, 장미색의 꽃들이 활짝 핀 과수원의
엷은 베일 속에 그 모습을 드러내고 있었다. 명랑하며 소박한 토스카나 지
방의 생활이 마치 기적처럼 내 눈앞에 나타났다. 나는 곧 집에 있을 때와 다
름없이 아늑한 기분을 느끼게 되었다(2권 65).

카멘친트는 피렌체에 도착하여 여러 예술품들을 관찰하고 유적지를
돌아다니지만 이에 대해서는 많이 언급하지 않고, 피에솔레의 아름다운
언덕의 모습을 여러 번 자세하게 설명한다. 이탈리아를 여행하고 난 뒤
카멘친트는 바젤에서 열린 어느 모임에 갔지만 사람들과 떨어져 혼자 화
보를 감상하던 중, 그 속의 한 스케치가 산 클레멘테San Clemente를 묘사한
것을 발견한다. 그때 어느 소녀가 그에게 다가와 그가 감상하던 스케치에
대해 질문하자, 그는 예전에 방문했던 피에솔레를 기억해 내며 피에솔레
의 경치를 설명한다.

　　나는 산 클레멘테가 묵묵히 여름날 오후의 뜨거운 햇살을 받으며 말라 보
이면서도 당당하게 가로놓여 있는 풍경을 설명하였다. 가까운 피에솔레의
사람들은 공장을 운영하며 밀짚모자나 바구니를 엮기도 하고 기념품이나
오렌지를 팔기도 하며 손님을 속이기도 하고 구걸도 한다. 저 아래에는 피
렌체가 가로놓여 있으며, 낡은 생활과 새로운 생활이 뒤섞여 있다. 그러나
산 클레멘테에서는 그 두 가지 모두 보이지 않는다. 거기에는 작업을 하는
화가도 없고 로마식 건물도 없었다. 역사는 그 쓸쓸한 골짜기를 잊어버리고
있었다. 그러나 거기서는 태양과 비가 대지와 싸우고 있었다. 그리고 쓰러
져 가는 소나무가 생명을 이어 보려고 애쓰고 있다. 몇 그루의 사이프러스
가 엉성한 가지를 공중으로 뻗치고, 메마른 뿌리로 이어 가는 가냘픈 생명
을 죽이는 원망스러운 폭풍우가 가까워지는 것을 느끼고 있다. 가끔 가까이
에 있는 커다란 농장에서 온 황소가 끄는 수레가 지나간다. 혹은 농부의 가
족들이 피에솔레로 순례의 길을 떠난다. 그러나 이들은 가끔 지나는 손님에
지나지 않았다. 다른 데 같으면 즐겁게 펄럭이는 시골 부인들의 치마도 여
기서는 눈에 거슬리며, 없는 것만도 못하다.

　　나는 젊었을 때 어떤 친구와 같이 그곳을 거닐며 사이프러스 밑에서 자기

도 했고 그 메마른 뿌리에 기대기도 했던 일이나, 흔히 볼 수 없는 골짜기의 슬프고 아름답고 쓸쓸한 매력이 내 고향의 계곡을 연상케 한 것을 그 소녀에게 말했다(2권 78).

산 클레멘테는 역사적으로 유명한 건물도 없고, 지나가는 황소와 농부만이 보이는 인적이 드문 조용한 골짜기이다. 그러나 장미꽃과 사이프러스가 보이고 멀리 피렌체가 보이는 곳에서 주인공은 아늑한 느낌을 받는다.

1901년 4월 4일

세족 목요일Giovedi Santo(부활절 전의 목요일)인 1901년 4월 4일은 성당과 거리의 사람들로 도시가 활기차다. 헤세는 "고기, 생선과 채소, 과일 등을 파는" 상설시장인 피렌체 중앙시장Mercato Centrale[44]과 새로운 시장이란 뜻을 지닌 메르카토 누오보Mercato Nuovo[45], 산타 크로체 성당Chiesa di Santa Croce, 피렌체 아카데미아 미술관Accademia di Belle Arti Firenze과 우피치 미술관을 방문한다.

산타 크로체 성당에는 1829년에 완공된 단테의 기념비Cenotafio[46]를 비롯해, 마키아벨리Niccolò Machiavelli(1469~1527), 건축가 알베르티Leon Battista

---

44 피렌체 중앙시장은 19세기부터 존재한 피렌체의 대표적 중앙시장으로, 돼지 조각상이 유명해 포르첼리노 회랑(Loggia del Porcellino: 돼지의 회랑)이라 불린다.

45 메르카토 누오보는 폰테 베키오에서 멀지 않은 곳에 위치하고 있으며, 이곳에서는 주로 가죽 제품과 기념품이 판매된다.

46 기념비(Kenotaph)는 실제로 시신이 매장되어 있지 않은 묘를 뜻한다. 당시 당파 싸움이 한창이던 피렌체에서 비앙키당(백색당)에 속했던 단테는 유죄 선고를 받고, 베로나로 도피해 있다가 라벤나에서 사망하였다. 후에 피렌체가 그의 유골을 다시 가져오려 했으나, 라벤나가 거절하여 그의 무덤은 현재 라벤나에 안치되어 있다.

산타 크로체 성당, 피렌체

Alberti(1404~1472), 작곡가 로시니Gioacchino Rossini(1792~1868) 등 276명의 묘
비가 있다.

우피치 미술관에는 〈마르시아스Marsyas〉[47], 〈데메테르Demeter〉와 〈니오
베Niobe〉가 전시되어 있다. 코시모 1세에 의해 1563년 완공된 피렌체 아
카데미아 미술관에는 미켈란젤로의 거대한 〈다비드〉의 원본, 시뇨렐리
Luca Signorelli(1450?~1523)와 프라 필리포 리피의 작품들이 전시되어 있다.[48]

---

[47] 마르시아스는 그리스 신화에서 아폴로와 내기하여 가죽이 산 채로 벗겨진 반인반수의 숲의 신
이다.

[48] 헤세는 피렌체 아카데미아 미술관에서 기를란다요의 〈목동들의 경배(Adorazione dei Pastori)〉와 보티
첼리의 〈봄〉을 보았다고 언급하는데, 실은 기를란다요의 〈목동들의 경배〉는 산타 트리니타 성당
에, 보티첼리의 〈봄〉은 우피치 미술관에 있다. 헤세는 보티첼리의 〈봄〉의 색이 탁하지만 전체적으
로 아름다운데, 특히 꽃의 여신 플로라(Flora)가 아름답다고 평한다. 또한, 그는 우피치 미술관에 있
는 보티첼리의 〈성 바르나바 제단화(pala di San Barnaba)〉를 피렌체 아카데미아 미술관에서 보았다고
설명한다. 이 그림에는 "병들어 추한 모습"의 성 요한이 그려져 있다. 그 외 그림의 왼쪽부터 알렉산
드리아의 카타리나(Caterina d'Alessandria, 287~305), 산타고스티노(Sant'Agostino)의 전경, 성 바르나바,
성 요한(San Giovanni Battista), 안티오키아의 이냐시오(Sant'Ignazio d'Antiochia), 성 미카엘 대천사(San
Michele Arcangelo)가 그려져 있다. 헤세는 보티치니(Francesco Botticini, 1446~1498)의 〈토비아스와 세
명의 대천사〉의 부드러운 분위기를 설명한다. 그리고 로렌초 디 크레디의 〈목동들의 경배〉를 감상
한다.

단테의 기념비, 산타 크로체 성당

로시니의 묘, 산타 크로체 성당

〈니오베〉 우피치 미술관

크레디 〈목동들의 경배〉 우피치 미술관

보티첼리 〈산 바르나바 제단화〉 우피치 미술관

피렌체의 역사상 가장 중요한 유적인 산 마
르코 수녀원Convento di San Marco 안에는 산 마
르코 국립 박물관Museo Nazionale di San Marco과
팔라초 메디치 리카르디Palazzo Medici Riccardi
가 있다. 팔라초 메디치 리카르디는 부르넬
레스키의 제자 미켈로초Michelozzo di Bartolomeo
(1396~1472)에 의해 르네상스 루스티카 기법으
로 지어진 건물이다(11권 206 이하 참조).

팔라초 메디치 리카르디, 피렌체

1901년 4월 5일

1901년 4월 5일은 성 금요일로, 그리스도 수난의 날이다. 이탈리아에
서는 성 금요일이 휴일이 아니라서 모든 이들이 평일처럼 삶을 영위하지
만, 많은 이들이 예수의 고난을 기억하며 침묵 속에 행진한다.

94m 높이의 종탑이 있는 고딕 양식
건물로, 지금도 피렌체 시청사로 사용
되는 팔라초 베키오Palazzo Vecchio에서
"주요한 고대의 작품, 크기는 크지만 별
가치가 없는 프레스코[49], 천장화, 그리고
태피스트리Arazzo[50]" 등을 볼 수 있다.

산 미니아토 알 몬테 성당의 포르투
갈 추기경 예배당Cappella del Cardinale del
Portogallo에서는 알레시오 발도비네티
Alessio Baldovinetti(1425~1499)[51]의 〈수태고
지Aannunciazione〉, 베르나르도 로셀리노

팔라초 베키오, 피렌체

Bernardo Rosselino(1409~1464)와 안토니오 로셀리노Antonio Rosellino(1427~1479)
의 〈포르투갈의 야코보 추기경의 묘Cappella del Cardinale del Portogallo〉와 로
비아Luca della Robbia(1399~1482)의 토기의 일종인 테라코타Terracotta를 볼 수
있다. 미켈란젤로 광장까지 아름다운 사이프러스가 늘어서 있다(11권 207
이하 참조).

---

49 팔라초 베키오의 2층에는 오백홀(Salone dei Cinquecento)과 '코시모의 방(Sala di Cosimo)'이 있는데, 헤
세는 이곳의 프레스코를 언급하는 것이다. 오백홀은 미켈란젤로가 피렌체와 피사와의 전투를 그
린 〈카시나 전투(Schlacht von Cascina)〉와 바사리(Giorgio Vasari, 1511~1574)가 시에나와 피렌체의 전투
를 그린 〈마르시아노 전투(Schlacht von Marciano)〉 등이 전시되어 있다. 현재 〈카시나 전투〉는 미켈
란젤로의 작품을 복제한 샹갈로(Aristotile da Sangallo, 1481~1551)의 작품이 전시되어 있다.

  '코시모의 방'에 대해 추가로 설명을 하자면, 바사리는 '코시모의 방' 천장에 코시모의 일생을 그림
으로 남겼다. 그중 천장 중앙에는 〈코시모의 귀환〉과 〈추방당하는 코시모. 그의 주위에 용의주도
와 불굴의 용기가 함께 있다〉 등이 그려져 있다. 〈추방당하는 코시모〉는 코시모 데 메디치(Cosimo
de' Medici, 1389~1464)가 루카 공화국 정복에 실패한 이후의 상황을 묘사하고 있다. 코시모가 루카
공화국을 정복하는 데 실패하자, 반대 세력이 그를 베키오 감옥에 감금하였다가 추방했다. 코시
모는 1434년에 피렌체로 돌아왔다.

50 태피스트리는 다채로운 염색실로 그림을 짜넣은 직물을 뜻한다.

51 알레시오는 알레소(Alesso)라고도 불리며, 기를란다요의 스승이다.

발도비네티 〈수태고지〉 산 미니아토 알 몬테 성당

베르나르도 로셀리노 & 안토니오 로셀리노
〈포르투갈의 야코보 추기경의 묘〉 산 미니
아토 알 몬테 성당

바사리 〈추방당하는 코시모. 그의 주위에 용
의주도와 불굴의 용기가 함께 있다〉 팔라초
베키오

1901년 4월 6일

1901년 4월 6일, 헤세는 도나텔로Donatello/Donato di Niccolò di Betto Bardi
(1386~1466)의 매력적인 작품인 〈성 조르조San Giorgio〉[52]가 있는 오르산미켈

---

[52] 성 조르조는 피렌체 무기 제조업자 길드의 수호성인이다. 그는 용을 사로잡아 공주를 구출한 성
인으로, 군인과 기사의 수호성인이다. 원본은 현재 바르젤로 국립 박물관에 있다.

오르산미켈레 성당과
도나텔로 〈성 조르조〉, 피렌체

레(산 미켈레) 성당Chiesa di Orsanmichele[53]과 조토Giotto di Bondone(1267~1337)의
종탑을 방문한다.

헤세는 먼저 이탈리아 작곡가 베르디Giuseppe Verdi(1813~1901)의 오페라
〈아이다Aida〉를 관람한다. 헤세는 공연을 관람하는 관객들의 반응을 보
고 "이탈리아 사람들을 보다 가깝게 느낀다." 그 경험은 다음과 같다.

관객들은 이탈리아의 거대하면서도, 열정이 넘치는 공연을 맹렬하게 조
정하고 있었다. 좋아하는 부분이 나오면 관객들은 격렬하게 박수를 치고,
환호성으로 지르며 칭찬하고 앙코르를 요구한다. 그들은 배우들이 격정적
인 부분을 다시 한번 반복하기 위해서는 극이 중단될 수도 있다는 것은 생
각하지 않았다. [⋯] 관객들은 격한 관심을 보이며, 크게 소리 지르며 같이 노
래를 불렀다. 공연은 12시 30분까지 이루어졌고, 이 공연은 이 민족을 좀 더

---

53 오르산미켈레 성당은 노예 및 무역 길드의 예배당을 개조한 것이다. 성당의 정면은 수호성인들의
조각상으로 장식되어 있다.

가까이 알게 되는 탁월한 기회였다. […] 그들은 감상적인 트레몰로 부분에
서는 눈물을 쏟고 공연에서 이루어진 작은 실수에도 환호하듯 웃는 사람들
이다. 이들은 꼭두각시 같은 북쪽 사람들에 비해, 일을 하지 않을 때면 소박
하고 표현하는 것에 대한 확신을, 동시에 자연스러운 삶의 패턴과 감동을
보여 주는 사람들이다(11권 210).[54]

헤세는 공연을 보면서 "격렬하게" 감상하고 감정을 토로하는 이탈리아
관객들의 반응에 이탈리아 사람들의 삶의 특징을 "소박하고 자연스러움"
으로 정의한다.

헤세는 조토의 종탑에서 부활절 축제 행사인 피렌체 폭죽수레 행사를
관람한다(11권 208 이하 참조). 그는 1901년 4월 6일과 1903년 4월 11일에 피
렌체의 전통 행사인 '폭죽수레Lo scoppio del carro/Wagenschuss'를 체험한다. 폭
죽수레 행사의 기원은 다음과 같다.

1차 십자군의 예루살렘 침공 때, 피렌체의
명문가 파치Pazzi 가문의 한 사람이자 십자
군 기사 파치Pazzino de' Pazzi(1050?~1113)는 맨
손으로 예루살렘 성벽을 올라가 성문을 열
고 십자군의 깃발을 예루살렘 성에 걸었다.
사람들은 그를 '미친 사람Pazzo'이라고 조롱
하였다. 그러나 사령관 고드프루아 드 부용
Godefroy de Bouillon(1060~1100)은 파치의 용감

피렌체의 폭죽수레

---

54   김선형, 『나 역시 아르카디아에 있었노라 — 괴테와 함께하는 이탈리아로의 교양여행』, 경남대
학교 출판부, 2015, 340쪽 이하 참조. 이탈리아인들의 삶의 자세를 자연스럽다고 보는 헤세의 견
해는 괴테가 1786년 9월 16일 베로나에 도착하여 라피다리오 마페이아노 박물관(Museo Lapidario
Maffeiano)에 있는 옛 묘비의 부조들을 보고 이탈리아인의 '자연스러움'을 언급했던 것과 일치한다.

함을 칭송하기 위해 예루살렘의 성묘성당Kirche vom heiligen Grab[55]에서 떼어
낸 부싯돌 3개를 파치에게 주었다. 그는 부싯돌을 가지고 1101년에 피렌
체로 돌아왔다. 이 부싯돌은 현재 카나레조 지역에 있는 산티 아포스톨리
성당Chiesa dei Santi Apostoli에 보관되어 있다.

사람들은 이 사건을 기념하기 위해 폭죽수레를 쌓고 부싯돌을 쳐서 폭
죽에 불을 붙이는 축제를 열기 시작했고, 그렇게 시작된 폭죽수레 행사는
피렌체에서 현재까지 매년 이어지는 부활절 행사로 자리 잡았다. 폭죽을
가득 실은 9.1m의 수레는 붉은 가죽 옷, 황금으로 된 뿔, 그리고 봄의 꽃
들로 장식이 된 네 마리의 흰 소가 끈다. 15세기 복장을 한 군인, 음악가,
그리고 사람들 150명이 수레를 호위하여 포르타 알 프라토Porta al Prato[56]
에서 산타 마리아 델 피오레 대성당으로 옮긴다. 12시가 되면 모든 종들
이 울리고, 사람들은 환호한다. 사람들이 〈천사들의 찬미가Gloria in excelsis
Deo〉를 부를 때, 대주교 '콜롬비나Colombina'라고 불리는 비둘기 모양의 점
화 장치에 불을 붙인다. 그 불이 와이어를 통해 성당 꼭대기부터 수레에
쌓인 폭죽까지 이어져 불이 붙는다. 사람들은 비둘기가 잘 날아서 점화가
잘 되면 그해 풍년이 들고, 잘 이루어지지 않으면 작황이 좋지 않다고 믿
는다.

오전 10시, 헤세는 종탑에 올라가 폭죽수레 행사를 관람한다. 성공적
으로 점화가 된 후, 헤세는 풍년을 기대하는 농부들 중 한 사람을 만난
다. 폭죽수레를 보고 친구네를 방문하면서, 헤세는 친구가 좋아하는 토
스카나 전통 과자인 프라토식 비스코티Biscotti di Prato를 먹는다(1권 376 이
하 참조).

---

55 예루살렘의 성묘성당은 많은 기독교인들이 예수가 십자가에 못박혀 묻힌 장소로서 경배하는 곳
으로, 이스라엘 옛 시가지 북서쪽에 위치한다.
56 포르타 알 프라토는 피렌체 성벽의 일부이다.

1901년 4월 7일

1901년 4월 7일 헤세는 산 프레디아노 인 세스텔로 성당Chiesa di San
Frediano in Cestello, 산타 마리아 델 카르미네 성당Chiesa di Santa Maria del
Carmine, 벨로스구아르도 언덕Collina di Bellosguardo, 빌라 일 조이엘로Villa Il
Gioiello를 방문한다.

산 프레디아노 인 세스텔로 성당에는 헤세를 매료시킨 셀라이오Jacopo
del Sellaio(1441~1493)의 제단화 〈성도들과 성 로렌스의 순교, 그리고 그리스
도의 십자가상Crocifissione con i santi e il Martirio di San Lorenzo〉이 있다.

산타 마리아 델 카르미네 성당의 브랑카치 예배당Cappella Brancacci에는
필리피노 리피의 프레스코 〈베드로의 십자가 처형Crocifissione di san Pietro〉과
〈천사가 베드로를 자유의 몸이 되게 하다Liberazione di san Pietro〉가 있다. 〈베
드로의 십자가 처형〉에는 옥좌에 앉은 네로 앞에 성 바오로가 있고 발밑에
이교도의 우상을 두고 있는 마법사 시몬 마구스Simon Magus, 옆에는 십자가
에 거꾸로 매달린 베드로가 그려져 있다. 그림의 오른쪽 끝에 리피의 얼

산 프레디아노 인 세스텔로 성당, 피렌체

필리피노 리피 〈천사가 베드로를 자유의
몸이 되게 하다〉 산타 마리아 델 카르미네
성당

마사초
〈아담과
이브의 추방〉
산타 마리아 델
카르미네 성당

굴, 그리고 아치형 문을 통해 드러난 풍경, 왼쪽에는 포르타 산 파올로Porta
San Paolo가 보인다(313쪽 참조). 〈천사가 베드로를 자유의 몸이 되게 하다〉
에는 "부드러운 색채로 칠해져 있고 믿을 수 없을 정도로 생동감 있게" 묘
사된 "기품 있는 모자를" 쓰고 잠든 파수꾼을 볼 수 있다.

산타 마리아 델 카르미네 성당의 브랑카치 예배당에 있는 마사초Masaccio
(1401~1428)의 〈아담과 이브의 추방Cacciata di Adamo ed Eva〉은 "대단히 꾸밈
이 없으면서도 고귀하다." 아담은 손으로 얼굴을, 이브는 벌거벗은 몸을
두 손으로 가리고, 두 사람 위에 그들을 쫓아내는 한 천사가 보인다.

"높은 곳에 위치한, 그렇지만 그리 멋있지 않은" 피렌체의 남서쪽에 위
치한 벨로스구아르도 언덕에는 수많은 빌라들이 있는데, 그중에는 조각
가 힐데브란트Adolf von Hildebrand(1847~1921)가 거주했던 빌라가 있다. 미켈

산타 마리아 델 카르미네 성당, 피렌체

벨로스구아르도, 피렌체

비알레 다이 콜리의 전망, 피렌체

갈로의 탑, 피렌체

란젤로 광장에서 트램을 타고, 가로수가 펼쳐진 8km 길이의 비알레 데이 콜리Viale dei Colli[57]부터 비아 델 겔소미노Via del Gelsomino[58]까지 갈 수 있다.

　이곳에는 고전주의 양식의 "메디치 가문의 아름다운 궁전"이자 휴양지인 빌라 델 포조 임페리알레Villa del Poggio Imperiale와 갈로의 탑Torre del Gallo이 있다. 이 근처에서 갈릴레이가 마지막 생을 보내, "그림, 자필, 도구들을 기억나게 하는 곳"인 빌라 일 조이엘로를 볼 수 있다. 산 미니아토 알

57　비알레는 가로수길을 뜻한다.
58　비아는 거리를 뜻한다.

몬테 성당에서 보이는 풍경은 다음과 같다.

저기 아래에서 나는 아름다운 초원을 찾아, 그곳에서 과일나무의 빨간 꽃
아래 누웠다가, 아주 많이 피어 있는 이국적인 아름다운 꽃을 한 다발 꺾었
다. 꽃들 중에는 야생 수선화와 붉은 아네모네 꽃이 섞여 있었다.

피렌체 시내의 성당에서는 "사제들이 노래 부르고 아름다운 여인들이
무릎을 꿇고 기도하고" 있으며, 기뇨리 거리Via Ginori에는 개인 궁전[59]들이
있다(11권 211 이하 참조).

1901년 4월 8일

1901년 4월 8일 헤세는 팔라초 피티, 피렌체의 가장 남쪽에 위치한 포
르타 로마나Porta Romana(로마의 문)[60], 빌라 포조 아이 메를리Villa Poggio ai
Merli를 방문한다.

"힘차고 아름다우며 거대한 건물이 냉담하고 준엄하지만 멋진 광경을
보여 주는" 팔라초 피티의 첫 번째 홀에는 안드레아 델 사르토, 프라 바르
톨로메오Fra Bartolommeo(1472~1517), 페루지노가 각각 그린 〈자루의 성모
Madonna del Sacco〉[61], 그리고 "부드럽고 깊고 푸른 베네치아파의 배경"을 보

---

59 기뇨리 거리에는 카를로 기뇨리(Carlo Ginori, 1702~1757)에 의해 설립된 르네상스 양식의 팔라초 기
뇨리(Palazzo Ginori), 르네상스 양식의 팔라초 톨로메이(Palazzo Tolomei) 등의 개인 궁전들이 있다.

60 포르타 로마나는 13세기에 지어진 문이다. 포르타 로마나에는 1515년 교황 레오 10세가, 1535년
신성로마 제국의 찰스 5세가 이 문을 지나갔다고 적혀 있는 대리석 명판이 각각 하나씩 붙어 있
다. 문 앞에는 미켈란젤로 피스톨레토(Michelangelo Pistoletto, 1933~)의 작품으로, 한 여성의 머리에
다른 여성이 누워 있는 모양의(Dietro-Front) 조각이 있다. 서 있는 여인은 로마 방향을 바라보고, 머
리 위의 여인은 포르타 로마나를 바라본다.

61 성모의 덧옷은 흰색으로 된 여행용 자루를 덮는다. 배경에는 경사진 언덕과 마을, 그리고 황금빛
을 띠는 하늘의 광활한 풍경이 보인다.

나폴레옹의 목욕탕, 팔라초 피티

페루지노 〈자루의 성모〉 팔라초 피티

여 주는 티치아노의 예수 그림이 있다.

팔라초 피티의 2층 '스투파의 방Sala della Stufa'에서는 "풍경, 구성과 채색 효과가 조화롭고, 마치 음악처럼 전체 그림이 부드럽고 매력적인" 티치아노의 〈성 카타리나의 결혼식Sposalizio di Santa Caterina〉[62]을 볼 수 있다(314쪽 참조).

팔라티나 미술관에 있는 '나폴레옹의 목욕탕Sala del Bagno di Napoleone'[63] 에는 "매력적인" 바닥의 모자이크 장식, 뤼네트Lunette[64] 속의 릴리프Relief,[65] 4개의 매력적인 코린트 양식의 기둥, 대리석 욕조, 그리고 두 개의 탁자와 의자가 있다. 헤세는 팔라티나 미술관 중 '울리시즈의 방Sala di Ulisse'에서 틴토레토의 〈성모〉 그림과 살바토르 로사Salvator Rosa(1615~1673)의 작품들을 보고, 이탈리아 화가 돌치Caro Dolci(1616~1686)의 작품을 부정적으로 평가한다.

---

62 헤세는 1903년 4월 2일 이곳을 다시 방문하여 오랫동안 이 그림을 감상한다.
63 나폴레옹이 이탈리아 원정 당시 머물던 처소이다.
64 뤼네트는 반원형의 창을 뜻한다.
65 릴리프는 조각에서 그림 등이 도드라지게 새기는 것을 뜻한다. 부조 또는 양각이라고도 한다.

프라 필리포 리피 〈성모자와 성 안나의 일생의 장면들〉 팔라초 피티

'티치아노의 방Sala di Tiziano'에는 티치아노의 〈피에트로 아레티노〉와 필리포 리피의 "배경에는 마리아의 탄생이 그려져 있는" 둥근 테두리의 〈성모자와 성 안나의 일생의 장면들Madonna col Bambino e storie della vita di sant'Anna〉[66]이 있다. 그 옆에 핀투리키오Pinturicchio(1454?~1513)의 "작고, 화려하고 섬세한" 작품, 프라 필리포 리피의 그림과 유사하지만 이름이 없는 피렌체 스타일의 성모 그림 두 점이 있다. 또한, 보티첼리가 불운의 피에로Piero de' Medici il Fatuo(1472~1503)의 아내를 그린 "대단히 사랑스러운" 시모네타 베스푸치Simonetta Vespucci[67]의 초상화를 볼 수 있으며, 사르토의 두 점의 자화상과 라파엘로의 "숭고한 아름다움을 지닌" 〈대공의 성모

---

66   프라 필리포 리피의 작품 속 성모자의 배경에는, 안나의 출산 모습과 문 앞에 성모 마리아의 부모인 요아힘과 안나가 손을 잡고 있는 모습이 그려져 있다.

67   불운의 피에로는 프랑스 왕 샤를 8세의 침공으로 쫓겨난 로렌초 데 메디치의 장남을 말한다.

보티첼리 〈시모네타 베스푸치의 초상화〉 팔라초 피티

라파엘로 〈대공의 성모〉 팔라초 피티

티치아노 〈음악회〉 팔라초 피티

Madonna del Granduca〉도 볼 수 있다.

헤세는 이곳에서 조르조네의 "인상적인" 〈음악회Concerto〉를 보았다고
하였는데, 이 그림은 사실 티치아노의 그림이며 조르조네의 영향을 받은
작품으로 평가된다. 이 그림에는 스피네Spinet라는 15~18세기의 건반악기
를 연주하는 가운데 남자가, 비올라 디 감바Viola di Gamba라는 현악기를 들
고 있는 수도사를 보고 있다. 그림의 왼쪽에는 머리에 깃털을 쓴 가수가
은은한 미소를 띠고 있다.

피렌체 남쪽에서는 "아름다운 언덕, 밝은 색채, 빌라, 수도원, 높고 뾰
족한 사이프러스와 소나무 사이로 보이는 집들과 정원의 담이 보이는
전형적인 피렌체의 풍경"을 볼 수 있다. 사이프러스와 소나무가 있는 멋
진 가로수길을 따라가면 빌라 포조 아이 메를리에 도달한다(11권 212 이하
참조).

1901년 4월 9일

1901년 4월 9일 헤세는 루스티카 기법으로 지어진 팔라초 스트로치Palazzo Strozzi[68], 산타 트리니타 성당Basilica di Santa Trinita[69], 산타 마리아 노벨라 성당Basilica di Santa Maria Novella, 그리고 폰테 베키오를 방문한다.

팔라초 스트로치 근처에 있는 두 개의 파사드는, 마솔리노Masolino da Panicale(1383~1447)의 프레스코 〈불구자를 고친 성 베드로와 타비타의 소생Guarigione dello Storpio e Resurrezione di Tabita〉에 그려진 집을 연상시

팔라초 스트로치, 피렌체

마솔리노 〈불구자를 고친 성 베드로와 타비타의 소생〉 산타 마리아 델 카르미네 성당

---

68 팔라초 스트로치는 메디치 가문과 라이벌인 스트로치 가문의 궁전으로 1489년 건축을 시작하였으나, 1491년 메디치 가문이 사들였다.

69 산타 트리니타 성당은 토르나부오니 거리(Via de' Tornabuoni)에 위치한다.

도메니코 기를란다요
〈목동들의 경배〉산타
트리니타 성당

킨다. 이 작품은 산타 마리아 델 카르미네 성당 내 브랑카치 예배당에 있
는 것으로, 헤세는 착각하여 타비타를 라비타Rabita로 오기한다.

산타 트리니타 성당의 사세티 예배당Cappella Sassetti에 조각가 세티냐뇨
Desiderio da Settignano(1428/1430~1464)의 목조 조각품 〈마리아 막달레나Maria
Magdalena〉와 도메니코 기를란다요의 〈목동들의 경배Adorazione dei Pastori〉
가 있다. 기를란다요의 그림에는 고대 로마의 석관, 성모의 망토 위에 누
워 있는 아기 예수와 다가오는 행렬을 바라보는 성 요셉과 세 명의 목자
가 보인다. 배경에는 이교도의 시대를 떠난다는 의미로 아치를 통과하는
세 왕의 행렬과 그 위의 양 떼와 목자, 오른쪽 윗부분에는 멀리 아름다운
풍경이 보인다.

산타 마리아 노벨라 성당 맞은쪽에는 10개의 아치로 장식된 산 파올로
병원Ospdsale di San Paolo이 있다. 이 건물 외벽에는 안드레아 델라 로비아
Andrea della Robbia(1435~1525)[70]의 작품 10개와 안쪽 문의 아치 위에 뤼네트

안드레아 델라 로비아
〈성 프란체스코와 도미니코의 만남〉
산 파올로 병원

〈성 프란체스코와 도미니코의 만남Incontro tra San Francesco e San Domenico〉이 있다.

"검은색과 흰색의 대리석으로 되어 있는 파사드와 현대적으로 훌륭하게 복구된" 산타 마리아 노벨레 성당 내 루첼라이 예배당Cappella Rucellai에 있는 치마부에의 작품은 "빛이 비치지 않아 어둡지만 위엄"이 느껴진다. 여기에서 말하는 '치마부에의 작품'이란 바사리에 의해 그렇게 알려졌지만, 원래는 두초 디 부오닌세냐Duccio di Buoninsegna(1255?~1318?)의 〈루첼라이 성모Rucellai Madonna〉라는 작품이다. 현재 우피치 미술관에 전시되어 있다.

산타 마리아 노벨라 성당에는 기를란다요의 작품인 "왼쪽에 마리아와 오른쪽에 요한의 삶을 보여 주는 멋진 프레스코"[71]가 있다. 기를란다요의 프레스코에 대해 부르크하르트는 『치체로네』에서 다음과 같이 평한다.

두초 디 부오닌세냐 〈루첼라이 성모〉
우피치 미술관

---

70 안드레아 델라 로비아는 루카 델라 로비아의 동생으로 테라코타 분야에서 유명하다.
71 산타 마리아 노벨라 성당의 프레스코는 도메니코 기를란다요가 1486과 1490년 사이에 완성한 것이다.

성스러운 인물들이 지닌 위대하고 진지한 특징이나 한 장면이 함축하고 있는 고양된 의미가 더 우선이다. 특정 장면에 등장하는 적절하고 잘 무리지어 모여 있는 일군의 초상들은 장면 전체에서 느껴지는 품위 있고 위대한 분위기를 북돋는다. [...] 기를란다요는 필리포 리피만큼 가볍고 고급스럽게 옷자락을 표현하지 못하였고 재질 묘사나 색채의 조화면에서는 뒤졌지만, 다른 관점에서 보면 선의 구성이나 프레스코 기법면에서 다른 누구보다 뛰어났다고 할 수 있다(치체로네 147).

성당 안에는 기를란다요의 "벌거벗은 동자상의 장식이 매력적이고, 신선하고 풍요로워" 마치 "어제 그려진 것처럼 새로운" 〈마리아의 탄생 Natività della Vergine〉이 있다. 이 그림에서는 "르네상스 시대의 피렌체가 지닌 생생한 형상을 보여 주는 건물과 의상"을 볼 수 있다.

산타 마리아 노벨라 성당의 토르나부오니 예배당Cappella Tornabuoni에는 기를란다요의 〈요아힘의 추방Cacciata di Gioacchino dal Tempio〉[72]이 있다. 이 그림에서는 "성전의 르네상스 스타일과 상층에 로자가 있는 피렌체

산타 마리아 노벨라 성당, 피렌체

도메니코 기를란다요 〈마리아의 탄생〉 산타 마리아 노벨라 성당

도메니코 기를란다요 〈요아힘의 추방〉 산타 마리아 노벨라 성당

---

72   요아힘은 아이를 낳지 못하자 광야로 나가 기도를 드린다. 어느 날 꿈에 천사가 나타나 그가 낳은
아이가 세상에서 가장 유명한 사람이 될 것이라고 예언한다. 그는 자신이 낳을 아이를 하느님께
바치겠다고 약속한다. 이 그림은 요아힘이 자식이 없어 제사에 참석할 수 없기에 성전에서 추방
되는 장면을 묘사한 것이다.

의 궁전 스타일"을 볼 수 있다. 만토바의 스트로치 예배당Cappella Strozzi di Mantova에는 오르카냐Andrea Orcagna(1308?~1368)의 "잘 그려진, 아름답게 움직이는 신체가 눈에 띄는" 프레스코가 있다.

로자 데이 란치에는 "동상으로 주조된 아름다운 인물상들: 메르쿠리우스, 앞쪽으로 유피테르, 왼쪽의 여신상은 어린아이와 함께 있고 오른쪽에도 여신상"[73]으로 장식된 주춧대 위에 페르세우스상이 전시되어 있다.

헤세는 "마차도, 다른 사람도 피할 수 없는 이름도 없는 좁고 어둡고 중축이 되고 아치가 있는 좁은 길이 아주 매력적"인 피렌체의 골목길을 돌아다닌다(11권 214 이하 참조).

1901년 4월 10일

1901년 4월 10일 헤세는 팔라초 피티, 바사리 통로Corridoio Vasariano[74], 미켈란젤로 광장, 산 미니아토 알 몬테 성당Basilica di San Miniato al Monte을 방문한다. 팔라초 피티에는 4월 8일에 본 티치아노의 〈성 카타리나의 결혼식〉이 있는데, 헤세는 이를 다시 언급한다.

빛, 인물, 풍경 등이 적당히 조화를 이룬 색조와 완벽한 통일을 이루고 있다. 오른쪽 중앙에서는 가축(양)과 함께 있는 목동, 배경의 마을과 성당을 통해 공간적 깊이 외에도 고요함과 전원적 분위기를 보여 주고 있다.

---

73 로자 데이 란치의 페르세우스상 밑에 있는 여신상은 미네르바와 다나에를 형성화한 것으로, 셸리니의 작품이다. 원본들은 바르젤로 국립 박물관에 있다.

74 바사리 통로는 팔라초 베키오와 팔라초 피티를 연결하는 밀폐 통로이다. 1565년 코시모 데 메디치가 거주지와 궁전 사이를 자유롭게 이동할 수 있도록 바사리에게 명하여 만들게 하였다.

라파엘로 〈줄리오 데 메디치와 루이지 데 로시 추기경과 함께 있는 레오 10세〉 팔라초 피티

    팔라초 피티에 있는 라파엘로의 작품 〈줄리오 데 메디치와 루이지
데 로시 추기경과 함께 있는 레오 10세Ritratto Leone X coi cardinali Giulio dei
Medici e Luigi de' Rossi〉 옆에는 "아주 매력적인 여성의 부드럽고 성숙한 아
름다움은 라파엘로보다 훨씬 뛰어난" 페루지노의 〈마리아 막달레나Maria

피에트로 페루지노 〈마리아 막달레나〉 팔라초 피티

Maddalena〉가 전시되어 있다. 필리피노 리피의 "물건을 나르는 전형적인 하녀"의 모습을 볼 수 있는 〈성모자와 성 안나의 일생의 장면들〉과 "구성에 있어서는 가장 위대하지만, 토스카나적인 매력이 부족한" 프라 바르톨로메오의 작품이 있다.

팔라초 피티에서 우피치 미술관으로 갈 때 "바사리 통로"를 이용하면 "거리에서는 바사리 통로를 볼 수 없지만, 내부에서는 편안하게 갤러리의 그림들을 관찰할 수 있다는 장점이 있다."

우피치 미술관 1층에 "정원의 담"을 볼 수 있는 발도비네티의 〈수태고지Annunciazione〉와 〈카파지올로 제단화Pala di Cafaggiolo〉[75]가 있다. 마침내 헤세는 보티첼리의 〈비너스의 탄생Nascita di Venere〉을 찾아낸다.

발도비네티 〈수태고지〉 우피치 미술관   발도비네티 〈카파지올로 제단화〉 우피치 미술관

---

75 발도비네티의 〈카파지올로 제단화〉는 성 프란체스코, 코스마와 다미아노, 세례 요한, 로렌스, 율리아누스, 안토니우스 수도원장, 베드로와 함께 있는 성모자의 모습을 그렸다. 르네상스 스타일의 의자 위에 앉은 성모 마리아의 무릎 위에 예수가 있고, 그 앞에 성 프란체스코와 베드로가 무릎을 꿇고 있다. 정원과 카페트의 장식이 눈에 띈다.

보티첼리 〈비너스의 탄생〉 우피치 미술관

보티첼리 〈단테의 『신곡』의 삽화 지옥의 문〉

보티첼리 〈단테의 『신곡』의 삽화 지옥편〉 18권

피렌체에서는 당시 사진작가 브로지Giacomo Brogi(1822~1881)[76]의 스튜
디오에 보티첼리가 그린 단테의 『신곡La Divina Commedia』 삽화가 전시되
었다.

저녁에 헤세는 미켈란젤로 광장과 "화려하고 검은 사이프러스가 솟아
있는" 산 미니아토 알 몬테 성당, 언덕에 있는 가로수길인 비알레 데이 콜
리을 지나 포르타 로마나에서 "시로 가득 찬 아름답고 달콤한 밤"을 즐긴
다(11권 217 이하 참조).

1901년 4월 11일

1901년 4월 11일 헤세는 피렌체 중심
에 위치한, 중세 피렌체의 주요 건축물 중
의 하나인 바디아 피오렌티나 성당Chiesa la
Badia Fiorentina[77]과 예전에는 경찰서와 감옥
이었으나 현재는 박물관으로 바뀐 바르젤

바디아 피오렌티나 성당, 피렌체

---

76   브로지는 1864년 피렌체의 코르소 틴토리(Corso Tintori)에 스튜디오를 열었다.
77   바디아 피오렌티나 성당은 978년에 세워져 성모 마리아에게 헌정된 성당이다.

필리피노 리피
〈성 베르나르도 앞에
나타난 성모〉
바디아 피오렌티나 성당

로 국립 박물관Museo Nationale del Bargello을 방문한다.

바디아 피오렌티나 성당에는 필리피노 리피의 "가장 아름답고 […] 전체 르네상스 시대 중에 가장 시적인 작품"인 〈성 베르나르도 앞에 나타난 성모Apparizione della Vergine a san Bernardo〉가 있는데, 헤세는 이 작품을 다음과 같이 묘사한다.

마리아는 그녀의 가녀린 손을, 책을 읽고 있는 성자의 책 위에 올려놓는다. 그녀의 옆쪽과 뒤편에 귀여운 천사들이 있다. 색채는 생생하고 빛을 발하고 있다. 전체의 부드러운 풍경, 인물, 날씬하고 밝은 금발의 성모의 모습과 얼굴은 설명할 수 없을 정도로 고결하고, 부드럽고 사랑스럽다(11권 218).

부르크하르트도 『치체로네』에서 이 작품을 다음과 같이 평가한다.

바르젤로 국립 박물관, 피렌체

미켈란젤로 〈톤도 피티〉 바르젤로 국립 박물관

바디아의 입구 좌측 예배소에 있는 그의 최고 걸작인, 성모와 천사들의 방문을 받고 있는 성 베르나르도의 순박한 아름다움을 보여 주는 작품으로 아직 화가의 초기 작품에 해당된다(치체로네 140).

"화려한 계단과 갤러리와 많은 문장으로 장식되고, 우직하고 간결하고 동시에 장중하며 대담하고 멋진" 바르젤로 국립 박물관에 있는 미켈란젤로의 〈톤도 피티Tondo Pitti〉[78]는 헤세가 첫 번째로 마음에 들어 한 미켈란젤로의 작품이다. 헤세는 이어 베네데토 다 로베차노Benedetto da Rovezzano[79]의 릴리프를 본다.

"힘차고, 진지하고 품위 있는 인상"을 주는 도나텔로의 방에는 조각가이자 화가이고, 다 빈치의 스승이자, "천재적인 예술이 끝없이 강하고, 엄격하며 설득력이 있는" 안드레아 델 베로키오Andrea del Verrocchio(1435~

---

78 이 그림에서는 책을 무릎에 펼친 성모 마리아와 그에게 기댄 아기 예수의 모습을 볼 수 있다.
79 베네데토 다 로베차노는 베네데토 그라치니(Benedetto Grazzini)라고도 한다

베로키오 〈다비드〉 바르젤로 국립 박물관

도나텔로 〈성 조르조〉 바르젤로 국립 박물관

1488)의 몸에 꼭 맞는 갑옷을 걸친 날씬하고 "대단히 인상적인" 젊은 〈다비드〉[80]와 〈성 조르조〉가 있다.

바르젤로 국립 박물관의 창문에서 바디아 피오렌티나 성당에 있는 부글리오니Benedetto Buglioni(1459/1460~1521)의 릴리프가 보인다. 바르젤로 국립 박물관에는 베네치아 주교의 십자가, 상아로 된 작품, 보석 작품, 위대한 로렌초 데 메디치Lorenzo II de' Medici(1492~1519)의 상반신이 있는 "힘차고 아름답고 가장 훌륭한 청동" 메달 등이 전시되어 있다. 또한 조각가 첼리니Benvenuto Cellini(1500~1571)의 원본 〈메두사의 머리를 들고 있는 페르세우스Perseo con la testa di Medusa〉와 매력적이고 가느다란 손가락에 금반지가 끼워진 조각상, 점성술의 징표가 있는 넓은 금반지, 황금과 보석으로 장식된 머리핀 등이 전시되어 있다.

---

80   베로키오의 〈다비드〉는 다비드(다윗)의 발밑에 골리앗의 잘린 머리가 있고, 그 위에 다비드가 자
     랑스럽게 서 있는 모습으로 제작되었다.

팔라초 피티 안에는 "호사스러운 길과 테라스, 입상, 분수, 계단, 항아리 등이 있는 마치 기적 같은" 자르디노 디 보볼리Giardino di Boboli[81]가 있는데, 헤세는 이곳을 다음과 같이 자세히 묘사한다.

팔라초 피티와 피렌체 도시 위로 눈 덮인 산이 보이는 풍경은 정말 훌륭하다. 오래된 커다란 사이프러스와 아름다운 소나무가 있다. 떡갈나무의 새로운 잎사귀는 맑은 청록색으로 빛을 발하고 있다. 풀밭에는 난초, 아네모네 그리고 낯선 꽃들이 피어 있다. 바람이 불자 구름이 유희하듯 떠 있다. 몸을 구부리는 사이프러스는 유연한 검은 불꽃과 같다.

오후에 헤세는 피에솔레의 산 프란체스코 수도원Convento di San Francesco 옆에 있는 사이프러스 나무 아래에서 휴식을 취한다(11권 218 이하 참조).

---

81 자르디노 디 보볼리는 코시모 1세가 아내 엘레오노라(Eleonora di Toledo, 1519~1562)를 위해 조성한 이탈리아식 정원이다. 자르디노 또는 자르디니는 정원, 공원을 뜻한다.

산 프란체스코 수도원과 사이프러스, 피에솔레

1901년 4월 12일

1901년 4월 12일 헤세는 오르산미켈레 성당, 산 로렌초 성당과 메디치가 예배당을 방문한다.

오르산미켈레 성당에는 조각가이자 건축가 오르카냐가 "금과 보석들로 장식한 대리석"으로 된 "화려하고 풍요로운" 감실 Il tabernacolo이 있다. 그리고 감실 가운데 베르나르도 다디Bernardo Daddi(1280~1348)의 "황금 바탕에 있는 섬세한 성모"를 그린 〈천사들과 함께 있는 성모 마리아와 아기 예수Madonna col bambino con Santi e Angeli〉가 있다.

오르카냐의 대리석 감실. 다디 〈천사와 함께 있는 성모 마리아〉 오르산미켈레 성당

메디치가의 본당인 산 로렌초 성당Basilica di San Lorenzo의 천장은 "흰색으로 단순한 스타일의 격자무늬"로 장식되어 있다. 산 로렌초 성당 뒤쪽에 있는 메디치가 예배당Cappelle Medicee에는 "평균 정도 수준의 프레스코"로 장식된 메디치가의 묘[82]와 제단의 계단 앞에 메디치가의 국부 코시모의 대리석판이 있다.

줄리아노의 묘에 있는 조각 〈낮Giorno〉과 〈밤Notte〉은 "기술적으로는 대단하고 천재적이지만 별로 마음에 들지 않는다." 또한, 도나텔로의 설교단의 릴리프와 마르텔리 예배당Capella Martelli에 있는 프라 필리포 리피의

---

82 산 로렌초 성당에는 미켈란젤로의 작품인 로렌초 2세 데 메디치와 줄리아노 데 메디치(Giuliano di Piero de' Medici, 1453~1478)의 묘를 장식하는 조각이 있다. 로렌초의 묘에 있는 조각은 '서광(Morgenröte)'을 뜻하는 여성상과 '황혼(Dämmerung)'을 상징하는 남성상이다.

산 로렌초 성당,
피렌체

메디치가 예배당, 피렌체

메디치가 예배당의 프레스코

"사랑스럽고 아름다운 〈수태고지Annunciazione〉"[83]가 있다. 산 로렌초 성당 뒤편은 "살구와 배의 꽃이 보이는 작은 정원이 에워싸고 있다."

"가장 아름답고 큰 주랑이 있는 궁정인 팔라초 메디치 리카르디"를 돌

83　가운데 개방된 로자를 통해 건물이 보인다. 한 천사는 무릎을 꿇은 채로 마리아의 순결을 상징하는 백합을 들고 있고, 계단 위에 두 천사가 서 있다.

미켈란젤로 〈낮〉, 〈밤〉 산 로렌초 성당

프라 필리포 리피 〈수태고지〉 산 로렌초 성당

프라 안젤리코 〈두 명의 도미니코회 성인들과 예수〉
산 마르코 국립 박물관

프라 안젤리코 〈성도와 십자가〉
산 마르코 국립 박물관

프라 안젤리코 〈성모자 성
인들이 있는 제단화〉
산 마르코 국립 박물관

아서, 산 마르코 국립 박물관 앞에는 "넓은 가지가 뻗어 있는 녹색의 삼나무로 가득하다." 이곳에는 프라 안젤리코의 〈두 명의 도미니코회 성인들과 예수Cristo Pellegrino Accolto da due Domenicani〉가 있는데, 이 그림은 두 명의 도미니코회 성인들이 "순례자" 예수를 환영하는 모습을 그리고 있다. 또한, 안젤리코의 〈성도와 십자가Crocifissione con i Santi〉와 〈성모자 성인들이 있는 제단화Pala di San Marco〉가 있다. 부르크하르트는 안젤리코의 작품들을 다음과 같이 설명한다.

> 수도원에 있는 작품들 중 공식적인 예배용으로 제작된 작품들로는 일 층의 회랑을 장식한 프레스코를 들 수 있다. 구체적으로 반신상들이 그려져 있는 다섯 개의 첨두형 뤼네트가 그것인데, 그중에서도 〈두 명의 도미니코회 성인들과 예수〉가 아름답다. [···] 바로 그 옆 참사회실의 저 유명한 프레스코, 두 명의 죄수 외에 제자와 가족을 비롯한 성 코스마, 성 다미안, 성 라우렌티우스, 성 마르코, 세례자 요한, 성 도미니코, 성 암브로시오, 성 아우구스티누스, 성 히에로니무스, 성 프란체스코, 성 베네딕트, 성 베르나르도, 시에나의 성 베루나르디노, 성 르무알도, 도미니코파 순교 성인 성 베드로, 성 토마스 아퀴나스 등이 등장하는 〈십자가 수난[성도와 십자가]〉을 들 수 있다(치체로네 119 이하).

산 마르코 국립 박물관에는 기를란다요의 "벚나무가 가득하고 정원의 담"을 볼 수 있는 〈최후의 만찬Cenacolo〉[84], "책상과 그림이 있는" '사보나롤라의 방Cella del Savonarola', 그리고 바르톨로메오의 〈성모자Madonna del

---

84 탁자 위에는 물, 와인, 빵들이, 아래에는 음식을 기다리는 고양이, 양쪽 끝의 뤼네트에는 성모 마리아의 상징인 장미와 백합이 보인다.

도메니코 기를란다요 〈최후의 만찬〉 산 마르코 국립 박물관

Baldacchino〉가 있다(11권 220이하 참조).

1901년 4월 13일

1901년 4월 13일 헤세는 산타 트리니타 성당과 팔라초 베키오를 방문한다. 산타 트리니타 성당의 사세티 부속 예배당에는 도메니코 기를란다요의 프레스코[85]가 있다. 팔라초 베키오의 "거만한 탑" 뒤로 보이는 풍경은 다음과 같다.

---

[85] 산타 트리니타 성당의 사세티 부속 예배당에 있는 기를란다요의 프레스코는 성 프란체스코
(Francesco d'Assisi, 1182~1226)의 일대기를 그린 것이다.

도메니코 기를란다요 〈프란체스코 성당 정관의 인준〉
산타 트리니타 성당

도메니코 기를란다요 〈성 프란체스코의 상흔〉 산타 트
리니타 성당

도메니코 기를란다요 〈성 프란체스코의 죽음〉 산타 트
리니타 성당

도메니코 기를란다요 〈속세 물건의 포기〉 산타 트리니
타 성당

검게 위협하는 듯한 하늘, 그 사이에 비추는 창백한 태양빛, 강청색의
구름.

헤세는 자연의 풍광과 도시의 모습을, 글만 읽고도 하나의 풍경화를 그
릴 수 있을 정도로 색채 묘사까지 구체적으로 묘사한다.

폰테 베키오 쪽에는 "어둡고 서늘한 밤, 별빛이 밝은 밤에 오래된 피렌
체의 좁은 골목들"이 즐비하다. 피렌체 골목의 모습은 다음과 같다.

골목의 폭은 한 걸음 정도의 넓이로, 증축이 자주 이루어졌고 반원형으로
둥근 천장으로 덮여 있었다. 그 안에 오래된 우물들과 사람의 소리가 가득

찬 좁고 엄숙한 안마당의 창문에 불이 켜져 있다. 그 가운데 아주 오래된 산

토 스테파노 성당이 자리 잡은 작은 광장이 보인다.

헤세는 11시 이후에 집으로 돌아간다(11권 222 이하 참조).

1901년 4월 14일

1901년 4월 14일 헤세는 팔라초 베
키오, 우피치 미술관, 팔라초 베키오와
로자 데이 란치, 피에솔레의 카스텔로
빈칠리아타Castello di Vincigliata[86]를 방문
한다.

팔라초 베키오 안뜰의 분수대 위
에는 "나[헤세]를 유혹하는" 베로키오
의 "멋진" 〈돌고래를 안은 소년Putto con
delfino〉, 그리고 팔라초 베키오의 '500인
의 방Salone dei Cinquecento'에는 다 빈치

조셉 펜넬 〈카스텔로 빈칠리아타와 주위
의 풍경〉

의 잃어버린 〈앙기아리 전투Battaglia di Anghiari〉[87]를 루벤스가 그린 "평범한"

복제판[88]이 있다.

우피치 미술관에는 파르미자니노Parmigianino[89]라 서명이 된 젊은 남

---

86   카스텔로 빈칠리아타는 피에솔레에 있는 13세기 세워진 중세 성으로, 무너진 것을 영국의 정치가
이자 감정가인 존 템플 리더(John Temple-Leader, 1810~1903)가 인수하여 개조하였다

87   앙기아리 전투는 밀라노와 피렌체 사이에서 1440년 6월 29일에 벌어진 전투로, 피렌체 정부가 다
빈치에게 팔라초 베키오의 벽화로 전투의 한 장면을 그릴 것을 요청하였다. 현재는 분실된 상태
로, 루벤스의 그림은 루브르 박물관에 있다.

88   팔라초 베키오에는 익명의 화가가 복제한 레오나르도 다 빈치의 〈앙기아리 전투〉가 전시되어 있다.

89   파르미자니노(1503~1540)는 Girolamo Francesco Maria Mazzola라고도 한다.

베로키오 〈돌고래를 안은 소년〉
팔라초 베키오

작가 미상 〈앙기아리 전투〉
팔라초 베키오

루벤스 〈다 빈치의 앙기아리 전투〉
루브르 박물관

멤링 〈아기 예수와 두 천사 사이에 있는
옥좌의 성모〉 우피치 미술관

자의 초상화 몇 점이 있다. 그리고 네덜란드 관館에는 캥탱 마시Quentin
Messys/Matsys(1466~1530)의 초상화와 한스 멤링Hans Memling(1430~1494)의 "선
명한 색깔의 꽃이 피어 있고, 풍요로운 장식과 아름다운 과일로 엮은 레
이스가 독특한" 〈아기 예수와 두 천사 사이에 있는 옥좌의 성모Madonna in
trono tra due Angeli〉가 있다. 그 옆에 판 데르 후스의 "금박 직물, 보석들, 도
금한 보석, 직물들 […] 공작의 깃, 금술장식, 금장식에 아름답게 제본되
어 펼쳐진 책, 정성들인 머리 모양" 등을 볼 수 있는 제단화 〈포르티나리
세폭화〉가 있다. 이 그림의 왼편에는 톰마소 포르티나리Tommaso Portinari
(1428~1501)와 그의 아들들인 안토니오Antonio와 피젤로Pigello가 있다. 그의
뒤에는 종과 묵주를 들고 있는 성 안토니오와 창을 든 성 토마스[90], 오른

90   성 토마스는 브뤼헤 지역의 메디치 은행의 대표를 맡았던 톰마소 포르티나리의 수호성인이다.

쪽에는 톰마소의 아내인 마리아Maria di Francesco Baroncelli와 그의 딸 마르가
리타Margarita가 무릎을 꿇고 있다. 그 뒤에 밝은색의 옷과 검은색의 외투
를 입고, 약을 든 마리아 막달레나와 붉은 외투를 걸치고 책을 들고 있는
성 마르가리타Santa Margarita가 있다. 그 뒤편에는 세 명의 동방박사가 베
들레헴으로 가는 모습이 있다(310쪽 참고).

헤세는 우피치 미술관을 둘러보면서 "조용히" 작품을 관찰하는 이탈리
아인, 의상을 차려입은 이탈리아 "노동자들과 수공업자들"과, "천민"처럼
예의 없이 관람하는 영국인과 독일인을 대비시킨다(11권 223). 1901년 4월
21일에도 헤세는 바르젤로 국립 박물관에서 작품을 열심히 관찰하는 이
탈리아인들을 보고 다음과 같이 말한다.

> 나는 다시 이탈리아의 사람들에 대해 경탄을 하였다. 그들은 놀라울 정
> 도의 열의와 이해심을 가지고 몇 시간 동안 메달과 조각품을 관찰하였다.
> 그들의 태도는 대단히 조용하면서도 점잖았다(11권 231 이하).

헤세는 예술 작품을 몇 시간 동안 "조용하고 점잖게" 감상하는 이탈리
아 관람객의 태도에 대해서는 경의를 표하지만, 그렇지 않은 외국 관광객
들을 비판적인 태도로 평가한다.

피에솔레에는 "영국인에 의해 예전 스타일을 유지하며 새로이 지어진"
카스텔로 빈칠리아타가 있다(11권 222 이하 참조).

1901년 4월 15일

1901년 4월 15일 헤세는 바디아 피오렌티나 성당과 산타 크로체 성당
을 방문한다.

아그놀로 가디 〈성 십자가의 발견〉 산타 크로체 성당

바디아 피오렌티나 성당에는 필리피노 리피 작품 옆에 있는 미노 다 피
에솔레Mino da Fiesole(1429~1484)[91]의 묘비[92]가 있다.

산타 크로체 성당에는 헤세를 "매료시킨" 조각가 마이아노Benedetto da
Maiano(1442~1497)의 설교단[93]과 카스텔라니 부속 예배당Cappella Castellani 안
에 그려진 이탈리아 화가 아그놀로 가디Agnolo Gaddi(1350~1396)[94]의 "대단
히 훼손된" 프레스코가 있다.

성당 내 바론첼리 예배당Cappella Baroncelli에는 타데오 가디Taddeo Gaddi
(1290~1366)의 "잘 보존된" 프레스코를 볼 수 있다. 헤세는 그 옆의 리누
치니 예배당Cappella Rinuccini에 있는 조반니 다 밀라노Giovanni da Milano
(1346~1369)의 프레스코 중에 특히 "대단히 소박하고 신선한" 〈마리아

---

91   미노 다 피에솔레(Mino da Fiesole)는 조반니(Mino di Giovanni)란 이름으로 알려져 있다
92   묘비들은 후작 후고 폰 토스카(Markgrafen Hugo von Tuszien)의 묘와 변호사이자 외교관인 지우니
      (Grabmall von Bernardo Guini)의 묘이다.
93   마이아노 설교단에는 성 프란체스코의 생애가 묘사되어 있다.
94   아그놀로 가디는 타데오 가디의 아들이다.

타데오 가디의 프레스코, 산타 크로체 성당

조반니 다 밀라노의 프레스코
〈마리아의 생애〉 등 산타 크로체 성당

조토 〈요하네스의 승천〉 산타 크로체 성당

조토 〈바론첼리 폴립티크〉 산타 크로체 성당

의 탄생Nascita della Vergine〉과 〈마리아의 성전 봉헌La Presentación de María al templo〉[95]을 관찰한다.

　바론첼리 예배당에는 조토의 "놀라울 정도로 풍요롭고 힘이 넘치지만 부분적으로 복원된"(11권 224) 프레스코, 조각가 세티냐뇨Desiderio da Settignano(1428/1430~1464)가 조성한 피렌체 공화국 총독 마르수피니Carlo Marsuppini(1399~1453)의 "훌륭한" 묘가 있다.

---

[95]　요아힘과 안나는 3세가 된 마리아를 예루살렘의 성전으로 데려가 하느님에게 봉헌하였다. 마리아는 혼자 15개의 계단을 올라가야 했다.

그리고 헤세는 페르골라 극장Teatro della Pergola[96]으로 향한다(11권 223 이하).

1901년 4월 16일

1901년 4월 16일 헤세는 페르골라 극장, 산타 크로체 성당, 아르노강을 방문한다.

"터질 것같이 사람들이 많은" 페르골라 극장에는, 헤세가 초기 작품에 영향을 받았던 시인이자 소설가인 단눈치오Gabriele D'Annunzio(1863~1938)[15]의 비극 『죽은 도시La città morta』가 공연되었다.[97] 이때 여배우 두제 Eleonora Duse(1858~1924)는 "섬세하고 매력적인" 손짓 연기, "소름이 끼치도록 감동적인" 목소리와 "그리스 시대의 시인 삽포와 같은 아름다움"을

페르골라 극장, 피렌체

---

96 페르골라 극장은 1656년에 완성된 극장으로 1718년 이후 대중에게 개방된 오페라 하우스이다.
97 단눈치오의 『봄의 꿈(Sogno d'un mattino di Primavera)』에 나타난 꿈의 테마는 헤세의 산문 『자정 이후의 한 시간(Eine Stunde hinter Mitternacht)』에 나타나는 "예술가의 꿈의 영역, 미의 섬"으로 형상화된다.

지니고 매 장이 끝날 때마다 작가는 관중들에 의해 소환된다. 헤세는 이
탈리아어로 상연되는 극을 완벽히 이해하지는 못하지만 "큰 인상을 받
는다."

산타 크로체 성당에는 세밀화들이 전시되어 있다. 헤세는 "상류 부분
은 어둡고, 하류에는 흐릿한 은빛 강물이 흐르며, 그 위에 검고 무거운 다
리의 아치가 있고 강변에는 가로등이 반사"되는 아르노강의 아름다운 분
위기를 느끼며 산책한다(11권 225 이하 참조).

1901년 4월 17일

다시금 일정에 나선 헤세는 산토 스피리토 성당Basilica di Santo Spirito, 산
타 마리아 델 카르미네 성당, 오그니산티 성당Iglesia de Ognissanti을 방문
한다.

"성구실과 주랑 현관의 깔끔한 비율"로 지어진 "놀라운" 산토 스피리
토 성당에는 필리피노 리피의 〈성자와 네를리 가족과 함께 있는 아기 예

산토 스피리토 성당, 피렌체

필리피노 리피
〈성자와 네를리 가족과 함께 있는
아기 예수와 성모 마리아〉
산토 스피리토 성당

수와 성모 마리아Madonna col Bambino tra i santi Martino e Caterina d'Alessandria e i committenti〉[98]가 있다. 산토 스피리토 성당 근처에는 "매력적인 르네상스 스타일의 지붕 아래 경쾌한 로자"가 있는 팔라초 구아다니Palazzo Guadagni 가 있다.

산타 마리아 델 카르미네 성당의 "모두들 열심히 관찰하는 예배당"의 작품 중, 헤세가 "가장 좋아하는" 필리피노 리피의 〈천사가 감옥에서 베드로를 자유의 몸이 되게 하다〉가 있다. 그중에서 헤세는 "잠이 든 파수꾼"를 다시 언급한다. 이와 더불어 성당에는 "가장 최악으로 보존된" 마사초의 프레스코와 "힘차고 밝은 색채로 잘 보존된" 조반니 폰 밀라노 Giovanni da Milano의 프레스코가 있다.

오그니산티 성당에는 보티첼리의 〈에로니모〉와 기를란다요의 〈성 아우구스티누스Sant'Agostino Aurelio〉가 마주하고 있다고 헤세는 설명하는데, 실은 보티첼리의 〈성 아우구스티누스〉와 기를란다요의 〈서재에 있는 에

---

98 이 그림은 〈네를리 제단화〉라고 하기도 한다. 여기에 나오는 성자는 성 마르티노(Santi Martino)와 알렉산드리아의 성 카테리나(Santa Caterina)이다.

오그니산티 성당,
피렌체

도메니코 기를란다요 〈서재에 있는 성 에로니모〉
오그니산티 성당

보티첼리 〈성 아우구스티누스〉 오그니산티 성당

로니모San Jerónimo en su estudio〉가 마주 보고 있는 것이다.

헤세는 부르크하르트를 인용하면서, 오그니산티 성당과 산 마르코 국
립 박물관에 있는 기를란다요의 〈최후의 만찬〉이 "몇 가지 작은 부분은
일치하지만" 산 마르코 국립 박물관보다 오그니산티 성당의 〈최후의 만

도메니코 기를란다요 〈최후의 만찬〉 오그니산티 성당

찬〉이 "훨씬 낫다"고 평한다.

포르타 로마나 근처에는 갈로의 탑, 꽃이 핀 초원, 밭, 과일나무와 정원
그리고 산 미니아토 알 몬테 성당과 그 뒤에는 농장들이 있다(11권 226 이
하 참조).

1901년 4월 18일

1901년 4월 18일 헤세는 팔라초 피티, 자르디노 디 보볼리와 피에솔레
를 방문한다.

팔라초 피티의 세 번째 홀에서, 익명의 화가가 그린 작품 〈젊은 여인의
초상Ritratto di una Giovane〉에 대한 헤세의 설명은 다음과 같다.

가벼운 레이스 칼라가 있는 붉은 옷을 입고, 목과 가슴에는 황금 목걸이
를 하고, 암갈색의 눈과 입술과 날씬한 목에 생기발랄한 얼굴을 한 젊은 금
발의 소녀의 초상화이다. 그림 전체가 검은 바탕으로 되어 있다.

헤세는 "특히 자신을 사로잡은" 티치아노의 〈아레티노〉, 사르토의 〈수태고지Annunciazione〉, 그리고 페루지노의 〈마리아 막달레나〉를 다시 감상한다.

자르디노 디 보볼리에서는 "초록의 숲과 태양", "꽃이 피기 시작하는 밤나무, 빛을 발하는 하늘에는 하얀 구름이 떠 있고, 초록색 물속에 보이는 금

안드레아 델 사르토 〈수태고지〉 팔라초 피티

붕어들의 색채의 유희가 태양의 광채 속에 아름다운 연못"을 볼 수 있다. 헤세는 〈넵튠의 분수〉 속 "꼬리까지 황금색 줄이 있는 아름다운 주홍색 물고기"의 움직임을 유심히 관찰하고 "멀리 보이는 양지바른 산에 짙은 나무 그늘길이 멋진 전망"을 바라본다.

피에솔레에서 "이제까지 한 번도 본 적이 없었던 이탈리아의 저녁" 풍경은 다음과 같다.

대기는 황금빛을 띠고 있었고 너무도 맑아서, 저 멀리 있는 정원에 사이프러스를 셀 수 있을 정도이다. 나는 이리저리 배회하였고, 저편에는 놀라

자르디노 디 보볼리, 피렌체

넵튠의 분수

울 정도로 아름다운 전망을 보여 주는 산들이 있었다. 드높은 정원 울타리 사이의 대단히 가파르고 좁지만 다정한 오솔길, 남루하지만 쾌활한 수많은 아이들, 이 모든 것이 황금빛 저녁노을 속에 부드러운 광채와 평안함이 넘치고 있었다. 계곡 저편에 태양이 질 때의 풍경은 놀랍기만 하고, 아르노 계곡은 장밋빛으로 물들고, 산들은 짙은 보랏빛을 띠고 있었다.

"가파른" 델라 비냐 베키아 거리Via della Vigna Vecchia의 성벽에는 메디치 빌라Villa Medici와 산 도미니코 성당이 있다(11권 227 이하 참조).

1901년 4월 19일

1901년 4월 19일 헤세는 알프스산을 지나 피사의 사탑Campanile o Torre Pendente(정식 명칭은 종탑)[99]에 도착하여 시내, 산과 바다를 본다.

피사 대성당Duomo di Pisa, 사탑, 대리석으로 만들어진 둥근 모양의 산 조반니 세례당Battistero di San Giovanni, 그리고 중세 건축의 걸작인 캄포산토 Camposanto(공동묘지)가 "돋보이는 앙상블을 보여 준다." 피사의 이 모든 건물들이 "시내에서 멀리 떨어져 있는 위대한 예술이 작고 고요한 세계를 형성"하지만, 피사의 사탑의 "기울어짐이 약간은 거슬린다." 대성당의 파사드는 "위풍당당하고 고귀하다. 오래된 금속으로 된

산 조반니 세례당, 피사

---

99 갈릴레오가 낙하의 실험을 하기도 했던 사탑은 8층 구조의 내부에 여러 개의 종이 달려 있다.

치마부에 〈마리아와 요한이 함께하는 권좌에 앉아 있는 예수〉
피사 대성당

성 요한을 묘사한 부분

대성당의 문은 근엄하고 단단하다. 그 옆의
두 개의 문은 가려해 보인다. 대성당은 구성
과 장식적인 면에서 하나의 기적이다. 모든
것이 고대의 명료함이 보인다. 교회 제단의
성가대석에 새겨진 조각은 화려하다."

　피사의 대성당에는 피렌체의 화가 치마부
에Giovanni Cimabue(1240~1302)의 모자이크[100]와
안드레아 델 사르토의 작품 〈로마의 성 아그
네스Sant'Agnese di Roma〉[101]가 있다.

　캄포산토의 "대단히 진지하고 위엄 있는"
공간과 고촐리Benozzo Gozzoli(1421?~1497)의

안드레아 델 사르토 〈로마의 성 아그네
스〉 피사 대성당

100　피사의 대성당 내에 있는 치마부에의 작품이란 대성당의 모자이크 〈마리아와 요한이 함께하는 권
　　좌에 앉아 있는 예수〉 중 성 요한을 묘사한 부분(1301~1302)을 의미한다.
101　성 아그네스는 로마에서 활동한 동정녀로 그녀의 그림에는 양이 있고 종려가지 나무를 들고 있는
　　모습으로 묘사된다.

고촐리 〈만취한 노아와 포도주〉 피사의 캄포산토

"우스꽝스럽고 즐거운 프레스코[102]가 대조를 이룬다." 그리고 〈죽음의 승리Trionfo della morte〉[103]는 헤세에게 "큰 영향력"을 행사하고 "상상력을 확대시킨다"(339쪽 참조).

헤세는 "아르노강가에 있는 고딕 스타일의 산타 마리아 델라 스피나 성당Chiesa di Santa Maria della Spina[104]", "깨끗하고 대단히 조용한" 피사와

산타 마리아 델라 스피나 성당, 피사
(© Joanbanjo)

---

102 고촐리의 작품은 구약성서 창세기 9장 20~27절을 주제로 한 프레스코 〈만취한 노아와 포도주〉, 〈바벨탑의 건설〉과 〈함의 저주〉이다.

103 〈죽음의 승리〉는 13세기에 완성된 것으로 추측되며 최근 연구에 따르면 Maestro del trionfo della Morte라 불리는 장인의 작품, 또는 트리아니(Francesco Traini)의 작품이라 간주되고 있다. 이 작품은 페스트에 대한 공포를 살린 작품이다. 납골당은 가운데 안뜰을 둘러싼 장방형의 고딕풍 건축물이다.

104 스피나는 가시관을 뜻한다. 성당의 모습이 가시관을 연상시킨다.

리보르노 항구[105]를 방문하고 피렌체로 돌아온다(11권 228 이하 참조).

1901년 4월 20일

1901년 4월 20일 헤세는 피렌체와 프
라토Prato를 방문한다.

우피치 미술관에 있는 보티첼
리의 〈성모와 다섯 천사Madonna
adorante il Bambino con cinque angeli〉,
"성 다미안이 마리아에게서 머리를
돌리는" 모습을 그린 〈산탐브로조의
제단화Sant'Ambrogio Altarpiece〉[106]와 "강렬한
화려함을 지니고 있는 멋진 배경"이 그려

보티첼리 〈성모와 다섯 천사〉 우피치 미술관

진 〈봄Primavera〉을 볼 수 있다. 그리고 보티치니Francesco Botticini(1446~1497)
의 "내적인 깊은 경건함"이 있는 〈토비아스와 세 명의 대천사I tre Arcangeli e
Tobias〉가 있다.

피렌체에서 약 20km 떨어진 곳에 "피렌체와 마찬가지로 오래되고 좁
은 거리들이 있"다. 그곳은 "진정한 토스카나의 풍광을" 지녔으며, "어제
보았던 시끄러운 리보르노와는 대조를 이루는 대단히 쾌적한" 프라토가
있다. 이곳에는 바실리카 양식의 "인상 깊지만, 아름답지는 않은" 산타 마
리아 델레 카르체리 성당Basilica di delle Santa Maria delle Carceri이 있다. "검소

---

105 리보르노 항구의 대부분은 습지이다.

106 이 그림에는 마리아 막달레나, 세례 요한, 아시시의 성 프란체스코, 알렉산드리아의 카타리나, 그
리고 무릎을 꿇고 있는 아라비아 출신의 쌍둥이 의사 코스마와 다미아노가 있다. 헤세는 이 그림
에서 성모 마리아 쪽으로 머리를 돌리는 다미아노를 언급한다.

보티첼리 〈봄〉 우피치 미술관

보티첼리 〈산탐브로조의 제단화〉 우피치 미술관

보티치니 〈토비아스와 세 명의 대천사〉 우피치 미술관

하고 작은” 프라토 대성당Dom von Prato에는 “헤로디아의 모습이 아름다
운” 프라 필리포 리피의 프레스코 〈헤롯의 향연Banchetto di erode〉[107]을 볼 수
있다.

프라토 대성당

프라 필리포 리피 〈헤롯의 향연〉 프라토 대성당

그 외에 프라토에는 산 니콜로 성당Chiesa di San Niccolò, 산 프란체스코 성당Chiesa di San Francesco, 그리고 프라토 출신의 상인 다티니Francesco Datini (1335~1410)의 입상과 분수가 있는 팔라초 코뮤날레Palazzo Comunale(시청사) 광장이 있다(11권 230 이하 참조).

---

107 세례 요한은 헤롯이 동생의 아내 헤로디아와 결혼한 것에 대해 왕을 질책한다. 헤롯은 화가 나 요한을 감옥에 집어넣는다. 헤롯은 향연을 베풀면서, 헤로디아의 딸 살로메의 춤의 매력에 빠져, 그녀가 원하는 것을 다 해 주겠다고 한다. 헤로디아는 딸에게 요한의 머리를 요구하라고 지시한다.

1901년 4월 21일

1901년 4월 21일 헤세는 바르젤로 국립 박물관과 피에솔레를 방문한다.

바르젤로 국립 박물관에는 르네상스 시대의 "고귀한 장식이 있는 프랑스와 독일의 은빛 성 유물함"이 있는데, "이 유물함의 바닥은 에나멜이 칠해져 있고, 엄격하고 순수한 구조와 장식으로 인하여 유사한 다른 작품보다 두드러져 보이는 14세기 토스카풍"이다. 그리고 조각가 파스티Matteo di Andrea de' Pasti(1420~1467/1468)의 작품인 "놀라울 정도로 잘 생기고 진지하며 고귀하게 보이는" 군주 말라테스타Sigismondo Pandolfo Malatesta (1417~1468)[108]의 얼굴이 새겨진 메달도 있다.

피에솔레에는 산 도메니코 수녀원Convento di San Domenico, "회랑과 멋진 로자"가 있는 바디아 피에솔라나 수녀원Convento di Badia Fiesolana이 있다. 그 후 헤세는 미켈란젤로 광장으로 가서 "장엄한 일몰과 산의 윤곽"을 보고 난 뒤, 아르노강가를 "배회한다"(11권 232 이하 참조).

1901년 4월 22일

1901년 4월 22일 헤세는 "고요하고 부유해 보이며, 산이 많고 비옥한 지역에 위치한" 피스토이아를 방문한다.

피스토이아에는 "오래되고 대단히 흥미로운" 로마네스크 양식의 산 조반니 푸오르치비타스 성당Chiesa di San Giovanni Fuorcivitas이 있다. 산 제노

---

108 군주 말라테스타는 이탈리아에서 가장 힘 있는 군사 지도자 중의 한 명으로, 1465년 오스만 제국과의 전쟁에서 베네치아군을 이끌었으며, 시인이자 예술의 후원자였다.

베로키오와 로렌초 디 크레디 〈광장의 성모〉 산 제노 대성당

대성당Cattedrale di San Zeno의 "실망스럽고, 완전히 볼품없는" 내부에 "로자,
왕관 그리고 융단으로 장식된 대단히 기품 있는" 크레디의 〈광장의 성모
Madonna di Piazza〉[109]를 볼 수 있다. 이 작품의 배경에는 꽃병이 놓이고 다소
특이하게 개방된 벽으로 풍경, 그리고 나무가 보인다. "피사의 예술은 피
스토이아의 예술에 지배적으로 영향을 미쳤다"고 한다. 산 제노 대성당
현관에는 안드레아 델라 로비아의 작품들이 있다.

팔라초 프레토리오Palazzo Pretorio는 "훌륭하고 육중하여 상스럽지 않으
며, 문장이 그려진 아치가 묵직하고 화려하다." 팔라초 델 코무네Palazzo
del Comune(시청사)의 계단과 건물에는 잘 만들어진 가로등과 고딕풍의 창
문들이 있고, 건물 2층에는 프레스코가 남아 있다. 체포 병원Ospedale Del

---

109 헤세는 크레디의 작품이라고 하였는데, 이 작품은 베로키오와 그의 조수 크레디에 의해 완성되었
다. '성모 광장(Piazza della Modonna)'의 완성을 위해 만들어진 작품이라 〈광장의 성모〉라고 한다. 이
작품에는 성모자가 세례 요한, 피에솔레의 성 도나투스와 함께 있다.

안드레아 델라 로비아의 띠 장식, 체포 병원, 피스토이아   산탄드레아 성당의 설교단, 피스토이아

Ceppo의 안드레아 델라 로비아의 거대한 프리즈Friez[110]는 "선명한 띠 장식
으로 인해 화려하다."

"대부분의 다른 성당들은 외부만 보았지만, 오래된 예술품의 매력으로
어떤 다른 성당보다 나를 사로잡은 화려한 설교단[111]이 있는 오래된 산탄
드레아 성당Pieve di Sant'Andrea을 내부에서 자세히 관찰하였다."

헤세를 사로잡은 화려한 설교단의 조각품은 성 요한의 독수리, 예언가,
여자 예언가와 천사, 수태고지, 동방박사의 꿈, 베들레헴의 대학살, 십자
가의 그리스도, 최후의 만찬이 조각되어 있다. 1913년 헤세는 베르가모
의 산타 마리아 마조레 성당의 제단이 있는 조각 작품의 내용을 자세히
묘사한다.

그때 아브라함은 하갈을 내치고 솔로몬은 그의 판결을 선포한다. 다윗은
사울 왕 앞에서 하프를 연주하고 거인을 내려친다. 유디트는 홀로페르네스
의 천막에서 나온다. 왕들과 족장들은 천막 안에서 혹은 그리운 나무와 바

---

110 프리즈는 그림이나 조각에 장식된 연속적인 띠 모양의 부분을 뜻한다.
111 산탄드레아 성당 내의 설교단이란 피사노(Giovanni Pisano)의 설교단을 말한다.

위가 많은 산이 있는 아름다운 풍경 속에서 거닐고 다스린다. 곳곳에 특별히 광채가 나는 판, 데생의 섬세한 아이디어가 빛을 발하고, 1150년 동안 작업을 한 그림들이 사랑스러운 작업의 매력, 깊은 색조, 인내심 넘치는 정확성과 현명한 우아가 돋보이고 있다(11권 311).

『나르치스와 골트문트Narziss und Goldmund』(1930)의 18장에서 골트문트는 나르치스에 의해 구조된 후, 그가 마련해 준 수도원 부속 건물의 작업실에 '설교단'을 만들 것을 계획한다. 작품의 내용은 다음과 같다.

그 작품은 두 부분으로 이루어져, 그 한 부분은 속세를, 다른 한 부분은 신성한 언어의 세계를 나타낼 계획이었다. 아랫부분에 자리 잡은, 단단한 참나무로 된 계단은 삼라만상을 표현한다. 즉 자연의 갖가지 상과 족장들의 단순한 생활상을 표현하는 것이다. 윗부분은 네 명의 복음서 저자들의 동상으로 떠받칠 작정이었다(4권 507).

두터운 나선형의 제단에서 식물과 동물과 인간의 모습을 담은 조그마한 세계가 드러나 있으며, 그 중앙에는 포도덩굴과 포도알 사이에 서 있는 노아와 그림책과 창조주의 찬가와 그 아름다움이 자유롭게 유희를 하는 듯하면서도 은밀한 질서와 규율에 의해 표현되었다(4권 510).

『나르치스와 골트문트』19장에서 골트문트는 2년 동안 작업하여 설교단을 완성한 후 계단에 목각으로 조그마한 낙원을 새기는데, 작품의 내용은 다음과 같다.

계단에 목각으로 조그마한 낙원을 새겼는데, 그는 아주 만족스러운 감정으로 거기에다 나무라든가 포도덩굴이라든가 잡초 따위가 자라는 들판을 새겼으며, 나뭇가지 사이로 새들이 노니는 광경을 표현했다. 그리고 그 사이사이로 동물들의 몸체나 머리통이 보이도록 했다. 또한, 그 평화로운 낙원의 한복판에다 족장들의 생활 중 몇 가지의 단면을 따서 표현했다 (4권 512).

피스토이아의 산탄드레아 성당의 설교단과 베르가모의 산타 마리아 마조레 성당의 제단에 새겨진 조각 작품에서는 나무와 바위가 많은 산의 아름다운 풍경 속에 유대의 지도자들인 아브라함, 솔로몬, 다윗과 유디트 Judith[112]의 행적을 그리고 있는데, 이는 골트문트가 완성한 설교단과 계단을 장식하고 있는 목각의 내용을 연상케 한다.[16]

성당을 본 후, 헤세는 피스토이아의 "별로 맛이 없고 비싼" 음식점과 "덥고 무더운" 날씨 때문에 여행을 즐기지 못한다. 그럼에도 그에게는 "산탄드레아 성당, 궁전들, 로첸초의 작품의 인상이 지속적으로 남아 있다"(11권 233 이하 참조).

1901년 4월 23일

1901년 4월 23일 헤세는 피렌체 근교를 방문한다.

갈루초 수도원Certosa del Galluzzo에는 오르카냐와 도나텔로의 묘, 그리고 회랑이 있다. 수도원 근처에서는 꽃과 수풀, 평화와 은둔의 향기를 느낄 수 있다.

---

112 유디트는 구약성서에 등장하는 베투리아 마을의 미망인으로, 아시리아 장군 홀로페르네스의 목을 자르고 나라를 구한 인물이다.

피렌체 최남단에 위치한 포르타 로마나 근처에는 "라일락 향기로 가득
한 정원들과 빌라가 있는 거리", "사암으로 만들어진 오래된 성 조르조의
부조로 장식된 포르타 산 조르조"와 "소박한 파사드와 주위의 아름다운
사이프러스 나무로 에워싸인" 포르타 산 미니아토Porta San Miniato가 있다.
그리고 폰테 알레 그라치에Ponte alle Grazie에서 보이는 "진한 초록빛" 멋진
아르노강 아래에 "저녁의 모든 색채가 아른거린다"(11권 234 이하 참조).

1901년 4월 24일

1901년 4월 24일 헤세는 산타 마리아 노벨라 성당을 방문한다.
　피렌체에서 "가장 화려한 제단의 프레스코들"이 있는 산타 마리아 노
벨라 성당에는 "양쪽에 무릎을 꿇은 세 천사"와 함께 있는 치마부에(두
초 디 부오닌세냐)의 〈루첼라이 성모〉와 스트로치 예배당에 있는 "신선하
고 생동감 넘치지만, 피상적인" 필리피노 리피의 프레스코들이 있다. 스
페인 예배당Cappellone degli Spagnoli에는 "전체가 그림으로 가득 찬 아름다
운 공간, 내용은 의미 있지만 예술적으로는 중요하지 않"은 프레스코들이
있다.

필리피노 리피 〈성 요한의 고문〉 산타 마리아 노벨라
성당

필리피노 리피 〈성 필립의 처형〉 산타 마리아 노벨라
성당

안드레아 디 보나이우토 〈교회의 승리〉 산타 마리아 노벨라 성당

헤세는 세티냐노 언덕에 있는 사이프러스 아래 잔디에서 쉬었다가 시내로 돌아온다(11권 235 이하 참조).

1901년 4월 25일

1901년 4월 25일 헤세는 피렌체 시내와 피에솔레를 방문한다.

산타 마리아 델 피오레 대성당은 "넓이와 높이로 장엄한" 본당이 있고, 성당의 돔에서 바닥까지 아름다운 모자이크가 있는 회랑을 볼 수 있다.

피에솔레의 숲속 뒤에는 "몇 개의 큰 농장들이 있는 고독하지만 비옥한" 산 클레멘테 거리Via San Clemente와 무스콜리의 산 미카엘 성당Chiesa di San Michele a Muscoli이 있다. 이곳은 "사이프러스와 하늘"이 보이고 "아래에는 황야, 정원 그리고 전나무 등이 있는 고독한 지역"이다. 그리고 헤세는 세티냐노 언덕 쪽으로 되돌아와 "놀라운 벚꽃이 피어 있는" 카스텔로 빈칠리아타로 내려간다(11권 236 이하 참조).

1901년 4월 26일

1901년 4월 26일 헤세는 산티시마 안눈치아타 성당Basilica Santuario della Santissima Annunziata을 방문한다.

산티시마 안눈치아타 성당의 주랑 현관 위 뤼네트를 장식하는 그림으로 사르토의 프레스코 〈자루의 성모Madonna del Sacco〉가 보인다. 사르토의 〈자루의 성모〉는 성모가 이집트로 피신할 때 짐이 든 자루를 갖고 있는 모습을 그렸으며, 성모의 무릎에 예수가 안겨 있고, 옆에는 요셉이 자루에 기대 책을 읽는 모습을 묘사하고 있다.

산티시마 안눈치아타 성당 옆에 있는, 유럽에서 가장 오래된 공공 건

안드레아 델 사르토 〈자루의 성모〉
산티시마 안눈치아타 성당

산티시마 안눈치아타 성당, 피렌체

안드레아 델라 로비아 〈수태고지〉 산티시마 안눈
치아타 성당

안드레아 델 사르토 〈황야에서의 세례〉 스칼초 회랑

물인 오스페달레 델리 인노첸티 고아원Ospedale degli Innocenti에는 안드레
아 델라 로비아의 〈수태고지Annunciazione〉를 볼 수 있다. 그리고 "밝고
섬세한 주랑이 있는 안마당" 스칼초 회랑Chiostro dello Scalzo에는 "갈색"으
로 그려진 요한의 프레스코가 있다. 그중 대표적인 것은 사르토의 〈황야
에서의 세례Il Battesimo delle Moltitudini〉와 프란차비조Franciabigio di Cristofano
(1482~1525)[113]의 "유명한 소년의 모습이 보이고 배경에는 아름다운 사이프
러스"가 있는 〈젊은 요한의 세례Benedizione del Giovane San Giovanni〉이다(11권
237 참조).

1901년 4월 27일

1901년 4월 27일 헤세는 로자 데이 란치, 팔라초 베키오, 우피치 박물
관, 바사리 통로를 방문한다.

로자 데이 란치에서는 "특별히 매력적인" 조각가 첼리니Benvenuto Cellini

---

113   프란차비조의 원래 이름은 프란체스코 디 크리스토파노(Francesco di Cristofano)이다.

(1500~1571)의 〈메두사의 머리를 들고 있는 페르세우스〉[114]를 볼 수 있다. 우피치 미술관에는 헤세가 좋아하는 라파엘로의 〈검은 방울새의 성모〉가 있다. 여기에는 '보티첼리의 방', '고대관 로렌초 모나코Lorenzo Monaco의 방'이 있다. 그리고 바사리 통로에서는 "이름 없는 초상화들과 아르노강"을 볼 수 있다.

헤세는 피에솔레에서 피렌체를 내려다보며, 거지 아이들, 꽃을 파는 여자아이들과 작별을 하고 "무거운 마음"으로 "자신에게 너무 값진 장소가 된 그 고요한 장소"를 떠난다(11권 237 이하 참조).

첼리니 〈메두사의 머리를 들고 있는 페르세우스〉
로자 데이 란치

1901년 4월 28일

1901년 4월 28일 피렌체 체류 마지막 날, 헤세는 우피치 미술관, 바디아 피오렌티나 성당, 산타 마리아 델 피오레 대성당을 방문한다.

우피치 미술관 1층의 홀에는 수많은 초상화들이 전시되어 있다. 여기에는 토스카나 화가들의 작품들과 미니어처들, "섬세하고 충실히" 작업된 피렌체의 제라르도Gherardo von Firenze(1320/1325~1362/1363)의 〈수태고지〉가 있다. 헤세는 바디아 피오렌티나 성당으로 가 필리피노의 작품에 이별

---

114 첼리니는 메디치 가문을 신화 속 메두사에게서 안드로메다를 구한 페르세우스로 비유하고 있다. 팔라초 베키오의 로자 데이 란치에 있는 〈메두사의 머리를 들고 있는 페르세우스〉가 보인다. 이 작품은 1554년 4월 27일 로자 데이 란치에 전시되었다. 이때 광장에는 미켈란젤로의 〈다비드〉, 반디넬리(Bandinelli)의 〈헤라클레스와 카쿠스(Ercole e Caco)〉, 도나텔로의 〈유디트와 홀로페르네스(Judith et Holopherne)〉가 전시되어 있었다.

을 고하고, 산타 마리아 델 피오레 대성당, 세례당, 산 미니아토 알 몬테 성당으로 가서 시내와 피에솔레를 바라본다(11권 238 이하 참조).

1901년 4월 29일

1901년 4월 29일 헤세는 "그림같이 아름다우며, 언젠가는 한번 며칠 동안 걸어 보고 싶은" 알프스를 지나 볼로냐를 방문한다.

"편안하고 유복"하며, "포르티코Portico[115]가 있는 대단히 활기찬 볼로냐는 전 도시가 우아하고 독특한 매력을 지니고 있는" 도시이다. 이곳에는 "정문의 조각품과 특히 벽기둥의 부조가 아름다운" 미완성의 거대한 산 페트로니오 성당Basilica di San Petronio이 있다. 성 페트로니오는 볼로냐의 수호성인이다.

"정말 특이해 보이는" 두 개의 탑Le due Torri, 즉 약간 기울고 낮은 가리센다 탑과 그보다 약간 높은 아시넬리 탑Garisenda e degli Asinelli이 있다.

포르티코, 볼로냐

---

115   포르티코는 열주가 지붕을 받치고 한쪽 면이 개방되어 있는 건축물을 뜻한다.

산 페트로니오 성당, 볼로냐

가리센다 탑과 아시넬리 탑, 볼로냐

볼로냐 국립 미술관

　　"아름다운 기둥들이 줄지어 있는" 볼로냐 국립 미술관Pinacoteca Nazionale
di Bologna에는 "기대한 만큼의 인상을 주지 않는" 라파엘로의 〈체칠리아
Cäcilia〉를 비롯하여, 귀도 레니, 카라치 그리고 조토의 그림이 있으나, 안
내자는 "가치가 없다"라고 말한다. 그리고 국립 미술관에 있는 "정말 훌

라파엘로 〈체칠리아〉 볼로냐 국립 미술관

류한" 페루지노의 〈성자들과 함께 있는 성모자Madonna in Gloria e Santi〉[116]와 "2급 정도"의 수준인 산 자코모 마조레 성당 Basilica di San Giacomo Maggiore이 있다.

볼로냐에는 7개의 성당이 결합한 것으로 유명한 "대단히 매력적이고 친숙하고 독특한" 산토 스테파노 성당Basilica di Santo Stefano에는 "오래되고, 좁고, 낭만적인 회랑, 수많은 아름다운 통로"가 있다.

"특징적인 대도시"이자 "매력적인" 볼로냐에는 "고요하고, 진지하고" 세계에서 가장 오래된 대학이자, 수많은 낭만적 소설에 등장하는 볼로냐 대학이 있다(11권 239 이하 참조).

1901년 4월 30일

1901년 4월 30일 헤세는 라벤나Ravenna[117]를 방문한다.

이탈리아 북부의 도시 라벤나에는 라벤나에서 가장 오래된, "거대하고 잊을 수 없는" 네오니아노 세례당Battistero Neoniano이 있다. 네오니아노 세례당 천장의 푸른빛과 황금빛의 모자이크는 부르크하르트도 "미술사 전체를 통해 가장 현란한 색채의 앙상블을 보여 주는 작품 중 하나라고 칭

116 여기에는 요한, 성녀 아폴로니아(Apollonia), 알렉산드리아의 카타리나(Caterina d'Alexandria), 대천사 미카엘이 그려져 있다.
117 라벤나는 404년 황제 호노리우스(Honorius) 시절에 세워진 서로마의 수도였다.

페루지노 〈성자들과 함께 있는 성모자〉 볼로냐 국립 미술관

산타폴리나레 인 클라세 성
당, 라벤나

송한"(치체로네 24쪽) "고대 그리스도교의 첫 번째 중요한 예술품"[118]이다.
"참신하고 밝은 대성당과 오래된 종탑, 그리고 궁전에 있는 대주교의 예
배당의 놀라운 모자이크"[119]가 있다.

현재 박물관으로 쓰이는 산타폴리나레 인 클라세 성당Basilica di
Sant'Apollinare in Classe에는 "로마와 에트루리아[120] 시대"의 물건들, 그리고 동
고트족의 초대 국왕 "테오도리쿠스 대제Teodorico il Grande(454~526)[121]의 상
아로 된 조각들, 아름다운 봉인과 갑옷"을 볼 수 있다. 신랑Nave[122]의 아
래쪽에 초원, 나무 그리고 12마리의 양들 사이의 성 아폴리나레가 그려져
있다.

라벤나[123]에는 신전 모양의 기념관[124]이 있는데, 여기에는 단테의 것이

---

118 라벤나 세례당의 모자이크는 5세기에 네온 주교(Neon Bischof) 시대에 완성되어, 네온의 라벤나 세
     례당이라고도 한다.
119 주교 궁전의 모자이크는 라벤나의 페터 2세가 495년 대주교가 된 후 완공되었다.
120 에트루리아는 고대 이탈리아 지명으로 지금의 토스카나 지역을 말한다.
121 테오도리쿠스 대제는 488년 왕에 즉위하여, 489년 이손초(Isonzo)와 베로나 전투, 아다강(Adda
     Fiume) 전투에서 승리하였다. 493년에는 라벤나를 점령하였다.
122 신랑은 초기 기독교 바실리카 양식의 교회의 배부 중앙 부분을 말하는 곳으로, 건물 안의 사람들
     이 모이는 곳이다.
123 단테는 죽기 전에 라벤나로 도피를 했는데, 라벤나의 영주 폴렌타(Guido Novelle da Polenta)가 단테를
     받아 주었고, 그는 이곳에서 그의 『신곡』을 완성한다.
124 단테의 묘는 예전 산 프란체스코 성당의 회랑 외벽에 위치한다.

라 추정되는 유골이 안치되어 있다. 부르크하르트의 『이탈리아 르네상스의 문화』에 따르면 당시 이탈리아 사람들은 '근대적인 명성'에 관심을 가지기 시작하였다고 한다.

이탈리아 도시들은 자기네 출신이든 타지 사람이든 저명인의 유골을 보유하고 있다는 사실에 상당한 명예심을 느꼈다(이탈리아 르네상스의 문화 217).

이탈리아 사람들은 "명성이라는 새로운 삶의 요소를 싹틔우기"(이탈리아 르네상스의 문화 213) 위하여 고대 로마 작가들의 명성에 관심을 가지게 되었고, 동시에 유명인사의 묘지 숭배와 생가 숭배 현상이 같이 나타났다. 부르크하르트는 단테의 묘를 다음과 같이 설명한다.

라벤나의 산 프란체스코 성당 옆에 있는 고대의 황제의 능과 성인들의 묘 사이에서 단테는 조국 피렌체가 그에게 줄 수 있는 어떤 동반자보다 더 영예로운 이들을 벗 삼아 조용히 잠들어 있다(이탈리아 르네상스의 문화 217 이하).

다각형의 특이한 형태의 "화려한 산 비탈레 성당Basilica di San Vitale"[125]에는 "대단히 풍요롭고 훌륭한 모자이크"가 있다. 부르크하르트는 이 작품을 다음과 같이 묘사하고 있다.

유스티니아누스와 테오도라의 행렬이 담긴 화려한 의식의 모습을 보여준다. 실로 그 내용의 특이함에 눌려 예술적인 가치마저도 뒷전에 밀린 상황이다. 이 화면 옆으로는 구약성서가 전하는, 피 흘리는 제물과 피 흘림이

---

125 비탈레는 생명이라는 뜻이다.

산 비탈레 성당, 라벤나

없는 제물의 일화들(아벨의 제물, 아브라함이 세 명의 나그네를 환대하는 장면, 이삭
의 제물, 멜기세덱의 제사), 모세 이야기, 그리고 예언자들이 묘사되어 있다(치
체로네 26 이하).

라벤나에서 가장 오래된 모자이크가 있는 곳은 "천년이 된 고대의 스
타일과 풍요로운 색채의 빛의 대조로 인해 불멸과 영원의 인상을 주
는" 갈라 플라치디아 영묘Mausoleum der Galla Placidia이다. 갈라 플라치디아
(388/392~450)는 동로마 제국의 황제 테오도시우스 1세Theodosius I(401~450)
의 딸로, 서고트족의 왕 아타울푸스Ataulphus(370?~415)와 결혼하였다. 남편
이 죽은 후 왕위를 계승하여 라벤나를 지배했다. 영묘의 중앙 큐폴라에는
"인물상보다 암갈색으로 표현된 아름다운 색채 장식이 훨씬 중요한"(치체
로네 24) 부분과 "파란색 바탕에 화려하고 아름다운 금으로 된 모자이크가
있다."

라벤나의 산타폴리나레 누오보 성당Basilica di Sant'Apollinare Nuovo[126]에는
"유스티니아누스 1세Justinianus I(483~565)의 모자이크와 아름답고 오래된
대리석으로 된 추기경 의자가 있는 작은 예배당"이 있다. 부르크하르트
는 "성당 상부벽의 거대한 두 프리즈"를 언급하는데 이는 "베네치아의 산

갈라 플라치디아 영묘의 모
자이크 〈착한 목자〉 라벤나

마르코 대성당 모자이크 다음으로 거대한 모자이크다"(치체로네 27). 부르
크하르트가 말하는 거대한 두 프리즈에는, 오른쪽 벽에 예수에게 왕관을
바치는 26명의 성직자와 테오도리쿠스 대제의 테오데리히 궁전Palazzo di
Teodorico이, 왼쪽 벽에는 비잔틴 시대의 22명의 성처녀의 행렬이 보인다.

헤세의 라벤나에서의 경험은 날씨와 연관된다. 당일에 라벤나에는 뇌
우가 몰아쳤다. 그는 전날 볼로냐를 방문했을 때부터 감기가 들어, 라벤
나의 약국에서 안티피린Antipyrine[127]을 사 먹는다. 라벤나에서 받은 그의
인상은 다음과 같다.

비가 내렸다. 도시는 나에게 우울해 보인다. 나는 끔찍한 코감기에 걸렸
다. 그럼에도 이 모자이크는 뭐라 설명할 수 없는 즐거움을 나에게 준다. 나
는 라벤나를 방문한 것이 너무도 기뻤다. […] 아주 의심스러운 약국에서 나
는 안티피린을 받았다. 그러나 전혀 안티피린 같지 않았고, 대단히 더러워
보였다(11권 240 이하).

126   산타폴리나레 누오보 성당은 유스티니아누스 1세의 통치기에 재건되었다.
127   안티피린은 1911년 전에는 진통제나 해열제로 사용되었다.

이탈리아가 태양빛이 강렬하여 따뜻할 것이라고만 생각하고, 맑은 날을 염원했던 헤세에게 뇌우가 쏟아지는 이탈리아의 날씨는 당황스러웠을 것이다. 그는 라벤나에서의 경험에 기초해 「라벤나Ravenna」(1901)란 작품을 남기고 있다. 그중 1연의 내용은 다음과 같다.

♪ 라벤나

나도 라벤나란 도시에 간 적이 있었다.
자그마하고 활기 없는 도시에는
책에서도 볼 수 있는
성당들과 많은 폐허들이 보인다.

지나가며 둘러보니
수천 년 동안 침묵한
거리는 우울하고 습기에 차 있다.
그리고 곳곳에 이끼와 잔디가 자라고 있다.

그것은 마치 옛 노래에 같다 —
노래를 들어도 웃는 사람 하나 없고
그렇지만 귀 기울여 보면 누구나 밤늦게까지
곰곰이 생각하게 하는 그런 노래. (10권 77)

겨울에 거의 난방을 하지 않는 당시의 라벤나는 헤세에게 대단히 추웠던 것으로 보인다. 감기에 걸린 그에게 라벤나는 활기 없는 도시, 우울하고 습기에 차 있는 도시이다. 그는 "고요하고, 오래되고 여러 면에서 흥미

롭지만 초라하고, 가난한 […] 그렇지만 마치 옛 노래와 같은" 라벤나를 떠
난다. 그러나 기차의 연착으로 인해 계획에 없던 페라라를 방문하여 "가
로수와 신록과 꽃들이 만발한" 역 주변을 둘러본다. 그는 이탈리아가 주
는 삶의 매력으로 감기도 극복하였다고 기록한다(11권 240 이하 참조).

　헤세는 밤 10시가 되어서야 파도바에 도착한다. 그는 파도바의 포르티
코, 유명한 광장들과 거대한 성당들을 달빛 속에서 관찰하고 다음과 같이
말한다.

　　이탈리아의 삶이 주는 매력은 지독한 감기를 극복하게 할 정도로 대단하
　　다. 나는 이렇게 불행한 상황에서도 기분이 좋아졌다(11권 242).

　헤세는 예상치 못한 이탈리아의 추운 날씨로 감기에 걸려 약국에서 해
열제를 사 먹으면서도, 이탈리아의 매력에 빠져 있었다.[12]

1901년 5월 1일

　1901년 5월 1일 헤세는 "포르티코"가 많은, "그림처럼 아름다운" 파도
바를 볼로냐보다도 "훨씬 매력적이고 친근하게 느낀다."
　예전에 재판소 건물이었던 팔라초 델라 라조네Palazzo della Ragione[128]는
1306년 완공되었다. 이 지붕은 뒤집어진 선체의 모양을 하고 있다. 이 건
물을 중심으로 에르베 광장Piazza delle Erbe과 프루티 광장Piazza delle Frutti으
로 나뉘어 있다. 이곳은 현재 과일과 채소를 파는 노천 시장이 있어 파도

128　팔라초 델라 라조네는 1172년 착공하여 1219년 완공되었고, 천장을 받치는 기둥이 없는 거대한
　　지붕으로 유명하다.

팔라초 델라 라조네, 파도바

바의 부엌이라 일컫는다. "통일 광장Piazza dell'Unità[129]"에는 성 마르코의 사
자가 있는 기둥과 시계탑이 있는 팔라초 델 카피타노Palazzo del Capitano(시
청사)가 있다.

안테노르 광장에는 안테노르의 묘Tomba di Antenore[130]가 있다. 부르크하
르트는 『이탈리아 르네상스의 문화』에서 안테노르의 묘를 다음과 같이
설명한다.

파도바는 16세기에 들어설 때까지, 트로이 사람으로서 파도바를 건설한
안테노르의 진짜 유해뿐 아니라, 티투스 리비우스의 유해까지 갖고 있다고
믿었다(이탈리아 르네상스의 문화 218).

---

129   통일 광장의 이름은 원래 시뇨리 광장(Piazza dei Signori)이었으나. 1870년 이탈리아가 통일된 후에
      통일 광장이 되었다. 현재는 다시 '시뇨리 광장'이라고 부른다.
130   안테르노는 트로이의 왕이자 장로 프리아모스(Priamos)의 고문이다.

고대 로마의 역사가 리비우스Titus Livius(B.C.
59~A.D. 17)에 따르면, 파도바는 안테노르[131]에 의
해 건립되었다.

파도바의 주요 건물에는 31개의 아치가 돋보
이는 "소박하지만 멋진" 산 프란체스코 대성당
Chiesa di San Francesco Grande이 있다.

"거대하고 호화로운" 산탄토니오 성당 앞에
있는 산토 광장Piazza del Santo에는 "소박하지만
자부심이 가득한" 도나텔로의 〈가타멜라타 기

도나텔로 〈가타멜라타 기마상〉 산
토 광장, 파도바

마상Monumento equestre al Gattamelata〉[132]이 있다. 산탄토니오 성당Basilica di
Sant'Antonio 내에는 사람들이 성 안토니우스의 관을 "기도하면서 계속 어
루만지고 키스하였다." 부르크하르트는 파도바를 다음과 같이 평가한다.

---

131 로마의 시인 베르길리우스(Publius Vergilius Maro, B.C. 70~B.C. 19)의 『아이네이스(Aeneis)』에서도 안테
노르가 파도바를 건설했다고 한다. 트로이가 멸망하자, 비너스는 주피터에게 전쟁에 패배한 트로
이인들이 트로이를 떠나 정착할 곳을 찾으며 겪는 시련을 이야기한다. 안테노르가 트로이를 탈출
해 이탈리아 북부 도시 파도바를 세웠다고 하는 대목은 다음과 같다. "안테노르는 아키비족 사이
로 빠져나가 배를 타고/일뤼리쿰 만들과 리부르니인들의 깊숙한 나라로 무사히 들어가/티마부스
강의 원천을 건널 수 있었어요./산이 크게 으르렁거리는 가운데/바로 그 강의 아홉 개의 입에서
조수가 용솟음쳐 올라 들판들을 바다의/펑음으로 에워싸지요. 이곳에 그는 파타비움시와 테우케
르 백성들의/거처를 세우고, 백성들에게 이름을 지어 주고 트로이야의 무구들을/걸어 둘 수 있으
며, 지금은 정착하여 평화와 안식을 누리고 있어요(아이네이스 I, 242~249). 베르길리우스, 『아이네
이스』, 천병희 옮김, 숲, 2007, 31쪽 이하.
안테노르가 피해 간 아키비족(Achivi)은 트로이에서 싸웠던 그리스인들을 말한다. 일리리쿰
(Illyricum)만은 아드리아 북쪽에 위치하고, 리부르니인들은 지금의 크로아티아와 달마티아 지방
의 북쪽에 살던 부족이다. 티마부스(Timavus/Timavo River)는 아드리아해의 트리에스테시와 아퀼
레이아시 사이에 있는 강이다. 여기에서 안테노르가 세운 파타비움(Patavium)은 현재의 파도바를
칭하고, 테우케르(Teucer)는 트로이의 왕이며, 테우케르 백성이란 트로이인을 말한다. 호메로스
(Homeros, B.C. 800?~B.C. 750)의 『일리아스(Illiad)』(3권 149~160)에도 안테노르가 등장하는데, 그는 트
로이 전쟁의 원인이 되었던 헬레나를 돌려보내라고 조언한다.
132 에라스모 다 나르니(Erasmo da Narni, 1370~1443)는 나르니에서 태어났기 때문에, '나르니'라는 이름
이 붙었지만, 보통 '가타멜라타'라는 이름으로 더 잘 알려졌다. 베네치아 용병 대장이며 외교관이
던 가타멜라타는 1437년 파도바의 시장이 되었다. 파도바에 있는 도나텔로의 〈가타멜라타 기마
상〉은 고대 이후로 처음으로 주조된 청동 조각품이다.

산탄토니오 성당, 파도바

    파도바로서는 최소한 다른 나라의 유명 전사들이 자원해서 그곳에 묻혔다는 것만으로도 영예로운 일일 것이다. [⋯] 나르니의 가타멜라타 (1370~1442)가 그들인데, 특히 가타멜라타의 경우는 "개선하는 카이사르의 모습을 닮은" 그의 청동 기마상까지 산토 성당 옆에 세워져 있다(이탈리아 르네상스의 문화 220).

    산탄토니오 성당에는 또한, 이탈리아 "서간 문학가로 이름을 날린"(이탈리아 르네상스의 문화 306) 시인이자 추기경인 벰보Pietro Bembo(1470~1547)[133]의 관도 있다.

    "늙은 플라타너스 나무들"이 있는 비토리오 에마누엘레 광장(프라토 델라 발레 광장)[134]에는 "고딕 양식"의 "감탄할 만한" 산타 유스티나 성당Basilica

---

133 추기경인 피에트로 벰보는 페트라르카의 작품에 대중의 관심을 일으키는 데 기여했으며, 『아솔라니(Gli Asolani)』와 『사르카(Sarca)』 등의 작가로도 명성을 떨쳤다.

134 산타 유스티나 성당 앞 프라토 델라 발레(Prato della Valle) 광장은 1861~1946년 이탈리아 왕국 시절

산타 유스티나 성당, 파도바

di Santa Giustina이 있다. "파비아의 수도원, 피사와 피스토이아의 성당 내
부는 강력한 인상을 주지만, 피렌체의 성당은 독일 고딕 성당보다는 강
한 인상을 주지는 못한다. 그러나 피렌체와 베네치아의 궁전들과 필적
할 만한 것이 없다." 파비아에는 1222년 설립되어, 코페르니쿠스Nicolaus
Copernicus(1473~1543)와 같은 위대한 학자를 배출해 냈고 갈릴레이Galileo
Galile(1564~1642)가 교수로 있던 "유서 깊은 대학인 파도바 대학"이 있다.

로마네스크 양식의 에레미타니 성당Chiesa degli Eremitani에서는 "두각을
보이는" 만테냐의 프레스코[135]의 일부를 볼 수 있다. 헤세는 너무 피곤해
스크로베니 예배당Cappella degli Scrovegni[136]을 자세히 보지 않았다고 언급

에는 공식적으로 '비토리오 에마누엘레 광장'이란 이름으로 불렸다. 헤세가 방문한 시기가 바로
이때라, 그는 '비토리오 에마누엘레 광장'을 방문했다고 기록하고 있다.

135   만테냐의 프레스코는 성 야코보(성 제임스)의 일대기를 말한다. 이 그림의 내용은 '성 야코보와 그
의 동생 요한이 예수의 부름을 받다', '성 야코보의 설교', '성 야코보가 헤르모게네스(Hermogenes)에
게 세례를 주다', '야코보의 재판', '야코보가 처형을 당하다'와 '순교의 내용'으로 되어 있다. 이 그
림은 1944년 11월 3월 2차 세계대전 중에 소실되었다.

136   스크로베니 예배당은 보통 아레나 예배당(Cappella dell'arena)이라 알려져 있어 헤세는 '아레나 성당'

안드레아 만테냐 〈성 야코보의 생애〉
에레미타니 성당

에레미타니 성당, 파도바

하는데, 스크로베니 예배당에 있는 조토의 그림은 소설 『황야의 이리Der
Steppenwolf』(1927)에 등장한다.

『황야의 이리』 중 「하리 할러의 수기. 미친 사람만 볼 것Harry Hallers
Aufzeichnungen. Nur für Verrückte」에는 이탈리아의 파도바에 대한 이야기가
나온다. 할러는 저녁에 산책하다가 "자그마한 고풍의 술집"(4권 34)에 들
어갔다. 그곳에서 포도주를 마시고는 기분이 좋아지면서 "천상의 멜로디
가 떠오르기"도 하고, "마음속에 그 무엇이 멀리에 있는 신들의 숭고한 세
계에서 부르는 소리에 응답"하기도 하고 "머릿속에는 수천 가지의 영상
들"이 떠오른다고 하며 다음과 같이 말한다.

거기에는 파도바 성당의 작고 푸른 둥근 천장에, 조토가 그린 천사의 무
리가 있었다(4권 36).

파도바의 작은 성당은 조토와 단테가 활동하던 시기, 고리대금업자 엔
리코 스크로베니Enrico degli Scrovegni가 세운 스크로베니 예배당Cappella degli
Scrovegni을 말한다. 엔리코는 악덕 고리대금업자인 아버지 리날도Rinaldo
di Ugolino Scrovegni의 죄를 없애기 위해 이 성당을 지었다고 한다. 리날도는
단테의 『신곡Göttliche Komödie』 중 17곡에 등장한다. 17곡에 묘사된 리날도
가 받는 벌은 다음과 같다.

나는 일곱 번째 고리의 가장자리를
혼자 걸어서
고통당하는 사람들이 앉아 있는 곳으로 갔다.

─────

이라 부른다. 현재 이 예배당은 파도바의 시립 박물관이 되었다.

그들의 고통은 눈물이 되어 눈에서 분출되었다.

그들은 비처럼 떨어지는 불꽃과 뜨겁게 달구어진 모래를

손으로 내저으며 이리저리 피해 다녔다.

마치 여름날에 벼룩, 파리,

빈대에 물어뜯기는 개가 주둥이와

발목으로 버둥대는 것 같았다.

고통스러운 불길이 떨어지는 가운데

몇 사람을 눈여겨보았지만

아무도 알아볼 수 없었다. 그러나 모두가

목에 주머니를 걸고 있음을 깨달았다.

색깔과 문장이 선명하게 보였다. 그 와중에도

그들의 눈은 주머니를 흡족하게 여기는 것 같았다.

[…]

또 푸른색의 살찐 암퇘지 형상을 새긴

하얀 주머니를 목에 건 자도 보았다. 그가 내게 말했다.

"당신은 이 웅덩이에서 무얼 하고 있는가?

[…]

이 피렌체 사람들 중 나만 파도바 사람이오. (17곡 43~70행)[18]

단테는 대부업자들을 지옥 중 7번째 고리에서 고통받게 한다. 여기에
나오는 "푸른색의 살찐 암퇘지 형상"이란 파도바의 고리업자 스크로베니
집안의 문장을 의미한다.

파도바의 스크로베니 성당에는 조토의 프레스코들이 그려져 있다. 이

조토의 프레스코, 스크로베니 성당

조토 〈예수의 승천〉 스크로베니 성당

조토 〈애도〉 스크로베니 성당

조토 〈엔리코가 천사들에게 성당의 모델을 제시하다〉
스크로베니 성당

성당 속에 있는 조토의 프레스코 중 〈애도Lamentazione〉에는 예수의 죽음
을 애도하는 사람들과 수많은 천사들이 보인다. 헤세에게 스크로베니 성
당에 있는 조토의 프레스코의 수많은 천사들은 "신들의 숭고한 세계"를
말해 주는 이미지 중의 하나인 것이다.

헤세는 "물에서 솟아난 도시이자 말할 수 없는 매력을 지닌" 베네치아
에 도착한다. "가장 멋있는 것은 높은 집들이 들어선 좁고 어두운 운하 사
이로 저녁에 곤돌라를 타는 것이다. 모든 것이 죽은 듯 조용하고, 발자국
소리도, 바람도, 빛도 없이 곤돌라가 노를 저을 때 조용히 들려오는 철썩
거리는 소리만 가득하다" 헤세의 숙소는 베네치아의 "작고 조용한 운하
에 있는 페니체 극장Teatro La Fenice[137]" 옆이다(11권 242 이하 참조).

1901년 5월 2일

1901년 5월 2일 헤세는 베네치아의 산 마르코 광장Piazza San Marco, 산
마르코 대성당과 팔라초 두칼레Palazzo Ducale, 부라노 섬과 토르첼로 섬Isola
di Torcello을 방문한다. 그는 산 마르코 광장을 거닐다가 느낀 베네치아의
인상을 다음과 같이 묘사한다.

바다와 도시가 햇빛을 받아 빛을 발한다. 베네치아란 도시의 독특한 성
격, 동양의 영향, 약간은 나약하게 보이면서도, 특히 장식적인 측면을 보여

조반니 안토니오 카날레토
〈산 마르코 광장〉메트로폴리
탄 미술관

---

137 페니체 극장은 베네치아의 오페라 극장이다.

주는 미적 감각으로 가득한 몰지각한 면이 이해되었고, 이제까지 그림으로
보아서는 알 수 없었던 두칼레 궁전과 산 마르코 대성당을 이해하기 시작하
였다. 그림 같은 인상은 정말로 비할 바 없을 정도로 독특하다.

부라노 섬에는 "200명의 베네치아 소
녀들이 레이스를 뜨는 광경"을 볼 수 있
는 레이스 학교Scuola di Merletti[138]가 있다.
그는 토르첼로 섬에서 "모자이크들로 장
식된 오래된 성당", 그리고 맑은 저녁빛
속의 산 마르코 종탑Campanile di San Marco

레이스 학교의 모습

에 올라가 "일몰 전 저녁의 노을 속에서
기름이 어른거리는 듯한 석호"를 바라본다(11권 244 이하 참조).

1901년 5월 3일

1901년 5월 3일에 헤세는 산 마르코 대성당과 국립 마르차나 도서관
Biblioteca Marciana을 방문한다. 산 마르코 대성당 안에서 진행되는 미사의
과정과 성당 내부의 모습은 다음과 같다.

사제들이 미사를 올리는 동안 때때로 울려 퍼지는 합창과 오르간 음악 소
리는 순수하고, 감동적이고, 완벽했다. 나는 이제까지 이러한 소리를 들어
보지 못했다. 황금과 풍요로움으로 가득 찬 꿈을 꾸는 듯하게 화려한 성당

---

138 16세기 이후 발전된 부라노의 레이스는 18세기에 정점을 이루었다. 19세기에는 레이스 만드는 기
술이 잠시 잊혀졌으나, 1872년 레이스 학교를 만들면서 다시 명맥을 이었다.

야코벨로와 피에트르 파올로 달레
마젠네 〈입상과 성가대 칸막이〉 산
마르코 대성당

에서 거행되는 미사는 그 어디에 비할 바 없이 호화롭고 대단히 인상적이었

다. 대단히 호화로운 미사복을 입은 주교, 대주교 그리고 다른 사제들과, 멋

진 늙은 성직자들이 함께하였다. 몇몇의 성직자는 아름다운 백발이었다. 성

당은 높은 기둥이 받치는 거대한 벽, 모든 것이 황금 모자이크로 된 둥근 천

장과 바닥으로 대단히 화려하게 장식되어 있다. 모든 것이 가장 훌륭한 작

업과 값비싼 자재로 이루어진 것이다. 모자이크는 라벤나 것보다는 그렇게

고귀해 보이지는 않았지만 놀라운 크기와 규모로 보자마자 말문이 막혔다.

산 마르코 대성당 내에서 볼 수 있는 비잔틴 양식의 모자이크들은 "천

사들과 이집트로의 도피"를 묘사하고 있는데, "겉치레뿐이고 모두 참기

어려운 수준"이라는 부정적인 평을 하면서도, "첫눈에 말을 할 수가 없을"

정도로 장대하고, "금으로 된 장식, 벽, 아치와 큐폴라는 동화적인 분위기

를 창출한다."[139]

헤세는 산 마르코 대성당에서 미사를 드리는 과정과 그 내부를 자세히

---

139 헤세는 산 마르코 대성당의 모자이크를 라벤나 것보다도 부정적으로 평가하지만, 부르크하르트
는 『치체로네』(31쪽)에서 "4만 평방 피트에 달하는 모자이크로 장식된 산 마르코 대성당은 실로 이
분야에서 서방 세계가 보여 준 것들 중 가장 위대한 유적이다"라고 평가한다.

묘사하다가, 그 당시 예의 없는 관광객의 매너에 대해 화를 내며 다음과
같이 이야기한다.

뚱뚱한 독일인들이 ― 이 천민들은 장려하게 미사를 드리는 중간에 박수
를 쳤다. 이탈리아 거지아이 옆에 선 기름진 독일인 상업 고문관의 모습이
얼마나 저급하게 보이는지(11권 245)!

헤세는 같은 나라 사람이라도 예의를 갖추지 않는 관광객에 대해서는
"뚱뚱한 독일인Bierbauch", "천민Pöbel" 또는 "저급gemein"이라는 표현을 쓰며
그 행실을 지적했다.

대성당의 2층 테라스에서는 "4마리의 멋있는 말[140]과 수많은 비둘기들
이 있는 주랑"을 볼 수 있고, "왼쪽에는 팔라초 두칼레가 보이는 광장, 바
다, 그리고 곤돌라, 왼쪽에는 비둘기 떼로 덮인 광장 그리고 종탑, 수많은
사람들, 시계탑의 종 치는 사람들"이 보인다.

국립 마르차나 도서관에는 고문서가 전시되어 있다. 베네치아 석호에

국립 마르차나 도서관, 베네치아

시계탑, 베네치아

있는 리도 디 베네치아Lido di Venezia(간단히 리도라고 한다)에는 "해수욕장의 백사장"이 있다. 18~19세기의 수많은 시인들이 리도와 연관된 작품을 썼다. 괴테도 1786년 9월 30일과 10월 8일에 리도를 방문하여 11km에 달하는 긴 모양의 리도를 "혀"로 묘사한다(15권 104).[141] 바이런 경Baron Byron (1788~1824)도 1816년부터 1821년까지 이곳에 거주하였으며, 토마스 만도 리도를 배경으로『베네치아에서의 죽음』을 썼다.

밤에는 산 마르코 광장에서, "달빛에 어른거리는 석호, 환상과 같은 산 조르조 마조레의 실루엣, 흐릿하게 빛을 비추는 탄식의 다리들"을 통해 마치 동화 같은 베네치아의 풍경을 볼 수 있다(11권 245 이하 참조).

1901년 5월 4일

1901년 5월 4일 헤세는 "성가대의 의자 외엔 주요한 작품들은 없는" 흰색의 대리석 파사드가 돋보이는 르네상스 양식의 산 조르조 마조레 성당 Chiesa di San Giorgio Maggiore을 방문한다. 이 교회는 1223년 지진으로 파괴되어, 1560년부터 팔라디오Andrea Palladio(1508~1580)가 재건하였고, 페디먼트(박공)가 겹쳐져 있는 것으로 유명하다. 이곳에 있는 틴토레토의 작품은 부르크하르트의 "비판적인 평가를 받는다."[142]

종탑에서는 베네치아 전체와 석호, 리도 너머 수평선에 배와 돛대가 떠

---

140 김선형,『나 역시 아르카디아에 있었노라 — 괴테와 함께하는 이탈리아로의 교양여행』, 경남대학교 출판부, 2015, 211쪽 이하 참조. 산 마르코 대성당의 현관 위에 설치해 있는 4마리의 청동 말들은 로마의 플라비우스(Flavius) 왕국의 기념비로, 1204년 베네치아인들이 콘스탄티노플을 정복하였을 때 약탈하고 도금하여 베네치아로 가지고 온 것이다.

141 『괴테 전집』(Goethe, Johann Wolfgang. *Sämtliche Werke nach Epochen seines Schaffens Münchner Ausgabe*, Hrsg, von Karl Richter, München Wien 1990~1992)에서 번역 인용하였다. 이후 본문에서의 출처는 권차와 쪽수만 표기하였다.

142 산 조르조 마조레 성당에는 틴토레토의〈최후의 만찬〉,〈사막의 유대인〉,〈그리스도의 매장〉등이 있다.

산 조르조 마조레 성당, 베네치아

틴토레토 〈그리스도의 매장〉
산 조르조 마조레 성당

있는 바다를 관찰한다. 헤세가 묘사하는 도시
베네치아와 석호의 모습은 다음과 같다.

> 종탑에서 보이는 베네치아와 석호의 전망은
> 비교할 바 없이 아름답다. 멀리서 보니 마치 기
> 름이 떠 있듯 눈부시게 빛을 발하고 있다. 진초
> 록 바다, 일련의 말뚝들로 바다가 구분되어 있다. 이곳에서 멀리 리도를 넘
> 어 수평선에 배와 돛단배들이 있는 넓은 바다가 보인다. 다양한 색채를 지
> 닌 석호의 밭과 그 뒤에 거대한 바다의 띠가 멀리에서 보이는 하늘과 어렴
> 풋이 경계를 이루는 것이 비할 바 없이 아름답다. […] 길게 뻗어 있는 도시는
> 마치 거대한 곤돌라와 같다.

오후에 헤세는 "다양한 색채로 빛나는 석호와 수많은 돛단배로 활기찬 바다 위로 두 시간 정도 배를 타고", 북부의 베네토주Veneto에 있는 항구도시 키오자Chioggia[143]를 방문한다(11권 247 이하 참조).

1901년 5월 5일

1901년 5월 5일 헤세는 베네치아 아카데미아 미술관을 방문한다.

그는 베네치아의 그림을 보기 전, 베네치아의 태양을 보고 이곳의 공기를 들이마셨더니 "낯설게 느껴지고, 피렌체에서는 그 가치를 인정할 수 없었던" 조반니 벨리니Giovanni Bellini(1430~1516), 팔마Jacopo Palma der Jüngere (1548~1628), 조르조네, 티치아노와 베로네세의 그림을 이해하게 되었다고 한다. 이 그림들은 "매력 있고, 부드러운 금갈색, 진한 색채의 대기, 옅은 안개에 싸인 황금색의 광택"으로 "풍요롭고 감각적 아름다움"을 보여준다. 헤세는 멀리에서부터 존경하였던 틴토레토의 작품들에 "실망하고, 티치아노의 소박한 그림"보다 "훨씬 기교적이고 인위적"이라고 평한다.

리도에는 모래사장이 펼쳐진 해변이 있다. "베네치아의 예술, 자연과

베네치아 아카데미아 미술관

폰테 디 리알토, 베네치아

---

143 키오자는 베네치아에서 남쪽으로 25km 떨어져 있다.

삶에서 많은 것과 풍요로움"이 베네치아의 매력이다. 헤세는 리도의 해
안에서 시간을 보낸 후, 곤돌라를 타고 대운하에서 폰테 디 리알토Ponte di
Rialto 쪽으로 돌아온다. 헤세는 이날 "유일무이한 도시, 베네치아의 예술,
자연 그리고 삶"을 보았다고 표현한다(11권 248 참조).

1901년 5월 6일

1901년 5월 6일 헤세는 산티 조반니 에 파올로 성당, 산타 마리아 포르
모사 성당Chiesa di Santa Maria Formosa, 산타 마리아 글로리오사 데이 프라리
성당Basilica di Santa Maria Gloriosa dei Frari(프라리 성당이라고도 함)을 방문한다.

산티 조반니 에 파올로 성당 앞 쪽에는 "피렌체에서는 섬세하게만 느껴
졌던" 베로키오의 "강력한 감동을 주는" 〈콜레오니 기마상Monumento equestre
a Bartolomeo Colleoni〉이 있다. [144] 콜레오니Bartolomeo Colleoni(1400~1475)[145]는

산티 조반니 에 파올로 성당, 베네치아

베로키오 〈콜레오니 기마상〉 산티 조반니 에 파올
로 성당 앞

---

[144] 헤세의 글 『베네치아의 운하에서(In den Kanälen Venedigs)』(1901)에 산티 조반니 에 파올로 성당 앞에
있는 베로키오의 〈콜레오니의 기마상〉이 언급되어 있다. 헤세는 베네치아군 총사령관인 콜레오
니의 "용감한" 기마상이 "하늘로 향해 근엄하고 힘차게" 서 있는 모습이 "부드럽고 음악적인" 베네
치아와 대조를 이룬다고 묘사한다(1권 390). 1913년에도 헤세는 베르가모의 콜레오니의 영묘가 있
는 곳을 방문한다.

도제 벤드라민의 무덤, 산티 조반니 에 파올로   산 마르코 대신도 회랑, 베네치아
성당

15세기 최고의 전술가로 명성을 떨친 사람이다. 성당 안쪽에는 베네치아 도제Doxe 벤드라민Andrea Vendramin(1393~1478)의 "베네치아식이 아닌 대단히 기품 있는 표현을 지닌 르네상스식"의 묘가 있다. 그리고 성당 옆에서는 "릴리프 띠"로 장식된 산 마르코 대신도 회당Scuola Grande von San Marco을 볼 수 있다. 이곳은 지금은 시민병원으로 사용되고 있다.

산타 마리아 포르모사 성당에는 팔마 베키오Jacopo Palma Vecchio(1480~1528)의 〈성 바바라 다폭제단화Polittico di Santa Barbara〉가 있다. 이 작품 속에서 성 바바라[146]는 성 세바스티안[147]과 성 안토니우스 사이에 있다. 부르크하르트의 『치체로네』는 〈성 바바라 다폭제단화〉를 다음과 같이 평한다.

전형적인 베네치아 여인의 모습이고 전체적으로는 색채와 모델링의 강

---

145 콜레오니는 베르가모 근처 술차(Solza)에서 태어나, 1432년부터 베네치아에서 직책을 얻었다. 그는 브레시아와 베로나 전투에서 승리하여, 15세기 최대의 전술가란 명성을 얻은 베네치아의 총사령관이다.

146 성 바바라는 니코메디아(Nikomedia)의 왕 디오스코루스(Dioscorus)의 딸이다. 아버지는 영특하고 아름다운 딸을 자랑스러워하여 아무나 접근할 수 없도록 탑 속에 딸을 감금하였다. 그녀는 아버지가 여행을 하던 중 기독교에 귀의하였다. 아버지는 딸을 고발하였고, 결국은 자신의 딸을 직접 죽인다.

147 성 세바스티안은 황제의 친위병이었다가 개종하여 순교한 사람이다. 그의 모습은 르네상스 이후에는 항상 원기둥에 묶여 화살을 맞은 젊은이로 묘사된다.

산타 마리아 포르모사 성당, 베네치아

팔마 베키오 〈성 바바라 다폭제단화〉
산타 마리아 포르모사 성당

력한 위력과 지식이 동원되어 완성된 모습을 하고 있다. 그러나 머뭇거리는
걸음걸이, 옷자락에서 보이는 비입체성, 종려나무를 들고 있는 과도하게 섬
세한 자그마한 손 같은 요소들은 라파엘로 작품에서 느껴지는 것과 같은 감
동과는 거리가 멀다(치체로네 400).

전쟁의 위협이나 갑작스러운 죽음으로부터 보호해 주는 수호성인 성
바라바는 전쟁의 위협을 뜻하는 대포 위에 서 있는 모습을 하고 있다.
〈성 바바라 다폭제단화〉는 "놀라운 광택과 베네치아식의 황금색 톤을 지
니고 있으며, 부드럽고 원숙하고 모습과 자세는 고귀하다."

고딕 양식의 산타 마리아 글로리오사 데이 프라리 성당에는 벨리니의
"고귀하고 사랑스러우며", 중앙에 성모자가 있고, "그림 밑 부분에 악기를
켜는 매력적인 두 명의 천사들"이 있는 〈프라리의 삼부작Trittico dei Frari〉[148]
이 있다. 성모의 푸른색의 망토와 그 위에 있는 반원의 아프시스Apse의 황
금색이 돋보인다. 그리고 파포스Paphos(오늘날 키프로스)의 주교이자 교황

산타 마리아 글로리오
사 데이 프라리 성당,
베네치아

의 함대를 이끄는 사령관인 페사로Jacopo Pesaro의 후원을 받은 티치아노의 "위대한 작품 중 하나인" 〈페사로의 성모Pesaro Madonna〉[149]도 볼 수 있다.

대운하에는 르네상스 양식의 팔라초 카 벤드라민 칼레르지Ca' Vendramin Calergi[150]와 "매력적인" 카도로Ca' d'Oro[151]들이 보인다(11권 248 이하 참조). 팔라초 카 벤드라민 칼레르지는 바그너가 1883년 2월 13일 69세의 나이로 사망한 곳으로, 현재는 카지노와 바그너 박물관과 바그너 연구센터가 들어서 있다. 카도로는 처음 완공되었을 때는 건물의 파사드를 황금으로 장

---

148 이 그림의 왼쪽에는 바리의 니콜라우스, 베드로, 오른쪽에는 베네딕투스와 마르쿠스가 있다. 아프시스에 라틴어로 "하늘의 문. 내 마음을 인도하고, 내 인생의 방향을 지도해 주십시오. 내가 하는 모든 일을 당신의 돌봄에 맡기겠습니다(IANUA CERTA POLI DUC MENTEM DIRIGE VITAM: QUAE PERAGAM COMMISSA TUAE SINT OMNIA CURAE)"가 적혀 있다.

149 성모 마리아는 계단에 있는데 이는 하늘로 가는 계단을 암시한다. 이 그림의 윗부분에 두 명의 아기 천사가 십자가를 세우고 있고, 성모자 앞에는 베드로가 기도하는 자코보(야고보)를 돌아보고 있다. 자코보 옆에는 기사가 깃발을 들고 터번을 두른 터키군을 끌고 온다. 그의 깃발에는 교황과 페사로의 문장이 그려져 있다. 맞은쪽에는 5명의 페사로의 사람들과 아기 예수에게 페사로의 가문을 가리키는 제스처를 취하는 성 프란체스코와 성 안토니우스가 있다.

150 팔라초 카 벤드라민 칼레르지는 1500년에 지어진 르네상스풍의 건물로, 팔라초 벤드라민 칼레르지(Palazzo Vendramin Calergi)로 알려져 있다.

151 카도로는 베네치아에서 가장 오래된 건물로, 조르조 프란케티(Giorgio Franchetti) 남작이 인수했고, 후에 국가에 기부해, 1927년 미술관으로 개관했다. 현재의 정식명칭은 프란케티 박물관(Galleria Giorgio Franchetti alla Ca' d'Oro)이다.

팔라초 카 벤드라민 칼레르지(1870년대 모습)

카도로, 베네치아

식했기 때문에, 황금의 저택이라고도 한다.

1901년 5월 7일

1901년 5월 7일 헤세는 공립 공원Giardini Pubblici, 피렌체 시내, 그리고 석호를 방문한다.

공립 공원의 전시회에는 현대 이탈리아 화가들의 작품들이 전시되어 있는데, 그중 카를로 뵈클린Carlo Böcklin(1870~1934)[152]이 그린 "격렬하고 굳은 표정"의 아버지 뵈클린의 초상화가 전시되었다.

그 후 헤세는 하루 종일 시내와 석호 주위를 관찰하면서, 이곳에서 사람들이 "게으르게 배회하는 예술die Kunst des faulem Herumlungerns"을 훌륭하게 배울 것이라고 한다(11권 249 이하 참조).

---

[152] 카를로 뵈클린은 아르놀트 뵈클린의 아들로 화가이다. 그는 아버지의 작품을 다수 복제하였다.

1901년 5월 8일

1901년 5월 8일 헤세는 주데카 섬Isola della Giudecca의 산티시모 레덴토레 성당Chiesa del Santissimo Redentore(보통 일 레덴토레Il Redentore라고 한다) 앞에서 "거대한 붉은 줄이 있는 범선"를 본다. 일 레덴토레 성당의 모습은 다음과 같다.

일 레덴토레 성당은 반원으로 된 벽기둥과 바로크 형식의 조각이 있는 필라스터Pilaster[153]가 있는 아름다운 고대의 파사드를 지닌다. 페디먼트의 삼각 벽면은 비어 있다. 성가대석과 옆쪽의 예배당이 있는 하나의 통로로 된 성당은 빛나고 고귀하게 보인다. 그러나 평평하게 된 지붕이 눈에 거슬린다.

일 레덴토레 성당에는 "실망스러운" 틴토레토의 2개의 그림이 있다. 산타 마리아 데이 미라콜리 성당Chiesa di Santa Maria dei Miracoli은 "겉을 대리석

으로 장식하고, 갈색의 천장은 그림이 있는 격자 틀로 되어 있다. 바닥, 벽과 기둥은 장식으로 치장되고 매력적인 아름다움을 지니고, 그림도 입상도 없는 작은 성당이다. 재단의 난간과 계단은 고귀한 스타일로 장식되었고, 그 장식은 명료한 아름다움을 지녔다."

헤세는 베네치아의 산 마르코 광장에서 도

산타 마리아 데이 미라콜리 성당, 베네치아

---

[153] 필라스터는 장식의 기능을 하는 것으로, 벽면에 각기둥 모양을 부조하여 기둥 꼴로 나타낸 것을 뜻한다.

둑이 체포된 사건을 언급한다. 도둑이 체포되자 "수백 명의 주위 사람들
이 브라보를 외치고 열렬하게 호응하였다"(11권 251 참조).

헤세는 리도에서 대운하로 돌아올 때, 대운하에서 "훌륭하지 않지만
악기 편성이 강력하게 구성되어" 바그너 음악이 연주되고 있다는 기록을
남긴다(11권 250 이하 참조).

1901년 5월 9일

1901년 5월 9일 헤세는 팔라초 두칼레, 탄식의 다리Ponte dei Sospiri와 감
옥을 본다.

팔라초 두칼레의 화려하고 거대한 '대평의원회 방Sala del Maggior Consiglio'
에는 틴토레토의 〈천국Il Paradiso〉과 베네치아파의 화가 파올로 베로네세
Paolo Veronese(1528~1588)의 그림들이[154] 있다(11권 252 참조).

틴토레토의 〈천국〉은 비둘기에 둘러싸인 성모와 그리스도가 있고, 그
림의 왼쪽에는 백합꽃을 들고 있는 대천사 가브리엘, 그리고 오른쪽에는
정의의 저울을 들고 있는 대천사 미카엘 등 대략 500여 명이 그려져 있
다. 헤세는 탄식의 다리와 감옥을 보고 궁전을 빠져나온다.

헤세는 5월 9일과 5월 13일에 낮 12시가 되면 대포를 발사하는 베네치
아의 문화 행사를 경험한다(11권 252).

수천 마리의 비둘기가 구름처럼 떼 지어 몰려오고 종소리가 활기를 북돋
는다(11권 255)

---

154   팔라초 두칼레의 평회의실(Sala del Collegio)에 걸린 베로네세의 그림들은 〈정의의 여신, 평화의 여
      신 사이에서 즉위하는 베네치아(Venezia accoglie la Giustizia e la Pace)〉, 〈베네치아의 도제 베니에르의
      봉헌 초상화(Ritratto del Doxe Sebastiano Venier)〉, 그리고 〈중용(La Moderazione)〉이다.

틴토레토 〈천국〉 팔라초 두칼레의 대평의원회 방

파올로 베로네세 〈베네치아의 도제 베니
에르의 봉헌 초상화〉 팔라초 두칼레의
평회의실

파올로 베로네세 〈중용〉
팔라초 두칼레의 평회의실

파올로 베로네세 〈정의의 여신, 평화의 여신, 그
리고 성 마르크스의 사자와 함께 즉위하는 베네치
아〉 팔라초 두칼레의 평회의실

파올로 베로네세 〈마르스와 넵튠〉 팔라초 두칼레
의 평의회실

1900년대, 베네치아에서는 매일 12시에 산 조르조 마조레에서 정오를
알리는 대포를 쏘는 행사가 이루어졌다.[19]

1901년 5월 11일

1901년 5월 11일 헤세는 산 마우리치오 광장Campo San Maurizio, 프란체
스코 모로시니 광장Campo Francesco Morosini[155]을 지나 "고딕 양식의 파사드
가 있는" 산토 스테파노 성당Chiesa di Santo Stefano를 방문한다.

산토 스테파노 성당에는 조반니 안토니오 데 사키스Giovanni Antonio de

---

155 모로시니(Campo Francesco Morosini)를 헤세는 모로소니(Morosoni)라 잘못 기록한다. 프란체스코 모로
소니(Francesco Morosini, 1619~1694)는 1688부터 1694년까지 베네치아 도제를 역임하였다.

산타 마리아 델라 살루테 성당, 베네치아

Sacchis(1483/1484~1539)[156]의 "완전히 훼손되었지만, 아름다웠음을 짐작할 수 있는" 프레스코[157]와 그 아래에 "각각 4명의 나체 동자상의 두 그룹, 윗부분에 있는 장식과 벽감"이 있다. 또한, 1367~1382년에 베네치아 도제를 역임했던 콘타리니Andrea Contarini(1302?~1382)의 "소박하지만 훌륭한" 묘가 있다. "한 사람이 겨우 지나갈 수 있는" 베네치아의 좁은 골목길과 "작은 길에 부유한 개인 소유의 곤돌라가 등장하자 큰 소동이 일어난다."

"자랑스러운 계단으로 거대한 운하를 지배하는 듯한" 산타 마리아 델라 살루테 성당Basilica di Santa Maria della Salute에는 티치아노의 〈사도들과 함께 있는 성 마르코San Marco in trono〉와 세 개의 천장화[158], "베네치아풍의 풍요로운

---

156 조반니 안토니오 데 사키스는 포르데노네(Pordenone)라고도 한다.
157 산토 스테파노 성당의 프레스코는 포르데노네의 작품으로, 안타깝게도 훼손되어 지금은 4명의 푸토, 프리즈와 벽감만이 남아 있다.

티치아노 〈사도들과 함께 있는 성 마르코〉 산타 마
리아 델라 살루테 성당

티치아노의 천장화 중 〈카인과 아벨〉(상)과 〈다윗과
골리앗〉(하) 산타 마리아 델라 살루테 성당

색조로 표현된 풍경"을 담은 오래된 그림들과 틴토레토의 〈가나의 결혼Le
nozze di Cana〉이 있다.

베네치아 아카데미아 미술관에는 헤세가 "가장 좋아하는" 티치아노의
〈마리아의 성전 봉헌La Presentación de María al templo〉과 "거대한 고통을 세련
된 비극처럼 조화롭게 표현한" 〈피에타La Pietà〉가 전시되어 있다(11권 252 이
하 참조). 티치아노의 〈마리아의 성전 봉헌〉에서 마리아를 비추는 환한 빛

---

158 산타 마리아 살루테 성당 천장 그림 중 티치아노의 〈카인과 아벨〉, 그리고 〈다윗과 골리앗〉이 있다.

틴토레토 〈가나의 결혼〉 산타 마리아 델라 살루테 성당

티치아노 〈피에타〉 베네치아 아카데미아 미술관

티치아노 〈마리아의 성전 봉헌〉 베네치아 아카데미아 미술관

은 대상을 강조하는 키아로스쿠로Chiaroscuro(명암법)라고 한다.

1901년 5월 12일

1901년 5월 12일 헤세는 티에폴로Giovanni Battista Tiepolo(1696~1770, 잠바티
스타 티에폴로Giambattista Tiepolo라고도 한다)의 천장화가 있는 산타 마리아 델라
피에타 성당Chiesa Santa Maria della Pieta(자비의 성당)을 방문한다. 그리고 미
사가 진행되는 산 조반니 인 브라고라 성당Chiesa di San Giovanni in Bragora을
방문한다. 헤세는 베네치아의 공원인 자르디니 델라 비엔날레Giardini della
Biennale[159]에서 빈둥거리며 돌아다닌다. 그곳에는 나이 들어 보이지만 아

---

159 자르디니 델레 비엔날레에서는 베네치아 비엔날레 예술 축제가 개최되기도 한다.

름다운 플라타너스와 꽃이 있다.

저녁의 리도는 "부드러운 태양빛에 오팔과 진주의 광채를 띤 무지개
가 말할 수 없이 멋진" 모습이었으며, "둥근 천장과 탑이 있는 도시가 어
두운 실루엣으로 물 위로 떠있어 마치 아름답고 환상적인 무대장식 같았
다." 그리고 산타 마리아 초베니고 광장Campo Santa Maria Zobenigo에는 바
로크 양식의 산타 마리아 초베니고 성당Chiesa di Santa Maria Zobenigo이 있다
(11권 254 이하 참조).

1901년 5월 13일

1901년 5월 13일 헤세는 베네치아에서 두 번째로 큰 세스티에레Sestiere[160]
인 카나레조Cannaregio에 있는 산 조베 성당Chiesa di San Giobbe, 산 제레미
아 성당Chiesa di San Geremia, 바로크 양식의 팔라초 라비아Palazzo Labia[161], 산
타 마리아 디 나자렛 성당Chiesa di Santa Maria di Nazareth(일명 스칼치 성당)을
방문한다. 그리고 이어서 산타 크로체 세스티에레Sestiere di Santa Croce에
있는 산 니콜로 다 톨렌티노 성당Chiesa di San Nicolò da Tolentino, 베네치아
중심가에 있는 산 자카리아 성당Chiesa di San Zaccaria, 그리고 리도를 방문
한다.

"미사를 드리는 가난한 여인들로 가득 찬" 산 조베 성당은 롬바르도
Pietro Lombardo(1435~1516)가 설계한 것으로, 사볼도Giovanni Girolamo Savoldo
(1480/1485~1548)의 "대단히 아름다운" 제단화 〈목동들의 경배〉가 있다.

산 제레미아 성당은 대운하 방향에 위치한 시칠리아의 시라쿠사Siracusa

---

160   베네치아에는 6개의 세스티에레가 있다.
161   현재는 내부가 공개되지 않는다.

사볼도 〈목동들의 경배〉 산 조베 성당

벨리니 〈산 자카리아의 성화〉 산 차카리아
성당

출신의 순교자 성 루치아Santa Lucia를 축성祝聖하기 위해 헌납된 "높고, 넓은 큐폴라 성당"이다. 산 제레미아 성당 옆에 있는 베네치아에 있는 궁전 중 가장 위대한 궁전으로 평가받는 바로크 양식의 팔라초 라비아가 있다. "대단히 거만한 바로크 양식"의 산타 마리아 디 나자렛 성당에는 "격정적으로 치장하고 [⋯] 풍요로움과 색채가 영향을 미치고 있는 티에폴로의 천장화인 〈성녀 테레사의 영광L'apoteosi di santa Teresa〉가 있다.

산 니콜로 다 톨렌티노 성당은 "고대 그리스 양식의 현관"과 "내부에 아름답고 밝게 채색된 큐폴라"가 있다. 헤세는 여행안내서 배데커가 "무책임하게" 이 성당에 대해 설명을 하지 않았다고 지적한다.

"후기 르네상스 양식의 파사드와 비어 있는 수많은 벽감", "중앙 제단 뒤편에 있는 사제의 묘"가 자리 잡고 있는 산 자카리아 성당에는 벨리니의 작품 중 "가장 훌륭한" 〈산 자카리아의 성화Pala di San Zaccaria〉[162]가 있다.

프란체스코 구아르디 〈산 자카리아 성당 앞 도제의 행렬〉 루브르 박물관

헤세는 리도에 가서 수영과 산책을 하고 그곳 어부들과 어린아이와 대화한다(11권 255 이하 참조).

1901년 5월 14일

1901년 5월 14일 헤세는 코레르 시립 박물관 Museo Civico Correr[163]과 산 자코모 델로리오 성당 Chiesa di San Giacomo dell'Orio을 방문한다.

코레르 시립 박물관에는 "무기들", 베네치아 귀족 안드레아 디 지롤라모 로레단Andrea di Girolamo Loredan의 유명한 흉상, 비바리니Alvise Vivarini

비바리니 〈파도바의 성 안토니우스〉 코레르 시립 박물관

---

162 벨리니의 〈산 자카리아의 성화〉의 왼쪽에는 책과 열쇠를 들고 있는 베드로와 순례자를 뜻하는 종려나무와 부서진 바퀴를 들고 있는 알렉산드리아의 성 카타리나가 있고, 오른쪽에는 성 루치아와 성 히로니무스(Hieronymus)가 있다.

163 베네치아의 산 마르코 광장에 있는 3개의 프로쿠라티에(Procuratie, 관청) 중 가운데에 있는 알라 나폴레오니카(Ala Napoleonica, 나폴레옹관)로, 현재는 시립 박물관으로 사용되고 있다.

베네치아 코레르 시립 박물관

카르파초 〈두 명의 귀족 여인들〉 코레르 시립 박물관

프란체스코 바사노 2세 〈성 요한과 바리의 성 니
콜라우스와 함께 있는 성모〉 산 자코모 델로리오
성당

(1445~1505)의 "훌륭한 르네상스 양식의 틀"로 장식된 〈파도바의 성 안토니우스Sant'Antonio da Padova〉, 그리고 카르파초Vittore Carpaccio (1465~1525/1526)의 "놀라운 구체성"이 뚜렷하게 드러나는 〈두 명의 귀족 여인들Due Dame Veneziane〉이 전시되어 있다.

산 자코모 델로리오 성당에는 바사노 2세Francesco Bassano the Younger (1549~1592)의 "성당 내에서 가장 최고의 작품"인 〈성 요한과 바리의 성 니콜라우스와 함께 있는 성모La Vergine in gloria con San Giovanni e San Nicolò〉가 있다.

헤세는 리도의 "그림에서만 보았던 검푸른색"의 바다로 가서 수영을 하고 따뜻한 모래 속에서 쉬기도 한다. 저녁에는 곤돌라에서 3명의 젊은이들이 부르는 "마치 한 편의 시" 같은 세레나데를 듣는다(11권 256 이하 참조).

1901년 5월 15일

1901년 5월 15일 헤세는 부온콘실리오Giovanni. Buonconsiglio(1465?~1535/ 1537)의 작품이 있는 "한 랑廊으로 된 작고 친근한" 산토 스피리토 성당을 방문한다.

"다음 날의 승천을 위해 화려하게 장식된 후기 바로크 양식의 화려한" 제수아티 성당Chiesa dei Gesuati[164]에는 티에폴로의 가장 매력적인 작품의 하나인 〈세 명의 도미니코 성녀[165]와 성모 마리아Madonna con le sante Caterina da

---

164 제수아티 성당은 1743년 봉축된 후기 바로크 양식의 성당으로, 산타 마리아 델 로사리오(Santa Maria del Rosario) 성당이나 제수아티 성당이라고 불리기도 한다. 성 도미니크 성당은 묵주(로사리오)의 기원을 만들었다.

165 세 명의 도미니코 성녀는 십자가를 들고 있는 시에나의 카타리나(Caterina da Siena), 아기 예수를 안고 있는 리마의 로사(Rosa de Lima), 몬테풀치아노의 아그네스(Agnese da Montepulciano)를 말한다.

제수아티 성당, 베네치아

티에폴로 〈세 명의 도미니코
성녀와 성모 마리아〉
제수아티 성당

티에폴로 〈도미니크의 영광〉 제수아티 성당

티에폴로 〈성모 마리아가 성 도미니크에 나타나다〉
제수아티 성당

티에폴로 〈로사리오의 신비〉 제수아티 성당

틴토레토 〈십자가에 못박힘〉 제수아티 성당

산 세바스티아노 성당, 베네치아

Siena, Rosa da Lima col Bambino e Agnese da Montepulciano〉와 "화려하고 큰 효과를 발휘하는" 티에폴로의 천장화[166], "성공적인 채색 효과"를 지닌 틴토레토의 〈십자가에 못박힘La Crocifissione〉(11권 258)을 감상할 수 있다.

"파올로 베로네세의 묘가 있"으며 "조화를 이루는 황금색 톤으로 풍요로운 분위기를 연출하는" 산 세바스티아노 성당Chiesa di San Sebastiano에는 "베로네세가 그린 풍성한 천장화가 대단히 놀랍다. 또한, 파이프 오르간의 양편, 성가대, 성구실과 세 개의 성찬대에는 베로네세의 수많은 그림들이 그려져 있다." 그리고 이곳에는 티치아노의 후기 작품 중 하나이자, "풍요롭고 아름다운 채색"를 지닌 〈바리의 성 니콜라우스San Nicola di Bari〉[167]를 볼 수 있다.

---

166 티에폴로의 천장화는 〈성모 마리아가 성 도미니크에 나타나다(La Vergine appare a San Domenico)〉, 〈로사리오의 신비(L'istituzione del Santo Rosario)〉 그리고 도미니크의 승천 장면을 보여 주는 〈도미니크의 영광(San Domenico in gloria)〉으로 구성되어 있다.
167 성 니콜라우스는 13세기 바리 성당의 수도원장을 말한다.

코넬리아노 〈목동들의 경배〉 산타 마리아 데이 카르미니 성당

틴토레토 〈주님의 봉헌 축일〉 산타 마리아
데이 카르미니 성당

로렌초 로토 〈세례자 요한, 성녀 루치아와
함께한 영광의 성 니콜라우스〉 산타 마리아
데이 카르미니 성당

"3랑으로 된" 산타 마리아 데이 카르미니 성당Chiesa di Santa Maria dei
Carmini[168]에는 치마 다 코넬리아노Cima da Conegliano(1459~1517/1518)의 "부
드럽고 아름다운" 경치가 그려져 있는 〈목동들의 경배〉가 있다. 그리고
티치아노의 영향이 명백한 틴토레토의 〈주님의 봉헌 축일Presentazione di
Gesù al Tempio〉, 로렌초 로토Lorenzo Lotto(1480~1556/1557)의 〈세례자 요한, 성
녀 루치아와 함께한 영광의 성 니콜라우스San Nicola in gloria tra San Giovanni
Battista e Santa Lucia〉의 매력을 볼 수 있다(11권 258 이하 참조).

---

168   산타 마리아 데이 카르미니 성당은 산타 마리아 델 카르멜로(Santa Maria del Carmelo) 성당이라고도
     하고 보통 '카르미니'라 부른다.

1901년 5월 16일

1901년 5월 16일 헤세는 베네치아 아카데미아 미술관으로 간다.

이날 베네치아 아카데미아 미술관은 예수 승천제로 닫혀 있었다. 헤세는 숙소로 돌아와 징병검사 안내서를 보고 귀향 준비를 한다. 광장에 축포가 터지자, 비둘기는 비상한다. 광장에서 시계탑의 무어인, 산 마르코 광장, 팔라초 두칼레, 비가 와 완전히 옅은 녹색과 우윳빛을 띠고 있는 석호와 곤돌라를 볼 수 있다.

헤세는 눈물 없이는 이탈리아를 떠나 수 없다며 아쉬움을 내비친다. 그는 "산 마르코 광장, 팔라초 두칼레, 석호, 산 조르조 마조레 성당이 하나의 아름답고 독특한 꿈처럼 나의 눈에 빛난다"고 말하고는 울적해진 기분으로 조용히 숙소로 돌아온다(11권 260 참조).

1901년 5월 18일

헤세는 1901년 5월 2일에서 17일까지 베네치아에 머물렀다가, "초록빛 풍요로운 풍경, 산들과 가르다호수"가 있는 북부 이탈리아를 지나가는 급행열차를 타고, 5월 18일 밀라노에 도착한다. 밀라노에 도착한 그는 마치 "꿈에서 불쾌한 현실로 깨어난 것처럼 느낀다."

1918년 5월 18일 브라레 미술관을 방문한 헤세는, 파리스 보르도네Paris Bordone(1500~1571)의 〈베네치아의 연인Gli Amanti Veneziani〉에 매료된다. 이곳에서는 치마 다 코넬리아노Cima da Conegliano(1459?~1517)의 작품, 벨리니의 〈성모와 아기 예수Madonna col Bambino〉와 〈피에타Pieta〉, 그리고 크리벨리의 "과일로 된 화관과 꽃이 있는 놀라운" 〈마돈나 델라 칸델레타〉를 볼 수 있다. 헤세는 지난 1901년 3월 26일 미술관을 방문했을 때 보았던 크

보르도네 〈베네치아의 연인〉 브레라 미술관

코빌리아노 〈세례자 성 요한과 성 바울과 옥좌에 앉
아 있는 성 베드로〉 브레라 미술관

벨리니 〈성모와 아기 예수〉 브레라 미술관

벨리니 〈피에타〉 브레라 미술관

리벨리의 그림에 유독 관심을 보인다.

　헤세는 1층에 "조개 분수와 뒤편에 정원이 있고" "아름다운 벽난로, 바
닥과 천장으로 장식된" 폴디 페촐리 박물관Poldi Pezzoli Museo[169]에서 베르고
뇨네의 〈알렉산드리아의 성 카타리나Caterina di Alessandria〉를 보았다고 하

<hr>

169　폴디 페촐리 박물관은 폴디 페촐리(Gian Giacomo Poldi Pezzoli, 1822~1879) 가문의 개인 수집품이 전시
　　되어 있는 곳으로, 페촐리의 유언에 따라 브레라 아카데미에 귀속되었다. 이 박물관은 2차 세계
　　대전 중에 대부분 파괴되었으나, 대대적인 수리를 거쳐 1951년에 다시 개장되었다.

폴디 페촐리 박물관의 조개 분수   로토 〈성모와 아기 예수, 그리고 예언자 즈가리야〉 폴디 페촐리 박물관

는데, 사실 이 작품은 브레라 미술관에 전시되어 있다.

폴디 페촐리 박물관에는 루이니의 그림들과 로토의 성스러운 회화Sacra Conversazione[170]인 〈성모와 아기 예수 그리고 예언자 즈가리야와 세례 요한 Madonna col Bambino e i Santi Giovanni Battista e Zaccaria〉, 그리고 유명한 여성 초 상화가 전시되어 있다. 헤세는 보티첼리의 "정교하고 섬세한"〈책을 든 성모Madonna del Libro〉(1480)[171]는 "마치 피렌체가 마지막으로 자신에게 인 사를 하는 듯하다"고 말한다.

그는 밀라노를 떠나기 전, 밀라노 대성당Duomo di Milano 위로 올라가 1시간 이상 넘게 머문다. "경건한" 성당의 내부가 그로 하여금 "혐오감을 주는" 밀라노와 화해하게 만들었다. 헤세는 대도시에서 평온함을 느끼지 못하는데, 밀라노에 대한 이러한 그의 마음은 1903년 밀라노를 다시 방문 하였을 때도 표현된다. 밀라노에 대한 그의 인상은 1904년 완성된 『페터

---

170   성스러운 회화(Sacra Conversazione)란 성자들이 성모자를 둘러싸고 있는 회화표현을 가리킨 말이다.
171   보티첼리의 〈책을 든 성모〉는 배경에는 하늘과 나무가 보인다. 성모는 아기 예수에게 책을 읽어 주는데, 아기 예수는 면류관을 쥐고 있다.

보티첼리 〈책을 든 성모〉 폴디 페촐리 박물관

산 카를로 알 코르소 성당, 밀라노

카멘친트』에서 구체화된다.

시내를 천천히 돌아다니다, 헤세는 "거대하고 넓은 큐폴라"가 있는 "산
카를로 알 코르소 성당Basilica di San Carlo al Corso 안으로 들어간다. 이 성당은
1844년 설계되어 1847년 완성되었다. 또한, 이 성당은 정문의 콜로네이
드Colonnato[172]가 일렬로 늘어서 있고, 로마의 판테온처럼 주요 면이 8개의
기둥을 받치고 있고, 커다란 돔이 눈에 띈다.

1901년 5월 18일 10시 30분 헤세는 알프스 철도Gotthardbahn[173]를 타고
이탈리아를 떠난다. 다음 날 그는 스위스와 독일 경계에 있는 샤프하우젠
의 "밝은 태양 속에 물거품이 이는 아름다운 라인폭포"를 지나, 19일 칼프
에 도착한다(11권 261 이하 참조).

---

172 콜로네이드는 일정한 간격을 두고 세워진 수많은 기둥이나 이들로 만들어진 긴 복도를 뜻
    한다.
173 알프스 철도는 이탈리아 북부 국경선에서 테신(Tessin)까지 연결된 스위스의 알프스 철로를 말한다.

1903년의 여행

헤세는 1903년 두 번째 이탈리아 여행을 한다. 이번 여행은 피렌체에 머물러 살 계획을 가졌던 바젤 출신의 여성 화가 군드룸Maria Gundrum(1868~1941)이 제안한 여행이었다. 당시 그는 누이 마틸데Mathilde와 사진작가들을 위한 작업실을 만들었는데, 이때 군드룸의 친구이자 바젤의 여성 사진작가 마리아 베르누이Maria Bernoulli(1868~1963, 미아Mia라는 애칭으로도 불린다)를 알게 되었다. 그녀는 이탈리아 여행을 함께 하자고 헤세를 설득하였고, 이 만남을 계기로 헤세는 1904년 8월 2일(11권 286) 자신보다 9살 연상인 베르누이와 결혼했다.[20]

1901년 헤세는 이탈리아를 여행하는 동안, 박물관과 성당, 그리고 그곳에 있는 작품들을 관찰하고 작품명을 일일이 기록하며 예술품들을 평가한다. 그러나 1903년의 이탈리아 여행에서는 관찰한 작품에 대한 기록이나 평가를 하지 않는다. 이번 여행에서는 작품에 대한 평가보다는, 거리에서 본 "멋진 털을 지닌 고양이"와 가구점(11권 288)[174], 방문한 음식점과 그곳에서 맛본 음식들(11권 291)[175], 제노바 항구에서 거리의 아이들과 무

---

174 1903년 4월 4일.

화과를 먹은 일(11권 295)[176], 거리에서 본 여인들과 젊은 아가씨의 모습, 그리고 "빠르고 경쾌한" 음악을 들려주는 거리의 악사(11권 299)[177] 등과 같이 여행에서 접할 수 있는 소소한 즐거움에 대해 기록한다.

1903년 4월 1일~2일

헤세는 1903년 4월 1일 베르누이와 바젤에서 출발해, 4월 2일에 밀라노에 도착한다. 그들 일행은 밀라노 시내를 오랫동안 어슬렁거린다 Straßenbummel.

헤세는 밀라노 근교에 있는 파비아 수도원에서 1901년 3월에 보았던 베르고뇨네의 성모 프레스코를 다시 보며, "사랑스럽고 친근"함을 느낀다.

파비아 수도원 내 정원

---

175 1903년 4월 7일.
176 1903년 4월 13일.
177 1903년 4월 16일.

밀라노 대성당 첨탑의 대리석 성자들

파비아 수도원의 "멋진 정원"에는 청개구리, 앵초와 배꽃들을 볼 수 있다.

밀라노 대성당의 옥상에는 135개의 첨탑과 2,245점의 대리석으로 만든 성자聖者 입상들이 있는 것으로 유명하다(11권 286 이하 참조). 헤세는 수많은 대리석 성자들을 보고 다음과 같이 기록한다.

우리는 밀라노에서 아주 피곤하였지만 성당의 지붕 위로 올라갔다. 그리고 화려한 성당의 수많은 대리석상을 보고 즐겼다. 우리는 한 시간 정도 저녁 햇살 속에 돔 지붕 위에 누워 있었다. 그리고 이런저런 이야기를 나누며 많은 기이한 생각을 하게 되었다. 예를 들어, 가장 높은 탑에 서 있는 인물이 점차 하늘로 옮기면 나머지 성자들이 서열에 따라 한 자리씩 자리를 옮기게 되고, 전임자의 자리에 오르는 것을 열망하게 되는 것. 그리고는 결국에는 모든 석상이 자신 앞에 서 있는 모든 성자들을 질투하게 될 것 등등을 (11권 287).

밀라노 대성당 첨탑에서의 경험은 『페터 카멘친트』 속 주인공 페터가 리하르트와 첫 번째 이탈리아 여행을 떠나, 밀라노 대성당의 탑 위에 올라가 다음과 같이 대화를 나누는 것으로 형상화된다.

우리들은 차에 몸을 실었다. […] 그리고 호수를 따라 비옥한 롬바르디아의 평야를 지나고 소란스럽고 생기가 넘치고 매혹적이지만 이상하게도 어쩐지 가고 싶지 않은 밀라노를 향해서 여러 가지 기대를 품고 달렸다.

리하르트는 밀라노의 대성당에 대해서는 생각해 본 일도 없고 그저 유명하고 거대한 건축물이라는 것만 알고 있었다. 그가 실망을 하고 화를 내는 것이 우스웠다. 처음 놀랐던 것을 극복하고 그의 유머감각을 다시 회복하더니, 그는 지붕 위로 올라가서 여기저기 늘어서 있는 석상들 사이를 거닐어 보자고 했다. 고딕식으로 지은 뾰족한 탑 위에 있는 수많은 성자들의 쓸쓸한 석상이 그리 안타깝게 생각할 정도는 아니라는 것을 알고 우리들은 다소 안심했다. 왜냐하면, 석상의 대부분은, 그 가운데서도 새로운 것은 모두 그리 대수롭지 않은 공장 제품이라는 것을 알았기 때문이다. 우리들은 4월의 햇볕을 받아서 약간 따스한 기운이 있는 비탈지고 넓은 대리석판 위에 거의 두 시간 동안 누워 있었다. 리하르트는 명랑한 어조로 말했다. "이봐, 결국 이 엉터리 대사원에서 느낀 것과 같은 실망은 우리는 앞으로도 얼마든지 느끼게 될 것 같은데, 그래도 나는 여행을 하는 동안에 여러 가지 웅장한 것을 보고 그만 질려 버리지나 않을까 하는 불안을 다소 품고 있었지 뭐야. 이렇게 이 모든 것이 친근하고 인간적이지만 웃음거리가 되기 시작한 거야!" 이윽고 우리 주위에 되는 대로 늘어서 있는 석상들이 그의 마음을 이끌며 여러 가지 신기한 상상을 일으켜 주었다.

"아마 저 성당 위에 있는 탑은." 하고 그는 말했다. "가장 높은 탑으로서 가장 고귀하고 신분이 높은 성자가 서 있을 거야. 돌로 만든 줄타기 어릿광

대로 이 뾰족한 탑 위에서 영원히 몸의 균형을 취한다는 것은 결코 즐거운 일이 아니기 때문에 가끔 가장 위에 있는 성자가 구원을 받고 천국으로 자리를 옮기는 것은 당연하지 뭐야. 그런데 좀 생각해 봐. 그럴 때마다 얼마나 소동이 일어날지! 왜냐하면, 그렇게 되면 다른 성자들이 모든 정확한 지위에 따라서 하나씩 자리를 오르게 되고 각각 일대 대도약을 해서 전임자의 탑으로 올라가기 때문이지. 더구나 제각기 모두 서둘러 자기 앞에 있는 자를 제치고 앞서려고 하기 때문이야." 그 후 밀라노를 지날 때마다, 그날 오후의 일이 다시금 머리에 떠올랐다. 수많은 대리석 성자가 대담하게도 날아 올라 가는 것을 나는 씁쓸한 웃음을 지으며 바라보았다(2권 63 이하).

헤세는 밀라노 대성당 지붕에 장식되어 있는 수많은 대리석 석상을 보고, 성자들이 지위에 따라 차례로 구원을 받아 하늘로 날아오를지도 모른다는 유머러스한 상상을 한다. 밀라노의 첨탑의 성자들은 장인들이 정성껏 손으로 만든 작품이 아니라 공장에서 찍듯이 만든 것이기에, 헤세는 밀라노의 첨탑을 유머러스하게 조롱한다.

1903년 4월 3일

1903년 4월 3일 헤세는 베르누이와 함께, 밀라노, 볼로냐, 피스토이아, 프라토를 거쳐 "편안한" 피렌체에 도착한다.

그는 피렌체에 도착하여, 마치 자신이 피렌체를 단 몇 주 동안만 떠나 있었던 것 같다고 한다. 헤세는 시뇨리아 광장, 룽가르노Lungarno 호텔, 폰테 베키오, 스트로치 거리Via Strozzi를 방문한다. 그는 예전에 일했던 마리에타Marietta도 더 이상 그곳에서 일하지 않고 거리와 광장도 다르게 보여서, 인생의 "순례라는 오래된 감정Altes Gefühl der Pilgrimschaft"(11권 288 참조)

을 느낀다.

1903년 4월 4일

1903년 4월 4일 헤세는 피렌체에서 본 것들의 명칭만 나열하는데, 그
것들은 시뇨리나 광장, 폰테 베키오, 산타 트리니타 성당, 산 미켈레 거
리, 산 미니아토 알 몬테 성당, 갈로의 탑, 포르타 로마나, 산타 마리아 델
카르미네 성당, 바르젤로 국립 박물관, 오르산미켈레 성당과 팔라초 피티
등이다.

그는 한편으로는 이 예술품들을 "혼자 탐닉할 수 없"고 여행에 동행한
"군드룸의 예술 이론에 대해서도" 만족할 수 없다고 토로한다. 그는 산타
마리아 델 카르미네 성당에서 좋아하는 필리피노 리피의 작품 속 "잠이
든 파수꾼에 인사한다"(11권 288 이하).

1903년 4월 5일

1903년 4월 5일 헤세는 바르젤로 국립 박물관과 팔라초 피티, 자르디
노 디 보볼리, 산티시마 안눈치아타 성당, 피에솔레, 산 로렌초 성당 그리
고 산타 마리아 노벨라 성당을 방문한다.

그는 같은 달 8일과 10일에도 방문하여 티치아노의 〈성 카타리나의 결
혼식〉을 보며 감격하였는데, 이번에도 이 작품을 언급한다.

1903년 4월 6일

1903년 4월 6일 헤세는 카사 부오나로
티Casa Buonarroti[178]에서 데생들과 미켈란젤
로의 〈계단 위의 성모Madonna della Scala〉[179]
를 보고, 베르누이와 함께 산타 크로체
성당으로 간다. 그는 안으로 들어가지 않
고 성당 앞에서 햇빛을 쬔다. 그리고 피
렌체의 갈루초 수도원으로 가는 길에는
멀리 아름다운 설선雪線이 있는 높은 산
과 레몬이 있는 정원과 전망을 즐길 수
있다.

미켈란젤로 〈계단 위의 성모〉 카사 부오나
로티

1903년 4월 7일

1903년 4월 7일 헤세 일행은 우피치 미술관에서 보티첼리의 〈봄〉을 본
다. 그 후 헤세는 홀로 피에솔레로 가서 근방을 배회한다. 헤세는 파란 하
늘과 고요함으로 "진지하면서도 명랑해지고", 양들을 보면서 자연을 즐
겼으며, 어린 소녀와 소년들과 친분을 맺는다. 그는 피렌체 시내로 와, 사
람들과 이탈리아어로 담소를 나누며 좋은 시간을 보낸다(11권 290 이하).

---

178   카사 부오나로티는 피렌체의 박물관이다. 미켈란젤로는 이 건물을 조카 레오나르도(Leonardo Buonarroti)
      에게 맡겼다.
179   작품은 정사각형의 계단 위에 앉아 있는 성모 마리아의 품에 아기 예수가 안겨 있는 모습이다. 여
      기에서 독특한 것은 아기 예수의 오른손이 뒤쪽으로 가 있는 모습이다. 미켈란젤로는 손이 뒤쪽
      으로 가 있는 〈파르네세 헤라클레스(Farnese Hercules)〉를 본 후, 신체를 포기하거나 사망한 인물의
      경우, 손이 뒤쪽에 놓이도록 하였다.

1903년 4월 8일

1903년 4월 8일 헤세는 우피치 미술관, 산 로렌초 성당, 그리고 산티시
마 안눈치아타 성당을 방문한다.

우피치 미술관에는 보티첼리의 〈찬가의 성모〉, 안드레아 델 사르토의
〈성모〉, 그리고 "되찾은 액자 틀"로 전시된 미켈란젤로의 〈성가족〉을 볼
수 있다. 헤세는 혼자 산 로렌초 성당에서 메디치 가문의 묘를 관찰하고
산티시마 안눈치아타 성당에서 성당 음악을 감상한다.

1903년 4월 9일

1903년 4월 9일 헤세는 산타 마리아 노벨라 성당, 산타 마리아 누오바
성당Chiesa del vecchio Ospedale di Santa Maria Nuova(산타 마리아 누오바 병원 내의 교
회로 추정된다), 산티시마 안눈치아타 성당 그리고 팔라초 메디치 리카르디
를 방문한다.

페루지노 〈최후의 만찬〉 폴리뇨 수도원

산타 마리아 노벨라 성당에 있는 프레스코는 "미사 때 사용되는 촛불로 인한 손상"이 있었지만, 성당 내 스페인 예배당은 "대단히 밝고 아름답다." 폴리뇨 수도원(현재는 박물관)의 "밝고 명랑한 공간"에는 "매력적인" 페루지노의 프레스코 〈최후의 만찬〉이 있다.

헤세는 팔라초 메디치 리카르디, 고촐리 예배당[180]과 산티시마 안눈치아타 성당을 방문하고 베르누이와 함께 피렌체의 옛 골목, 거리와 다리를 배회한다.

1903년 4월 10일

1903년 4월 10일 헤세는 피렌체의 오래된 골목길을 거닐다가, 아르노 강 위편에 있는 르네상스 양식의 폰테 산타 트리니타Ponte Santa Trinita로 가서 멀리 산의 경치를 본다. 그리고 일행들과 함께 "밝은 태양빛과 투명한 바람"이 부는 날, 피에솔레에서 세티냐노 언덕으로 간다.

1903년 4월 11일

1903년 4월 11일 헤세는 피렌체의 종탑에 올라가 "수많은 군중"들이 함께하는 "화려한" 폭죽수레 행사를 본다. 그는 피렌체를 떠나는 마지막 날 밤, "편치 않은 마음"으로 "달빛 속에 다시 광채를 발하는 팔라초 베키오"를 방문한다.

180　고촐리 예배당은 르네상스의 화가 베노초 고촐리(Benozzo Gozzoli, 1421~1497)의 프레스코가 있는 마기 예배당(Cappella dei Magi)를 의미한다.

1903년 4월 12일

헤세는 1903년 4월 12일에 출발하여 피사에 3시간 정도 머무른다. 그는 1901년에 방문했던 피사의 사탑과 캄포산토를 다시 찾지만, 그는 자신이 본 것들을 기록하지 않고 제노바로 향한다.

1903년 4월 13일

1903년 4월 13일 헤세는 "현대적인 제노바와 비싸면서도 불쾌한 제노바의 숙소에서의 마찰"을 언급한다. 그리고 그는 트램과 말을 타고 "조야하고 더러운 근교, 멋진 야자나무 정원과 멋진 바다의 풍경"을 지나, 제노바 서쪽에 있는 펠리Pegli[181]를 방문한다. 저녁에는 펠리와 프라Prà 사이에 "선인장이 많은 언덕, 도마뱀이 우글거리고, 자갈이 많은" 곳에서 족욕을 한다. "우리는 대단히 즐거워 마치 어린아이들처럼 기뻐하였고, 서로 모래를 던지고, 무화과를 먹었다." 헤세는 여기에서 바다를 마치 한 폭의 풍경화처럼 묘사한다.

멀리 배가 떠 있는 바다는 말할 수 없이 아름다웠고, 은빛, 초록빛 그리고 푸른빛을 띠고 있었다. 해안가에는 작은 돌과 큰 돌이 많았다.

제노바로 되돌아온 뒤 헤세는 베네치아로 향하고, 베르누이는 다음 날 바젤로 돌아갈 계획을 세운다.

---

[181] 펠리는 바다 산책길, 공원과 호텔 등이 있는 관광 리조트로 잘 알려진 지역이다.

1903년 4월 14일

헤세는 1903년 4월 14일에 베네치아로 향한다. 베네치아로 가던 중, 이탈리아에서 휴양지로 유명한, "아름답고 깊은 색을 지닌" 가르다호Lago di Garda와 그 남단에 위치한 시르미오네Sirmione를 본다. 베네치아의 산 마르코 광장은 "고요할 것이라 생각했지만" 오히려 "화려한 광장이 생동감이 있고 훌륭하다."

1903년 4월 15일

1903년 4월 15일 헤세는 베네치아의 좁은 골목길을 몇 시간 동안 "느긋하게 돌아다니다" 산토 스테파노 성당 내부로 들어간다. 예전보다 나아진 조명 때문에 성당의 내부가 훨씬 "커 보이고 아름다워졌다"고 평한다.

헤세는 1903년 4월 15일부터 4월 22일까지 베네치아에 머무는데, 1903년 4월 15일 산 마르코의 종탑[182]이 "처참하게" 무너진 폐허를 본다(11권 296). 산 마르코 광장의 종탑은 1902년 7월 14일 오전 9시 45분경에 무너졌다.[21] 그는 산 마르코 광장의 종탑이 사라진 것을 보고, 시 「베네치아의 산 마르코의 종탑Der Campanile von San Marco in Venedig」(1902)을 쓴다.

1902년, 산 마르코 종탑이 붕괴되는 순간의 사진

---

182   오늘날 베네치아에 있는 99m의 산 마르코의 종탑은 1905년과 1912년 사이에 완성된 것이다.

𝒮 베네치아의 산 마르코 종탑

오늘날의 영광스러운 바르톨로메오의 탑이여.

광장을 메운 인파들, 그들의 환희는 즐거움으로

터질 듯한 소리를 내며 새로운 합창이 되어

높고, 환한 관람석으로 울려 퍼진다.

그리고 종소리는 크게 울려 퍼진다.

탑을 세운 바르톨로메오는 높은 곳에서

성당, 도시 그리고 나아가

산과 대양의 깊은 푸른빛

저 멀리 보이는 은빛 수평선의

훌륭한 전망을 즐긴다.

사람들의 커져 가는 즐거움은

승리자의 드높은 행복감으로 힘찬 가슴을 가득 채운다.

나의 탑은 견고해, 높고, 튼튼하게 지어졌지

먼 훗날까지 폭풍에도 믿음직하지,

그리고 베네치아의 권력은 그의 벽과 같으며

그래서 그것은 영원히 지속될 거야.

흔들림 ― 굉음 ― 꽝 하는 소리와 함께

날카롭게 울려 퍼지는 소리.

그리고 관람석의 화관 다음에 천둥이 치듯

무거운 투구 모양의 지붕이 으스러져 내려앉는다.

먼지로 에워싸여, 겁먹은 사람들은 소리를 지르고

혼란스럽게 뒤엉킨 비둘기들이 몰려와 주위를 에워싸고

낡은 탑은 휴식하기 위해 기울어 쓰러지고

비둘기들은 한참 동안 소리를 내며 퍼득이며,

다른 곳에서 앉을 곳과 날아갈 곳을 찾는다.

사람들이 쳐다보고는 놀라며, 건물이 파괴된 것에 대해 슬퍼한다.

폐허를 보고 답답한 마음에

모든 이의 마음속 깊은 슬픔이 자리 잡는다.

사람들의 고통은 마치 죽은 이에게서처럼

무너진 거대한 건물을 향해 비탄의 소리가 들려온다.

그렇게 강력하게 위대한 날들에게 대해 이야기하던 그는

이제 먼지 속에 누워 있다. 그가 불러일으켰던

그 황금시대는, 행복으로 가득 찬 그 시대는

그리고 명성과 광채는 깊게 가라앉았네.

과거의 어두움 속으로.

그렇게 사람들은 느낀다. 마치 새들의 무리가

폭풍우에 파괴된 수풀을 조심스럽게 에워싸듯,

놀라고 슬퍼하며 버림을 받은 것처럼 방황한다.

탑의 총아인 로제타는

정말로 아름답고 풍요롭게 예술품으로 장식되었고

그 격자무늬의 난간은

한 대가의 빛나는 아이디어로,

부드러운 아름다움으로 인정받았다.

이제는 황량하게 누워, 폐허 속에 자리 잡고 있다.

고통스러운 형상, 깨어지고 망가져 있다.

측은하게 파편과 먼지로 덮여 있다.

사람들은 쳐다보고 고통으로 침묵하며 바라본다.

가장 가까이에 있는 신의 집으로 머뭇거리며 가고 있다.

그곳에는 그들의 고뇌가 눈물이 되어 터져 나온다. (10권 503 이하)

이 시는 산 마르코 종탑의 건축사, 의미, 그리고 붕괴 과정 등을 묘사한다. 산 마르코 종탑은 처음에는 건축가 스파벤토Giorgio Spavento(1440?~1509)에 의해, 그다음에는 건축가이자 조각가 바르톨로메오 본Bartolomeo Bon (1404~1464/1467)의 지휘로 실행되어, 1513년 완성되었다. 산 마르코 종탑은 크게 울려 퍼지는 종소리와 '놀라운 전망'을 지닌 견고한 건축물이었지만, 순식간에 무너져 버렸다. 산 마르코의 호위병들이 거주하는 "로제타 Roggetta"[183]란 "정말로 아름답게 장식되고 풍요롭게 예술품으로 장식"된 종

산 마르코 종탑의 로제타

---

[183] 로제타는 로마 시대의 개선 아치인 기둥을 여덟 개로 세워, 베네치아가 로마 제국의 자리를 물려받았음을 보여 준다. 로제타란 건축적으로는 로마네스크 시대에 세워진 종탑의 기단(基壇)을 뜻하는 것이고, 사회적으로는 베네치아 귀족들이 도제의 궁에 방문하였을 때 경비원들이 사용하던 장소를 뜻한다.

탑의 하단 부분으로, 이탈리아 르네상스 조각가이자 건축가 자코보 산소비노Jacopo Sansovino(1486~1570)에 의해 건축되었다. "격자무늬의 난간"은 대가 산소비노의 아이디어다. 로제타도 종탑이 무너질 때 같이 무너졌다. 탑의 견고함과 베네치아의 권력이 영원할 것이라는 믿음은 탑이 무너지면서 무참히 깨져 버렸고, 독자로 하여금 무상함을 느끼게 한다.

앞에서 언급한 것처럼, 그는 1903년의 여행에서 예술 작품에 대한 언급보다는, 맛있는 음식을 먹고 커피를 마시고 베네치아의 좁은 골목길을 걷고, "엷은 녹색 바다, 적당히 부는 바람, 따뜻한 태양"이 있는 리도의 해안가의 "따뜻한" 모래밭에서 누워 있던 소소한 경험들을 기록한다.

1903년 4월 16일

헤세의 어머니 마리 헤세Marie Hesse(1842~1902)는 1902년 4월 24일에 사망하였지만, 헤세는 어머니 장례식에 가지 않았다. 이 일은 항상 그의 마음에 걸렸을 것이다. 1903년 4월 16일 헤세는 이탈리아에서 꿈을 꾼다.

어떤 작고 온화한 부인이 내 곁을 지나갔다. 그녀는 시험 관리인에게 팁을 줄 것을 나에게 애절하게 요청했다(그 여자의 아들은 학생이었고 시험을 보고 있었다). 그 부인의 모습, 걸음걸이, 목소리 그리고 옷차림은 나의 어머니와 유사했다. 나는 그녀의 팔을 잡고 친절하게 거리를 안내해 주었다. 그리고 나는 나의 어머니 옆에서 함께 가는 듯한, 그러한 행복한 느낌을 받을 수 있었다. 그 부인은 감사하다고 말하고 떠나갔다. 나는 마치 나의 어머니를 두 번 잃은 것 같았다. 나는 아무 말도 할 수 없었고 눈물이 났다. 그리고 나는 잠에서 깨어났다.

어머니의 장례식에 참석하지 않았던 헤세는 이탈리아 여행 중 꿈에서 본 어머니와 비슷한 모습의 여인을 보고 눈물을 흘린다. 어머니의 임종을 보지 못한 헤세는 『페터 카멘친트』에서는 주인공 카멘친트로 하여금 어머니의 임종을 지켜보게 한다.

산타 마리아 글로리오사 데이 프라리 성당에서는 티치아노의 〈페사로의 성모〉를 볼 수 있다. 그리고 산 시메온 피콜로 성당Chiesa di San Simeon Piccolo에서 진행된 "장례식 미사", 그리고 오래된 산 조반니 데코라토 성당Chiesa di San Giovanni Decollato이 있다. 헤세는 리도로 가 모래언덕에서 잔디밭을 찾아 눕기도 하였다.

그는 "짙은 황금색 그림자 속에 있는" 산 마르코 대성당에서 휴식을 취하니 아름다운 공간과 따뜻한 색채를 지닌 성당의 그림 같은 광채 속에 있는 듯하다고 말한다. 비가 오는 날 팔라초 두칼레에서 하늘과 섬, 그리고 석호가 "뿌옇게 보여, 슬프지만 정교하고 매혹적인 광경"이 연출된다 (11권 297 이하).

1903년 4월 17일

1903년 4월 17일 헤세는 폭풍우가 쏟아지는 "두려운" 아침, 어처구니없는 일을 경험한다. 9시경 10명 정도의 남자가 들어와, 느닷없이 헤세에게 즉시 집을 나가라고 한 것이다. 다른 세입자들도 "저주하고 웃고, 울부짖고, 임대료를 사기 친 여자를 저주하고 울었다." 다시 말해 헤세는 미리 지불한 계약금을 사기당한 것이다.

그는 비가 내리는 상황에서 어쩔 수 없이 10년 전 베네치아를 방문했을 때 머물렀던 집[184]을 찾아간다. 그는 이 사건을 겪고 난 뒤의 분노나 놀라움에 대해서는 언급하지 않는다. 그는 커피와 이탈리아산 술인 알케르

메스Alkermes[185]를 마시고 담배를 피우면서 시간을 보낸다. 그 후 자초지종
을 알게 된 그는 절망적 상황에도 유머러스함Galgenhumor을 느낀다고 말
한다(11권 299 이하).

1903년 4월 18일

1903년 4월 18일 헤세는 산타 마리아 포르모사 성당에서 다폭제단화
의 중심에 있는 '성 바바라'의 모습을 다음과 같이 묘사한다.

> 작품의 중앙에 말할 수 없이 부드럽고, 온화한 채색(불투명한 빨간색 의상,
> 파란 하늘, 금색톤의 살색)이 끝없이 좋은 영향력을 준다(11권 300).

"성 바바라의 모습은 색채로 인해 긍정적인 영향을 받는다." 산티 조반
니 에 파올로 성당 앞에는 〈콜레오니 기마상〉이 보인다. 1901년에 이곳
을 방문하였을 때는 벤드라민의 묘만을 언급하였는데, 이번에는 성당 입
구 왼쪽에 있는 "소박하고, 고귀하며 특별히 사랑스러운" 도제 모체니고
Pietro Mocenigo(1406~1476)[186]의 묘가 "소박하고, 고귀하며 특별히 마음에 든
다"는 평을 남긴다.

그는 산타 마리아 글로리오사 데이 프라리 성당에서 역으로 이어지는
골목길을 어슬렁거리며 돌아다니다가 바포레토Vaporetto[187]를 타고 돌아온

---

184 Vgl. Michels, Volker(Hrsg.), *Hermann Hesse. Lagunenzauber: Aufzeichnungen aus Venedig*, Berlin 2016, S.
      33. 헤세가 베네치아에 머물던 숙소의 주소는 'Fondamenta della Fenice 2551'이다.
185 알케르메스는 토스카나, 에밀리아 로마냐와 시칠리아에서 주로 생산되는 주홍색을 띠는 술이다.
186 모체니고는 베네치아에서 1474년부터 1476년까지 도제로 재임했다. 여기에서 헤세는 착각하여
      모레니고(Morenigo)라 기록한다.
187 바포레토는 베네치아의 수상 버스로, 대중교통수단이다.

뒤, 저녁에는 리도로 간다(11권 300 이하).

1903년 4월 19일

1903년 4월 19일 일요일의 광장에는 수많은 깃발들, 군인들과 사람들이 광장 주위에서 "어슬렁거리며 돌아다닌다." 팔라초 두칼레의 원로원 회의실Sala del Maggior Consiglio에는 베네치아의 영광을 상징하는 "매력적인 색채"로 표현된 파올로 베로네세의 〈베네치아의 승리Il Trionfo di Venezia〉[188]가 있다(11권 301 이하).

파올로 베로네세 〈베네치아의 승리〉 팔라초 두칼레

1903년 4월 20일

1903년 4월 20일 헤세는 리도에서 "망아지가 풀을 뜯어 먹고 있는 곳에서 평화로운 정적을 느끼고, 휴식을 취하면서 크고 검은 딱정벌레가 열심히 일하는 모습을 본다."

키오자에는 "수많은 골목들, 운하와 포르티코, 어부들, 수많은 오래된 교회, 그림같이 아름다운 아치로 된 문"을 볼 수 있다. 헤세는 키오자에서 베네치아로 돌아오는 배의 "열린 창문으로 바다, 하늘의 저녁노을, 섬

---

188 '베네치아의 찬미'라고도 한다. 베네치아는 옥좌에 앉아 있는 황제로 의인화된다.

의 실루엣 등"을 즐기며, 그곳에서 만난 "친절한 사람들은 베네치아를 훨씬 더 잘 알게 한다"고 말한다. 1901년 5월 4일에 방문한 후에 본 키오자의 모습, 즉 좁은 골목, 운하 어부, 오래된 건물, 석호, 배 등이 시 「키오자 Chioggia」(1901)에 나타난다(11권 303).

♪ 키오자

[…]

거울 같은 수면과 태만한 곤돌라들이 그 사이로 보인다.

그리고 넓적한 거룻배는 검게 그을린 어부들을 싣고.

사방팔방을 다닌다. 어느 부서져 떨어지는 담 위에나,

모든 골목에, 계단들에 운하에

절망한 슬픔이 잠이 든 채로 자리 잡아,

지난 시대 이야기를 들려주려 한다.

[…]

나는 서둘러 급히 걸어가

떠나는 배를 찾으러 항구를 찾는다.

등 뒤에서 골목길들이 슬프게 머뭇거리며 잠자고 있다. (10권 118)

1903년 4월 21일

1903년 4월 21일 헤세는 주데카 섬의 산 세바스티아노 성당[189]에 있는

---

[189] 헤세는 여기에서 제수아티 성당이라고 기록하였는데, 파올로 베로네세의 〈성 세바스찬〉의 그림이 있는 곳은 제수아티 성당이 아니라, 산 세바스티아노 성당이다.

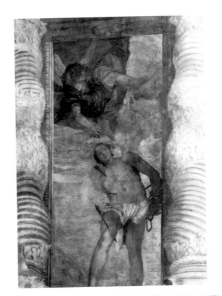

파올로 베로네세 〈성 세바스찬〉 산 세바스티아노 성당

티에폴로의 작품과 파올로 베로네세의 〈성 세바스찬〉을 보고, 다음과 같
이 묘사한다.

구름 낀 날씨에도 하늘은 정말 아름다운 색채를 띠고, 달콤하고 매력적인
담녹색의 띠를 두르고 있었다.

헤세는 산타 마리아 포르모사 성당, 산티 조반니 에 파올로 성당, 산타
마리아 데이 미라콜리 성당, 산티 아포스톨리 성당Chiesa dei Santi Apostoli,
산 펠리체 성당, 산 제레미아 성당 등을 살펴본다(11권 303 이하).

1903년 4월 22일

1903년 4월 22일 헤세는 베네치아를 떠나기 전날, "좁은 골목길, 운하,

수많은 정원, 나무"들이 있는 주데카 섬을 어슬렁거리며 돌아다니다가 리
도로 간다. 그는 그곳 바닷가에서 발을 담그고 물놀이를 즐긴 후, 잠시 낮
잠을 자다가 폰테 디 리알토Ponte di Rialto로 되돌아온다.

산 마르코 광장에는 "명소를 보러 몰려오는 단체 여행자들"과 "비가 내
리는데도 은빛과 초록빛의 부드러운 색을 띠는 석호"를 볼 수 있다.

1903년 4월 23일

1903년 4월 23일 헤세는 베네치아를 떠나기 전, 산 마르코 광장 시계탑
이 12시를 알리는 소리를 들으며 짐을 싼다. 그는 "우울해 보이지만 아름
다운 석호, 환해지는 하늘과 땅, 비가 내려 더욱 푸르러진 산에서의 멋있
는 풍경, 환상적인 거리의 빛과 구름의 모습, 무더운 태양"이 비추는 속에
브레시아Brescia[190]를 지나 밀라노에서 사람들로 가득 찬 기차를 탄다.

1903년 4월 24일 헤세가 탄 기차는 스위스의 고트하르트 고개Gotthard
Pass[191]가 시작되는 "눈이 많이 덮여 있"는 "괴세넨"을 출발하여 저녁 8시에
바젤에 도착한다(11권 304).

---

190 브레시아는 롬바르디아주에 있는 도시로, 밀라노에서 84km 떨어진 곳이다.
191 고트하르트 고개는 이탈리아어로 Passo del San Gottardo이며, 해발 2,106m의 높이를 자랑한다. 고
     트하르트 철도 터널은 그 길이가 약 15km로, 괴세넨(Göschenen)과 아이롤로(Airolo)를 연결한다.
     이 터널은 1882년 개통되었으며, 2016년에 개통된 '고트하르트 베이스 터널'과는 서로 다른 터널
     이다.

1907년의 여행

헤세는 1907년 이탈리아 여행에서부터 일기 형식이 아니라, 단상 형식으로 기록을 남긴다. 그는 1907년 봄에 움브리아주Umbria에 있는 몬테팔코와 중세도시 구비오Gubbio 등의 도시들을 방문하고 단상 「움브리아의 작은 도시Umbrisches Städchen」(1907)을 쓴다.

몬테팔코에서

몬테팔코는 "움브리아의 난간" 혹은 "움브리아의 발코니"라 할 정도로 움브리아의 계곡 상류의 언덕 위에 있는 작은 도시로, 훌륭한 전망을 지니고 있다. 헤세는 이곳의 경치를 다음과 같이 묘사한다.

차갑고 살을 에는 듯한 바람이 산 위에 있는 나를 맞이하였다. 외투로 몸을 꼭 감싸고, 아름답고 인상적인 풍경을 보았다. 오래된 폐허 위로, 초록색의 밝은 움브리아의 경치가 사방에 보인다. 아직도 눈으로 덮여 있는 높은 지역이 에워싸고 있다. 가까이 혹은 멀리 있는 오래된 유명한 성스러운 장소가 내 앞에 펼쳐져 있다. 스폴레토, 페루자, 아시시, 폴리뇨, 스펠로, 테르

니가 보인다. 그 사이로 수백 개의 작은 장소, 마을, 성당, 궁전, 수도원, 성
그리고 시골집들이 보인다. 역사가 있고, 로마시대와 그 이전의 기념비들이
많은 클리투노강이 흐르는, 내가 라틴어 학생 시절 책에서 자주 읽었던 지
역이다.

몬테팔코에는 좁은 거리, 베르치에레 탑Torre del Verziere, 포르타 산타고
스티노Porta Sant'Agostino, "프란치스코 예술의 집산지"(13권 152)인 산 프란
체스코 성당이자 박물관Chiesa Museo di San Francesco, 몬테팔코의 성 키아라
Santa Chiara da Montefalco의 시신을 담은 항아리가 있는 산타 키아라 다 몬테
팔코 수도원Monastero di Santa Chiara da Montefalco 등이 있다(13권 152 이하 참조).

구비오에서

헤세가 인지노Ingino 산등성이에 중세의 모습을 그대로 간직한 구비오
에서 본 것은 집정관의 궁전Palazzo dei Consoli[192]이다. 그는 집정관의 궁전을
다음과 같이 묘사한다.

이 건축물의 거대하고 부담스러울 정도의 용감함은 당혹스럽고 약간 놀
라운 것이다. 사람들은 꿈을 꾸거나 무대를 본 것으로 생각할 것이다. 모든
것이 확고하고 돌처럼 서 있다는 것을 다시 스스로 확신해야만 한다.

파사드가 돌로 된 궁전을 본 헤세는 궁전이 마치 돌처럼 서 있다고 평

---

192 구비오의 '집정관의 궁전'은 들쭉날쭉한 사각형 모양의 총안(銃眼: 총포나 화살을 쏠 수 있도록 흉벽 사
이에 있는 공간)과 멀리서도 눈에 보이는 종탑이 있는 탄탄한 고딕 양식의 건물이다.

집정관의 궁전, 구비오

한다. 인지노산의 1/3의 위치에 조성되어 있는 "높은 돌집으로 가득 찬 가파르고 고요하고 거만한" 구비오 도시의 인상은 다음과 같다.

건축물과 담으로 이루어진 전체 도시는 자만심에 넘치는 인상을 주는 것이 아니라 우울하고, 열망으로 인한 고난으로 성립된 것처럼 보인다.

"산 아래로 현기증이 나는 계단으로 된 거리"를 경험하다 지친 헤세는 쉬고 난 뒤 아침에 출발한다. 그리고는 구비오가 "모험하는 것처럼 놀라운 도시"라고 말한다. 구비오는 "이제까지 낯익은 이탈리아를 완전히 사라지게"하는 "낯설고 거친" 도시이다(13권 155 이하 참조).

1911년의 여행

헤세는 1911년 4월 23일 튀빙겐 대학의 교수 해링Theodor Haering(1884~
1964)에게 보내는 편지에, 이틀 전에 밀라노로 출발했다고 썼다. 1911년
여행에는 작곡가이자 지휘자인 쇠크Othmar Schoeck(1886~1957)와 지휘자 브
룬Fritz Brun(1878~1959)이 동행하였다. 이 두 사람은 작곡가이자 지휘자인
안드레애Volkmar Andreae(1879~1962)와 콘트랄토contralto[193]를 부르는 가수이
자 성악 교수인 두리고Ilona Durigo(1881~1943)와 함께 밀라노에서 〈마태수
난곡〉을 연주하러 이탈리아에 간 것이었다. 이번 여행에서 헤세는 피렌
체, 오르비에토Orvieto와 스폴레토Spoleto를 여행한다.

1911년의 이탈리아 여행에 대한 헤세의 기록은 많지 않다. 헤세는 당시
임신 중인 아내 미아 헤세에게 보내는 1911년 4월 26일 편지에 "골목, 분
수 그리고 작은 정원"이 있는 오르비에토에 대해 이야기한다. 1911년 4월
28일 편지에는 "산, 계곡, 다리, 떡갈나무 숲, 수도원, 폭포"가 있는 "후에
아름답고 환상적인 풍경"을 지닌 스폴레토에서 아이들과 2달 정도 사는
것(1권 193)이 어떻겠느냐는 편지를 쓰기도 한다.[22]

---

193 콘트랄토는 여성의 가장 낮은 음역을 말한다.

1913년의 여행

travel in Italy

1913년 헤세의 다섯 번째 이탈리아 여행에는 작곡가 쇠크와 화가 프리츠 비드만Fritz Widmann(1869~1937)이 동행한다.

코모호에서

헤세는 1913년 코모호Lago di Como[194]를 방문하고, 「코모호에서의 산책 Spaziergang am Comer See」(1913)을 쓴다. "깨끗하고 부유하며 살기 좋으며 손

코모호

---

[194] 북부 이탈리아에 위치한 코모호는 이탈리아에서 가르다호와 마조레호에 이어 세 번째로 큰 호수로, 귀족들과 유명인들의 별장이 있는 곳으로도 유명하고 많은 사람들이 즐겨 찾는 휴양지이다.

브루나테산에서 내려다본 코모호

님에게 친절한" 코모호에는 푸니콜라레Funicolare(케이블 철도)를 타고 올라
갈 수 있는 브루나테산Monte Brunate이 있다. "호화스럽지만 황량한 건물과
대문, 페르넷-브랭커 술을 팔기 위한 플래카드만이 있는 브루나테산은
코모호에서 유일하게 실망스러운 곳이다"(13권 304 참조).[195]

베르가모에서

헤세는 1913년 룸바르디아주의 베르가모, 트레빌리오와 크레모나
Cremona를 방문하고, 단상 「베르가모」(1913)와 「어느 여행길Ein Reisetag」
(1913)에 당시의 경험을 기록한다.

베르가모는 이탈리아 독립전쟁을 일으킨 가리발디Giuseppe Garibaldi
(1807~1882)[196]에 의해 1859년 점령되었고, 그 기념으로 "높은 받침대 위에

---

195 브루나테산은 여름에 집을 렌트하여 휴가를 즐기는 관광객으로 북적이는 작은 도시이다.
196 가리발디는 이탈리아 통일에 기여한 비토리오 에마누엘레 2세, 주세페 마치니(Giuseppe Mazzini)와
      더불어 현대의 가장 위대한 장군 중 한 사람으로 간주된다.

콜레오니 예배당 안에 있는
메데아 콜레오니의 묘

산타 마리아 마조레 성당과 콜레오니 예배당, 베르가모

있는" 〈가리발디 기념비Monumento a Giuseppe Garibaldi〉가 세워졌다.

베르가모의 로자테 광장Piazza Rosate에는 산타 마리아 마조레 성당Basilica Santa Maria Maggiore과 그 옆에 있는 흰색과 분홍색의 대리석 파사드로 장식된 콜레오니 예배당Cappella Colleoni[197]이 있다. 헤세는 예배당의 "벽감에 자리 잡은 관 위에 도금되어 있는 말을 탄 콜레오니의 모습 […] 그 옆의 벽에는 작지만 섬세하고 우아하게 장식된 돌로 된 딸의 묘"(13권 310)를 묘사한다. 헤세는 콜레오니 예배당을 보고 나서, 그 옆에 위치한 산타 마리아 마조레 성당의 위치와 모습을 다음과 같이 묘사한다.

---

197 콜레오니 예배당은 1472~1476년에 지어진 묘지이자 박물관으로, 이곳에 콜레오니와 그의 딸 메데아(Medea)가 묻혀 있다.

건너편에 장엄하고 밝은 성당이 있다. 그 입구 앞에는 넓고 장엄한 계단이 있다. 내 앞에 산타 마리아 마조레 성당이 있는 것이다. 그 옆에 독특하게 장식되어 증축된 콜레오니 예배당이 있다. 성당 정문 입구 앞에는 높고 조그만 돌출 건축물이 있다. 여섯 개의 작은 돌계단, 두 마리의 사자가 떠받치는 기둥 위의 넓은 고대 로마식 원형 아치, 그 위에는 높고 대담한 고딕식 구조물이 있다. 세 개의 벽감이 있는 우아한 일종의 회랑이었다. 벽감마다 오래되고 소박한 조각물이 있는데, 가운데 조각물은 말을 타고 있었다. 그 위에 다시 좁고 지붕이 뾰족한 층이 있다. 앞쪽에 두 개의 가볍고 날렵한 기둥이 있는 방이 있고, 그 안에는 세 명의 성자가 있다.

그는 산타 마리아 마조레 성당 제단의 그림, 프레스코, 그리고 벽감의 조각된 작품들을 보고 "너무도 화려하고 풍요로움이 과용"되었지만, 잊지 말아야 할 작품으로 제단이 있는 곳의 작품들을 언급한다. 이 작품은 이탈리아 화가 로렌초 로토의 스케치로부터 여러 예술가에 의해 "할아버지, 아들, 손자에 걸쳐 150년 이상 작업"된 것이다. 이 작품에는 "아브라함이 하갈을 내치고, 솔로몬이 판결을 내리고, 다윗이 사울 앞에서 하프를 켜고 거인을 때려눕히는 장면, 유디트가 아시리아군의 적장 홀로페르네스의 텐트에서 나오는 장면, 왕들과 족장들이 텐트, 사원 혹은 풍요로운 나무와 바위로 된 산이 있는 아름다운 풍경 속에서 거닐고 움직이는 모습들"이

산 비질리오 성, 베르가모

표현되어 있다(13권 311). 그 후 헤세는 푸니콜라레를 타고 산 바질리오 성 Castello di San Vigilio[198]으로 올라가, 베르가모의 "탑, 큐폴라, 요새와 지붕"이 있는 아름다운 전망을 바라본다(13권 307 이하 참조).

트레빌리오에서

헤세는 베르가모에서 크레모나로 가는 길에, 트레빌리오역에서 3시간 정도 기차를 기다려야 했다. 그는 기다리는 동안 "아름답고 고요한" 트레빌리오 시내를 방문한다. "고딕 스타일의 매력적이고 성스러운" 산 마르티노 성당Basilica di San Martino의 입구에는 투르의 성 마틴San Martino di Tours (316~397)의 조각상이 장식되어 있다.[199] 성 마틴은 알몸의 거지를 위하여

산 마르티노 성당 입구의 부조

산 마르티노 성당, 트레빌리오

---

198 산 비질리오 성은 베르가모에 있는 시타 알타(Città Alta) 정상에 있는 곳이다.
199 성 마틴은 프랑스의 수호성인으로, 투르(Tour)의 주교를 지냈다. 그의 전설 중 하나로는 334년 그가 아미앵의 군인으로 있을 때 가난한 이에게 옷을 벗어 주었다는 얘기가 있다. 또 다른 일화로는 그가 주교로 임명되자 스스로 그 자리에 어울리지 않는다고 생각해 거위의 몸에 숨었다는 이야기도 있다. 그런데 오리가 그의 존재를 알리는 바람에 결국 그는 주교가 되었다고 한다. 그래서 서구에서는 매년 11월 11일 마틴 축일에는 거위 고기를 먹는다.

눈물의 성모 마리아 성당, 트레빌리오

자신의 외투를 자르고 있다.

헤세는 트레빌리오의 눈물의 성모 마리아 성당Santuario della Madonna delle Lacrime 앞 광장에서 휴식을 취한다. 1522년 오데 드 푸아Odet de Foix (1485~1528) 장군의 프랑스 군대가 쳐들어오자 이 성당의 성모상이 눈물을 흘렸다는 전설이 있다. 헤세는 성당 앞에서 소년들이 촛불을 들고 가는 모습과, 성당의 종소리와 함께 장례식이 거행되었다가 조용해지고 다시 일상생활을 영위하는 도시의 삶을 관찰한다(13권 297 이하 참조).

크레모나에서

1913년 5월 비 오는 날 저녁, 헤세는 크레모나에 도착한다. 단상 「크레모나에서의 저녁Abend in Cremona」(1913)에 도착한 날의 감정, 크레모나 대성당과 종탑[200]에 대한 상세한 묘사와 여행의 의미 등이 적혀 있다. 그는 어둠 속에서 "거대한 건물과 아치"를 보고 "흥분하고 긴장하게 되었다." "작은 광장 위에 대성당의 파사드는 압도적이고" "아름답고 거대한 장미꽃 무늬의 장식", "가볍고 섬세한 기둥 위에 자리 잡고 있는 두 개의 고귀한 원형 아치, 박공으로 두 개의 거대하고 장식이 없이 용감한 소용돌이 무늬"가 있다. 그것은 "음악으로 가득 차 있다."[23]

헤세는 여관에 누워 성당의 음악이 자신의 내면에 울려 퍼지는 것을 느끼며, 크레모나[201]에 오기 전에 보았던 건물, 정원, 사람들, 그리고 트레빌리오의 광장에 대한 기억을 반추한다(13권 300 이하). 그가 거대한 크레모나 대성당과 종탑을 보고 느낀 바는 「크레모나에 도착Ankunft in Cremona」(1913)에서 다음과 같이 표현되었다.

♪ 크레모나에 도착

빗소리는 노래하고, 대지는 밤의 어둠으로 가득 차 있다.
축축하고 서늘한 날에 드높이 솟아 있는 나무는 술렁인다.
종소리는 공간 전체에서 고요히 방울져 떨어지는 듯하고
그리고 잠이 든다, 빗소리에서 조용한 웃음소리가 퍼진다.

첨탑의 불빛 속 즐거운 골목길을 지나
나는 침착하게 낯선 도시로 들어간다.

---

200 크레모나 대성당은 1170년에 지어진 반면, 종탑은 1309년에 완성되었다. 이 종탑은 높이가 112.7m로 이탈리아에서 가장 높은 종탑이며 세계에서는 세 번째로 높은 종탑이다. 맨 위에는 두 개의 기둥으로 된 회랑이 솟아 있다.

201 크레모나는 현악기의 장인 니콜라 아마티(Nicola Amati, 1596~1684), 그의 제자 안토니오 스트라디바리(Antonio Stradivari, 1644~1737), 그리고 과르네리(Andrea Guarneri, 1626~1698)가 태어난 곳이다. 이곳은 그들이 세계적으로 유명한 바이올린을 제작한 곳이고 바이올린과 비올라 제작 학교와 박물관이 있는 곳이기도 하다.

크레모나 대성당과 종탑

돔에는 어둠이 깔리고, 창문의 불빛은 흐릿하게 빛을 발하고
시민들은 조용히 앉아 평화롭게 와인을 마시고 있다.

복도에 나의 발자국 소리가 울려 퍼지고,
그리고 나는 계단을 지나
돔 속으로, 원주가 있는 곳으로, 그리고
나의 그림자는 축축하게 젖은 돌 위로 조용히 지나간다.

홀 너머로 낭떠러지가 펼쳐지고
나는 놀라 멈춰선다, 나란히 서 있는 건물
성당, 탑 그리고 궁전이 우뚝 솟아 있다. 그 위에
두려운 밤이 침묵하며 덮고 있다.

그리고 보자마자, 모든 것이 마치 잘 알고 있는 듯

그리고 놀라워하는 눈빛에 낙원의 나라에서 들려오는

음악처럼, 한 편의 노래처럼 복되게 울려 퍼지고

순수하고 밝게 들려오네.

다른 시대의 사람들에 대해 꿈을 꾸며

성당, 탑 그리고 위엄 있는 궁전이 서 있다.

그리고 나에게 말을 건다. 그리고 원주에서

돔에서 영원이 소리 내어 웃는다. (10권 211 이하)

1연과 2연에는 헤세가 낯선 도시 크레모나에 도착했을 때의 상황과 시간이 표현되어 있다. 작가는 비가 오는 저녁녘 어둠에 둘러싸여 있는 크레모나에 도착하여 그곳에서 와인을 마시고 있는 마을 사람들의 모습을 본다. 그는 여행일지에 이곳에 도착하여 크레모나의 대성당을 본 인상을 다음과 같이 묘사한다.

비 오는 날 나는 서서 놀라운 광경을 받아들였다. 그리고 이 건물의 거대함과 대담함에 행복함을 느끼고 깊이 감동되었다. […] 로마네스크 양식과는 다른 시대와 완전히 다른 세계가 뒤섞여 견고히 자리 잡고 있었다.

스트라디바리의 동상, 크레모나

비가 오는 축축하고 서늘한 밤에 떨어지는 빗소리는 마치 "낙원의 나라에서 들려오는 음악처럼 노래처럼" 느껴진다. 현악기의 장인들인 아마티, 과르네리, 스트라디바리 가문의 고향인 크레모나에 머물면서 헤세는 "낙원의 나라에서 들려오는" 음악과 노래가 울려 퍼지는 것을 들었을 것이다. 그리고 자신에게 말을 거는 듯한, "성당, 탑 그리고 위엄 있는 궁전"의 문화적 의미를 생각했으리라(13권 299 이하).

1914년의 여행

헤세는 1914년 이탈리아 여행에 대해서는 많은 기록을 남기지 않는다. 그는 아버지와 누이들에게 보내는 1914년 5월 6일 자 편지 속에 그의 이탈리아 여행에 대해 간단히 언급한다. 그는 원래 이탈리아에 오래 머물 예정이었지만 날씨가 나빠 밀라노, 베르가모, 브레시아Brescia에서 며칠을 보내고, 이제까지 알지 못했던 이세오호Lago d'Iseo[202]에 갔으며 이 여행에서 "위로"를 얻는다고 말한다.[24]

---

[202] 이세오호는 베르가모와 브레시아 사이에 위치한 호수로 북부 이탈리아 지방에서 네 번째로 큰 호수이다.

III.

베네치아
비망록

　헤세의 이탈리아 여행일지 중 1901년 4월 17일~26일에 기록된 일지에 따르면, 헤세는 그 기간에 피렌체와 프라토에 머물렀고 5월 1일부터 16일까지 베네치아에 있었다. 3년이 지난 후 그는 『베네치아 비망록』[203]에서 1901년 4월 17일부터 5월 8일까지 베네치아에서 지냈던 경험들을 기록한다. 그는 자신의 『베네치아 비망록』을 "여행 기록도, 시도 아니며, 방랑자이자 고독한 이의 정서를 진실한 언어로 이야기하는 것이고, 삶과 영혼의 일부를 선물하는 것이며, 잘 알지 못하지만 고향이 없는 나의 형제들에게 보내는 인사"라고 한다. 그는 "몇 주 전부터 베네치아에 대한 향수"로 고생하면서 다시 베네치아에 대한 기억을 쓰고 있다. 이 기록에서는 작품들을 관찰하고 감상을 이야기했던 1901년의 이탈리아 여행일지와는 달리 베네치아에 머물던 당시의 인상과 기억들이 두드러진다.

　헤세는 「베네치아의 운하에서In den Kanälen Venedigs」(1901)에서 베네치아의 비밀스러운 매력에 대해 이야기한다.

203　헤세가 1901년 4월 17일~26일 사이에 기록한 일기와 『베네치아 비망록』은 시기적으로 일치하지 않는다. 1901년 4월 17일~26일의 일기에 따르면, 그는 피렌체와 프라토에 있었다고 기록하고 있는데, 이탈리아 여행 1년 후 베네치아를 그리워하면서 쓴 글 『베네치아 비망록』에는 1901년 4월경에 베네치아에 있었던 것으로 기록한다.

베네치아는 이탈리아의 그 어떤 다른 도시와는 다른 강력한 마법의 영향력을 행사한다. 나는 이곳에 머무르는 3주 동안에 그 비밀을 파고들어 갈 수 있는 가능성을 생각해 볼 것이다(1권 386).

헤세는 베네치아에 1901년 5월 1일에서 16일까지, 그리고 1903년 4월 14일에서 23일까지 베네치아에 머물렀다. 그는 베네치아에 머물렀던 경험을 바탕으로 베네치아와 연관된 많은 문학 작품을 완성하는데, 살펴보면 다음과 같다. 시 작품으로는 「광장Piazetta」(1901), 「베네치아Venedig」(1901, 1902, 1907), 「석호Lagune」(1901), 「베네치아에 도착Ankunft in Venedig」(1903), 「뱃노래Barcarole」(1903), 「우울. 베네치아의 공동묘지 섬Melancholie. Auf der Gräberinsel bei Venedig」(1903/1904), 「베네치아의 곤돌라Die venezianische Gondel」(1911)를 완성한다. 그리고 동화 『난쟁이』를 썼으며, 그 외에 베네치아와 연관된 단상 「베네치아의 운하에서」, 「석호Lagune」(1901), 「여행에 대하여Über das Reisen」(1904), 「석호 연구Lagunenstudien」(1911) 등을 쓴다.

1901년 4월 17일

1901년 4월 17일 헤세는 몇 주 전부터 베네치아에 대한 향수로 인해 힘들어한다. 눈을 감고 베네치아를 생각하면 "밤에 이루어진 사랑의 약속과 같이 부드럽고 다정한 노래, 탐닉하는 아름다움과 멜랑콜리로 가득한 소리"가 들리며, "대운하에 즐비한 건물의 파사드, 검은 숄을 걸치고 검은 머리를 틀어 올린 베네치아 여인들, 밤의 광장과 거리들, 은빛 달빛에 보이는 산 조르조 마조레 성당과 주데카 섬의 일 레덴토레의 박공" 등이 보인다고 한다.

그는 "광장과 아름다움을 간직한 존경스러운 거대한 운하가 가까이 있는" 산타 마리아 델 지질리오 성당Chiesa di Santa Maria del Giglio(보통 산타 마리아 초베니고 성당이라고 한다)과 베네치아의 다리 그리고 좁은 골목들을 기억한다(1권 394 이하 참조).

1901년 4월 20일

1901년 4월 20일 헤세는 무라노, 리도, 그리고 베네치아 동쪽 지역의 석호를 본 19일과 20일 오전에 한 일을 자세히 기록한다. 그는 말라모코 Malamocco[204]에서 어부와 함께 시간을 보내다가, 무라노 근처의 굴 채취자의 배에 누워 있다고 하면서 당시의 상황을 다음과 같이 묘사한다.

나의 비망록 위로 맑은 태양빛이 비추고 있고, 오른쪽에는 무덤 섬의 차가운 담이 흐릿한 초록색의 바다 위에 자리 잡고 있다. 왼쪽에는 가느다란 진흙층이 붉은 갈색으로 빛나고 있다. 독일의 겨울 태양으로 인해 하얗고 창백해진 나의 손과 나의 벗은 등 위로 오후의 태양이 따뜻하게 비추고 있다.

헤세는 석호에서 보았던, 친구가 된 무라노 출신의 어부, 새우와 꽃게가 가득한 배, 태양, 바람, 탁 트인 수평선, 진한 갈색의 수초가 이리저리 갈라져 엉켜 있는 배와 저 멀리 보이는 풍경들을 열거한다. 그는 독일로 돌아가고 싶지 않다는 생각을 하면서, 멀리 보이는 도시와 사람들이 마치 신기루처럼 신비하고 희미하게 보이는 것을 보고 곧 헤어질 생각에 고통스러워한다. 헤세는 무라노가 어둠 속에 보이지 않게 되자, 찬란했던 시

---

204 말라모코는 리도와 팔레스트리나 섬의 일부이다.

기를 그리워하며 다음과 같이 말한다.

이 섬의 장미 정원들이 풍요로운 도시의 명랑한 정신들을 머물게 한다. 즉 재기발랄한 벰보, 선량한 트리포네 가브리엘레[205], 신랄하고 재치 있는 아레티노가 여기 삼나무와 월계수 나무의 그늘에서 머물고 있으나 그들은 아무도 살아 있지 않는구나(1권 395 이하 참조).

1901년 4월 26일

1901년 4월 26일 헤세는 고서점에서 익명의 작가가 쓴 저서 『큐리어스[206]와 이탈리아 여행기. 프라이부르크 1701 Curieuse und vollständige Reisebeschreibung von ganz Italien. Freyburg 1701』를 산다. 이 작가는 산 마르코 광장을 다음과 같이 묘사하면서 끝을 맺는다. "이 모든 것을 전체적으로 파악해 보면, 아름다운 외관이 있기에 훌륭한 작품이라 인식할 수 있다." 그러면서도 그는 "놀라운 외관을 지니지만, […] 거의 손상이 된 종탑의 흉측한 인상에 지배를 받고 있어서, 이 종탑은 추하다"고 한다, 헤세는 이 저서를 "당시 신분이 높은 한 독일인 작가가 현명하지만 약간은 무례하게 집필한 것"이라 평한다.

그러면서 헤세도 산 마르코 대성당의 현관에 있는 작품들과 토르첼로 성당[207]에서 볼 수 있는 작품들을 제외한 모자이크들은 영혼도 없이 만들어졌다고 부정적으로 평가한다.

---

205 트리포네 가브리엘레(Trifone Gabriele, 1470~1549)는 이탈리아 인본주의자이자 피에트로 벰보(Pietro Bembo, 1470~1547)와 친구 사이다.

206 세이셸에 있는 작은 섬.

207 토르첼로의 성당은 토르첼로 섬에 있는 베네치아에서 가장 오래된 모자이크가 있는 산타 마리아 아순타 성당(Basilica di Santa Maria Assunta)을 의미한다.

산타 마리아 아순타 성당의 종탑이 보이는 전경, 토르첼로

라벤나의 오래된 모자이크를 본 사람이면 그 작품이 주는 소박하지만 준 엄한 표현이, 산 마르코 대성당에 대해 좋은 느낌을 가지지 못한 이에게 분 명하고 강력한 인상을 준다(1권 401 이하 참조).

1901년 4월 30일

1901년 4월 30일 밤 헤세는 "세계에서 가장 아름다운" 베네치아에서 곤 돌라를 타고, 대운하의 정경과 "따뜻하고 밝은 봄의 달밤"이 주는 "아름다 움"을 즐긴다. 베네치아의 아름다움과 매력은 다음과 같다.

주데카 섬의 날카로운 실루엣 위로 고요하고 순수한 달이 떠 있다. 노 젓 는 소리가 불규칙하게 들리는 배 위로 은빛으로 빛나는 빛이 감싼다.

주데카 섬의 바포레토 선착장 뒤편으로 배가 들어서고, 화려한 바이올 린 음악 소리가 들려온다. 헤세는 베네치아에서 가장 오래된 다리인 폰테 디 리알토[208]에서 곤돌라를 타고 오면서, "고요하고 어두운 대운하"와 "산타 마리아 살루테 성당" 위에 달빛이 비추는 것을 본다. 곤돌라 사공도 그날 밤의 아름다움을 느끼며, 헤세에게 "아름다운 밤입니다Che bella serata"라고 말한다. 달빛으로 빛나는 대운하에는 고딕풍의 팔라초 벰보Palazzo Bembo[209], 팔라초 단돌로Palazzo Dandolo, 팔라초 팔리에르Palazzo Falier, 팔라초 바르바로Palazzo Barbaro[210], 팔라초 콘타리니-파산Palazzo Contarini-Fasan[211]과 르네상스풍의 팔라초 코르네르 델라 카 그란데Palazzo Corner della Ca' Grande[212], 팔라초 그리마니Palazzo Grimani[213]와 팔라초 마닌Palazzo Manin 등이 있다.

곤돌라의 사공은 갑자기 멈추더니 귀를 기울인다. 어떤 작은 궁전의 흐릿하게 불이 켜진 창문에서 "음미하듯, 유희하듯, 즉흥적으로 연주하는 듯한" 기타 연주가 들린다. 어느덧 기타 소리는 멈추고 한 "깊고 달콤한 목소리를 지닌 여성"이 부르는 "오래되고 소박한" 노랫소리가 들려온다. "아름다운 소리는 부드러운 대기를 타고 어둡고 활기 없는 운하로 퍼져 간다." 노래가 울려 퍼지는 동안 3대의 곤돌라가 물 위에 가만히 떠 있다. 그때 헤세는 인간, 동물, 그리고 죽은 사물마저도 귀 기울이는 그리스 가인歌人의 전설을 생각한다. 헤세는 이곳 궁전보다 오래된 노래를 통하

---

208 폰테 디 리알토는 처음에는 목조 다리였으나 1524년 붕괴되었다. 현재의 돌다리는 안토니오 다 폰테(Antonio da Ponte)에 의해 1591년에 완성되었다.

209 팔라초 벰보는 15세기에 완성된 베네치아풍과 비잔틴 건축 양식이 결합된 붉은 색의 건물로, 리알토 다리 근처에 위치한다. 현재 호텔과 현대미술 전시관으로 사용된다.

210 팔라초 바르바로(Palazzo Barbaro)는 팔라치 바르바로(Palazzi Barbaro)로도 알려진 고딕 양식과 바로크 양식의 두 개의 궁전이다.

211 팔라초 콘타리니 파산은 15세기에 지어진 고딕 양식의 건물이다. 이 궁전에는 셰익스피어의 『오텔로』에 나오는 베네치아인 데스데모나(Desdemona)가 살았을 것이라는 전설이 있다. 그래서 데스데모나의 집이라고도 한다.

212 팔라초 코르네르 델라 카 그란데는 보통 팔라초 코네르(Palazzo Corner) 혹은 팔라초 코나로(Palazzo Cornaro)라고도 불리는 르네상스 양식의 궁전이다.

213 팔라초 그리마니는 폰테 디 리알토 근처에 있는 궁전이다.

여 예술의 영원한 젊음과 아름다움의 승리를 깨닫고는, 노래를 듣고 함께 축하하며 즐거워한다(1권 402 이하 참조).

1901년 5월 3일

1901년 5월 3일 헤세는 산 조르조 마조레의 탑 위의 풍경을 보고, 리도로 간다.

산 조르조 마조레의 탑에서 본 풍경은 안개 낀 수평선으로 인해 불분명하게 보이는 사물들, 일 레덴토레 성당 옆에 있는 주홍색의 배와 수면 위에 마치 붉은 점처럼 비취는 배의 형상, 색채들이 어른거리며 퇴색된 듯 미묘한 뉘앙스를 지니는 것들이다.

"아드리아해의 지배자"라는 베네치아의 명칭은 "동과 서를 연결하는 독특한 정신의 창조자이자 버팀목"을 뜻한다. "이 작은 세계의 기적은 바다가 아니라, 고요한 석호이며 길게 뻗은 리도를 사이에 두고 분리된 바다로 인해 베네치아는 그 어떤 다른 도시와 달리 자연과의 유기적 관계로 성장한다. 물속에 있는 베네치아는 오래된 도시이고 더욱 나이 들어간다. 심지어 새로운 현대적 호텔, 사무실과 상점도 15~16세기 궁전의 울타리 속에 자리 잡는다. 이곳에는 허무는 것도, 새로이 짓는 것도 없이 오래된 것이 우월함을 느끼는 것이 무의식적으로 존중되는 것이다"(1권 403 이하 참조).

1901년 5월 4일

1901년 5월 4일 헤세는 세월이 지남에 따라 "태양에 의해 퇴색되고 습기에 의해 부식된 프레스코와 파사드", 폰다코 데이 테데스키Fondaco dei

산토 스테파노 성당 내부(© Didier Descouens)

Tedeschi[214]와 산토 스테파노 성당의 아름다움이 사라지는 것에 마음 아파
한다. 그리고 다음과 같은 작품을 쓴다.

 산토 스테파노 성당

사각형의 벽은 희미해지고, 퇴색하고 낡았다.
예전에 포르데노네가 그림을 그렸다.

그림들은 시대를 부식시킨다. 그대는 단지 여기저기서
희미한 윤곽이 있는 윤곽을 볼 뿐이다.

---

214 '폰다코 데이 테데스키'는 독일 상인 길드의 본사이자 거주지였다.

지워진 프레스코에는 아직도 팔 하나, 다리 하나가 보인다.

이것은 과거의 아름다움이 우리에게 보내는 신비한 인사이다.

눈을 뜬 아이는 즐거이 웃음을 짓고

그리고 관찰자를 기이하게 슬프게 만든다.

산토 스테파노 성당 회랑의 프레스코를 그린 작가는 포르데노네Giovanni Antonio Pordenone(1484~1539)이다. 그러나 세월이 지나 프레스코는 이제 슬프게도 퇴색하고 낡아, 희미한 윤곽만을 볼 수 있고, "팔과 다리만"이 남아 본래의 모습을 예상할 수 있을 뿐이다(1권 404 이하 참조).

1901년 5월 7일

1901년 5월 7일 틴토레토의 일화가 언급된다. 그는 종종 동료들보다 그림을 싸게 팔거나 보수 없이 그림을 그렸기에 동료들을 언짢게 하였다. 그는 아마 너무나 순진했거나 실제로 비열한 인물이었던 것이다. 어느 쪽이든간에, 헤세는 산 조르조 마조레 성당에서 틴토레토의 그림들을 다시 보고, 그림을 그리는 일을 마치 공장에서 물건 만드는 수준으로 만들어버리는 그의 가치관에 대해 부끄러워한다. "틴토레토의 형편없는 작품들은 명인의 수준으로 몰락한 천재의 특징을 지닌다"(1권 406 참조).

1901년 5월 8일

1901년 5월 8일 헤세는 아침 일찍 바포레토를 타고 "소박하고 오래된" 산 조베 성당으로 간다. 이곳은 아침 일찍 미사를 거행하고 그 후엔 하루

파올로 베로네세 〈성 세바스찬과 다른 성자들과 함께 있는 성모자〉 산 세바스티아노 성당

종일 문을 닫는 곳이다. 여자 신도들은 열심히 〈나를 위해 기도해 주세요 Ora pro me〉를 부르고 있는데, 나이 드신 분들은 같은 노래를 3도 정도 낮추어서 부른다. 헤세도 가장 끝의 의자에 앉아 무릎을 꿇고 미사에 참여하면서도, 산 조베 성당이 아침 일찍 미사를 거행하는 것 외에는 낯선 이를 이끌 만한 것이 없다고 한다.

그럼에도 산 조베 성당은 "훌륭한 정문이 있는 멋진 초기 르네상스의 파사드, 일류는 아니지만 매력적인 예배당에 있는 피렌체풍의 릴리프가 있다"고 말한다. 성당에 장식된 "사볼도의 〈목동들의 경배〉는 불굴의 작품이지만 큰 영향은 미치지 못한다." 하지만 조각가이자 건축가 "롬바르도Pietro Lombardo(1435~1515)의 장식은 우아하고 품위가 넘친다"고 평가한다. 롬바르도가 건축한 산 마리아 데이 미라콜리 성당에서도 이와 유사한 아름다운 것을 발견할 수 있다.

산 세바스티아노 성당에는 "풍요롭고 화려한 색채를 지닌 수많은 그림들 사이에 있는" 파올로 베로네세의 흉상과 묘, 그리고 그림 〈성 세바스찬과 다른 성자들과 함께 있는 성모자Madonna in gloria con San Sebastiano e altri Santi〉가 있다(1권 406 이하 참조).

베네치아의 석호

헤세의 단상 「여행에 대하여」에서 베네치아의 풍경은 다음과 같이 묘사된다.

8일 밤낮을 토르첼로 섬의 어부의 배에서 식사와 잠자리를 함께하면서 그저 바라만 보아도 싫증이 나지 않았던 베네치아에 대한 나의 열렬한 사랑에도 불구하고, 베네치아의 석호는 지금까지 아직도 낯설지만 독특하며 이해할 수 없는 진기함을 지니고 있다. 나는 섬을 따라 노를 저었고, 손으로 만든 그물을 가지고 갈색 사주를 건넜으며, 석호의 물, 식물, 동물들을 알아 갔다. 그리고 베네치아의 공기를 들이마셨고 관찰했었다. 그리고 그 후로 나는 그것을 신뢰하게 되고 친근해졌다. 그 8일이라는 기간을 나는 티치아노와 베로네세를 위해 사용했을 수도 있었을 것이다. 그러나 나는 금갈색의 삼각형 돛대가 있는 어부의 배를 타고 베네치아 아카데미아 미술관과 팔라초 두칼레을 본 덕분에 더 잘 이해하게 되었다. 그리고 단순히 몇 개의 그림을 넘어서, 베네치아는 단순히 아름답고 불안한 수수께끼가 아니라, 내가 이해했던 것보다 훨씬 더 아름다우며, 나에게 속하는 실재이다(13권 36).

　괴테도 그의 『이탈리아 기행Italienische Reise』 중 1786년 9월 29일 자 기록
에서 베네치아 석호를 "인간의 힘을 결집시켜 만들어 낸 위대하고 존경
할 만한 작품이고, 지배자가 아닌 민중의 훌륭한 기념물"(15권 80)이라고
한다. 6세기에 로마 사람들은 침략자들을 피해 이곳에 왔고, 석호를 막아
베네치아를 건설한다.[25] 헤세에게 베네치아는 섬, "독특하고 이해할 수 없
는" 석호, 섬과 바다, 삼각형 모양의 돛대의 도시이며, 베네치아 아카데
미아 미술관에서 보았던 티치아노와 보니파치오 베로네세 그림 속 풍경
이다.

게으름, 사랑,
그리고 음악의 도시

헤세는 「베네치아의 운하에서」에서 베네치아를 '게으름, 사랑 그리고 음악의 도시'(1권 386 이하)라고 정의한다. 그는 『게으름의 예술Die Kunst des Müßiggangs』(1904)이란 글에서 예술가의 필수 조건이 게으름이라고 말하고 있다.

모든 예술가들은 자고로 가끔은 게으름을 피울 필요가 있다. 부분적으로 새로 획득한 것을 명백하게 만들고 무의식적으로 작업한 것이 성숙해지도록 하기 위해, 부분적으로는 아무 계획 없이 몰두하고 매번 자연스러운 것에 가까이 다가가고, 다시 아이가 되고, 다시 자신을 땅과 식물, 암석과 구름의 친구와 형제로 느끼기 위해서이다(13권 25쪽).

헤세에게 예술가의 게으름은 "무엇인가 내면에서 활동하여 […] 성숙되지 않았지만 유일하게 가능한 가장 멋진 해법을 수수께끼로서 내면에 간직하고 […] 기다리"(13권 26)는 것이다. 그는 속물과 창조적인 예술가를 구분하고 있다. 그런 의미에서 베네치아는 시인 헤세에게 창조의 힘을 줄 수 있는 도시였다. 베네치아는 물속에서 도시가 솟아오른 모습이고, 저녁에는 좁고, 어두운 운하를 지나는 곤돌라를 타는 것이 가장 멋진 일이며, 곤돌라의 철썩거리는 소리 외에는 어떤 소리도 들을 수 없는 곳이다.

> 이 시간에 나는 돌과 물 사이의 고요함, 이 부드럽고 풍만한 대기, 세상과 떨어져 은둔하고, 휴식하면서 느낄 수 있는, 열정적이고 소심한 감정을 몇 주 동안 기다려 왔다. 이것이 베네치아다(11권 263).

베네치아에서 곤돌라는 타는 것은 고요함 그 자체이며, 베네치아만의 대기와 세상과 떨어져 휴식을 느낄 수 있는 일이다. 헤세는 『베네치아 비망록』 중 1901년 4월 17일에도 베네치아에서의 휴식을 언급한다. 베네치아는 헤세에게 꿈꾸고, 평화를 느끼고, 잠자고, 휴식할 수 있는 곳이기에, 그는 베네치아에서 느긋하게 보내는 삶을 향유한다. 그는 1901년 5월 13일 베네치아에서 "자신의 손과 팔에 앉아 […] 손을 쪼며 어린아이와 같은 즐거움을 주는" 비둘기들을 관찰하고 아이들과 대화하는 것을 즐겨한다(11권 255). 1901년 5월 14일에도 "6~8세 되는 아이들과 산 마르코 광장을 돌아다니고 비둘기들에게 옥수수"를 주는 여유로운 시간을 보낸다(11권 257).

헤세에게 베네치아는 "부드럽고 다정한 노래, 탐닉하는 아름다움과 멜랑콜리로 가득한 소리"(1권 394)가 들려오는 음악의 도시이다. 1901년 4월 30일 그는 그날의 저녁이, 달이 뜨는 밤의 아름다움을 쓴 낭만주의 시인 아이헨도르프Joseph Freiherr von Eichendorff(1788~1857)의 시이자, 슈만 Robert Schumann(1810~1856)과 수많은 가곡을 남긴 오스트리아의 작곡가 후고 볼프Hugo Wolf(1860~1903)가 작곡한 〈달밤Mondnacht〉, 그리고 〈봄밤 Frühlingsnacht〉[215]의 멜로디로 가득 차 있다고 말한다(1권 402 참조).

베네치아의 매력은 「베네치아Venedig」(1901)와 「베네치아에 도착Ankunft

in Venedig」(1903)이라는 작품으로 완성된다.

 베네치아

어느 봄날 저녁, 나의 곤돌라는

반쯤 취해 조용히 물길을 찾는다.

날은 어두워지는데 좁은 운하 사이로 길을 찾아가다.

나는 자리에 앉아 흔들거리며 좁은 뱃전에 팔을 기대어 본다.

그사이 나의 영혼은 달콤하지만

새로이 예감되는 마법의 단어에 혼란스러워하며

좇다가 지쳐 버려 완전히 꿈속에 길을 잃었네.

그럼에도 나는 안주하거나 앞으로만 나아가지 않으리.

내가 이 마법의 핵심을 인식하기 전에

아름다운 기적의 근원을 규명하리,

그리고 나의 수수께끼의 목표와 해법을 찾으리.

그러나 나의 입은 말할 수 없는 사물에 대해

말하는 것과 노래하는 것을 알게 되리니. (10권 493)

베네치아는 헤세에게 흔들리는 곤돌라 속에서 느끼는 꿈과 마법의 세계[216]이다. 그는 베네치아에서 경험한 수수께끼 같은 "마법과 기적의 근

---

215 아이헨도르프 원작의 〈달밤〉과 〈봄밤〉은 후고 볼프가 작곡하였다.

216 1901년 5월 15일의 기록에서도 헤세는 "덥고, 태양빛이 아른거리는 반쯤 잠이 든 꿈결의 시간에 물 위에서" 곤돌라를 타고 가는 것이 "이탈리아에서 경험한 것 중 가장 아름다운 것이다"라고 말한다(11권 259 참조).

원"을 이야기하고 노래하는 모습을 표현하고 있다.

𝒮 베네치아에 도착

그대 고요하고 어두운 운하,

쓸쓸한 만,

고색창연한 집들의 잿빛 행렬

고딕 스타일의 창문과 무어 양식으로 장식된 입구는

깊은 꿈에서 깨어났지만

죽음으로 가라앉아

이곳에서 시간은 잠이 든다.

그리고 모든 삶이 그렇게도 멀리 있구나, 그렇게 멀리!

나는 이곳에서 홀로

옛 골목을 헤매는구나.

횃불에 의지해

곤돌라 승강구에서

가려진 창문을 보고,

마치 어둠 속에 있는 어린아이처럼 두렵지만 행복해지는구나. (10권 135)

베네치아에서 볼 수 있는 것은 운하, 만, 고딕과 무어 양식[217]의 건물들,
오래된 골목 그리고 곤돌라이다. 헤세는 베네치아에서 느끼는 "어린아이

217　이슬람 건축 양식 또는 장식 예술을 말한다. 대표적인 무어 양식의 건축물로는 알함브라 궁전이
　　있다.

처럼 두렵지만 천진난만한 행복감"을 토로한다. 그가 1903년에 쓴 「바르카롤Barcarole」의 '바르카롤'이란 베네치아의 곤돌라 사공이 부르는 뱃노래를 말한다.

♪ 바르카롤

거울에 비친 것 같은 빛이 이리저리 흔들린다.

나의 작은 배는 이리저리 힘겹게 움직인다.

석호 위, 아래위로

리도의 바다는 노래하고 소리 지른다.

나의 돛은 따뜻한 정오의 열화로

깊이 잠이 들고,

나의 소원은 항구에서

나의 노를 쉬게 하는 것.

강인하고 놀라운 삶이여!

그대는 나의 이마를 그을리게 하노라.

그대는 나에게 폭풍을 몰아주어

나를 궤도에서 밀쳐 내는구나.

그대는 폭풍우 속에서 나를 밀어 내치니

나는 너의 얼굴을 조롱하며 보았다.

그러나 그대의 예배 시간에 울려 퍼지는,

사랑스러운 노래의 마력에 나는 저항하지 않으리.

나의 시선은 꿈꾸듯 무지개를 보고 있다.

그곳에는 구름의 흐름이 바다 쪽으로 흔들리네.

나는 꿈꾸듯 물결의 노랫소리에 귀 기울이고

물결은 나의 영혼에 평화를 노래하니.

나의 돛은 따뜻한 정오의 열화로 잠이 들고

나의 소원은 항구에서

나의 노를 쉬게 하는 것. (10권 137 이하)

혜세는 파도에 흔들리는 곤돌라 속에서, 곤돌라 사공들이 부르는 전통
민요인 〈바르카롤〉의 8분의 6박자 혹은 8분의 12박자를 느낀다. 그에게
베네치아는 "사랑스러운 노래의 마력"을 느낄 수 있는 곳이고, "폭풍"이
일고 있는 삶을 떠나 이제 쉬고 싶은 곳이다.

베네치아를 '사랑의 도시'라 칭한 혜세는 '작가이자 파렴치한 유혹자'
카사노바의 생애에 대해 요약한다. 혜세의 단상 「카사노바Casanova」를 살
펴보면 다음과 같다.

카사노바:
사랑꾼 혹은 사기꾼, 그리고 오늘날의 사랑의 문제

헤세는 1925년 2월 6일 자 『베를린 일간지Berliner Tageblatt』에 단상 「카사노바」를 기고하였다. 헤세는 젊었을 때는 작가이자 이탈리아 모험가였던 카사노바Giacomo Casanova(1725~1798)에 대해서 "불명확한 소문"과 "파렴치한 유희자이며 호색한"으로만 알고 있었다. 헤세는 카사노바를 다음과 같이 평가한다.

사람들은 카사노바의 『회상록Memoire』이 음란함과 경박함을 담은 악마의 작품이라고 알고 있다. 그가 쓴 많은 작품들이 절판되었는데, 그의 작품 중에서 하나 혹은 두 개의 저서만 남아 있어, 관심이 있는 사람들은 고서점에서 찾아야만 했고, 그 책들을 소유하고 있는 사람들은 보이지 않게 책장에 은닉해 두었다.

헤세는 30세가 넘어서, 독일의 드라마 작가 그라베Christian Dietrich Grabbe (1801~1836)의 희극 『돈 주안과 파우스트Don Juan und Faust』에 카사노바의 『회상록』의 이야기가 활용되었음을 알게 되었다. 그 후 카사노바의 저서들이 새로이 출간되었고, 그의 작품에 대한 세계와 지식인들의 평가는 달

라진다. 그의 저서를 알고 소유한
다는 것이 더 이상 수치스러운 일
이 아니고, 오히려 그에 대해 제대
로 알지 못한 채 그를 비난하는 것
이 수치스러운 일이 되었으며, 카
사노바에 대해 조롱하던 평론가들
은 이제 카사노바를 천재라고 평
가하기 시작했다. 카사노바를 향
한 헤세의 평가를 정리하면 아래
와 같다.

프란체스코 주세페 카사노바 〈카사노바의 초상
화〉 러시아 주립 역사박물관

카사노바는 "화려한 활력과 문학적 업적"을 지닌 "천재"이다. 그러나
"감정의 대가이며 사랑과 유혹의 수완가"인 그에게는 "영웅적인 면모, 개
별화와 비극적으로 격리된 존재의 영웅적인 분위기"가 부족하다. 또한,
그는 "남다르고 독특한 인격의 소유자가 아니"지만, 전설적인 능력을 가
진 인간(육체와 관능을 소지한 육감적인 면에서)이다. 그는 활동성, 탁월한 교
양, 융통성 있는 삶의 기교로, 그의 시대의 우아한 고전적 대표자가 되었
다. 그는 세계를 여행하는 우아한 방랑가이자 향유하는 사람이며, 관리인
이자 경영자, 유희자이고, 때로는 사기꾼이다. 동시에 그는 여성들에 대
한 배려와 기사도가 넘쳐 나는, 세련된 감각을 갖춘 유혹의 대가이다. 여
성에 대한 애정과 기사도가 넘치지만, 변덕이 심하고 의존적인 그는 오늘
날 우리 같은 사람들에게 놀라울 정도의 다양한 면모를 보여 준다.

그는 수십 명의 처녀와 부인들을 유혹하였지만, 사랑에 대한 두려움이
없었다. 그러나 늙어서 고독해지고 부인도 돈도, 모험심도 없이 두흐초프
Duchcov(독일어로 Dux)[218]에 정착하게 되자, 삶은 더 이상 완벽하지 않았고

약간의 문제가 그에게 나타났다.

오늘날 카사노바의 이야기를 약간의 비애를 느끼며 읽으면, 그의 이야기에 화려하기만 한 외적인 삶을 중시하는 문화가 배어 있음을 알 수 있다. 아마도 몇십 년 전의 교양 있는 독자들도 그렇게 느낄 것이다. 카사노바의 사랑은 정중하고 환상적인 이야기지만 약간은 방탕한 애송이 같은 연애 사건인 것이다. 카사노바의 사랑은 "루소[219]와 베르테르, 그리고 스탕달 작품의 주인공[220]의 빛나는 사랑"처럼 현실에서는 더 이상 찾을 수 없는 사랑이다. 오늘날에는 비극적이거나 뛰어난 연인들, 위험한 혼인빙자 사기꾼이나 정신질환자는 더 이상 찾을 수 없는 것 같다. 감각적이거나 능력 있고, 삶의 의욕이 가득한 사람들은 그의 능력이나 힘을 돈 버는 일이나 정치적인 문제에 사용하고 있다. 시민사회의 미국과 사회주의의 소련에서 사랑은 삶에서 부수적인 즐거움의 요인으로 별 의미가 없어 보인다. 그러나 사랑의 문제는 역사 속에서 살펴볼 때 항상 현실적인 문제일 수 있는 것이다.[26]

---

218 두흐초프는 체코 북서부에 위치한 도시의 이름이다.

219 장 자크 루소(Jean-Jacques Rousseau, 1712~1778)의 『신 엘로이스(Julie, ou la nouvelle Héloïse)』의 주인공인 귀족의 딸 줄리와 가정교사 생프레의 이야기이다.

220 여기서 말하는 이는 스탕달(Stendhal, Marie Henri Beyle, 1783~1842)의 『적과 흑(Le Rouge et le Noir)』에 나오는 줄리앵 소렐(Julien Sorel)이다.

화가의 눈으로 본 베네치아

화가가 한 폭의 그림을 완성하듯, 헤세는 베네치아에서 뿜어져 나오는 색채로 베네치아의 자연과 풍경을 묘사한다. 그는 1901년 5월 2일 "7시 전에 종탑에 올라가 밝은 저녁빛이 비추는 도시와 석호를 바라보았다. 석호는 마치 기름이 덮여 있는 것처럼 아른거렸다"(11권 245). 그리고 『베네치아 비망록』의 1901년 4월 22일 자 기록에서 헤세는 자신이 머물렀던 집 창가에 누워서 보았던 풍경을 다음과 같이 묘사한다.

나는 저녁 내내 창가에 누워 있었다. 그 위로 검고 조용한 바다, 높은 천장들 사이 좁은 띠 모양의 푸른빛 밤하늘에서, 황금빛 물방울 같은 별들이 보인다(11권 267).

베네치아의 수많은 성당 지붕 위에서 볼 수 있는 "푸른 밤하늘"과 "황금 빛 물방울 같은 별"은 베네치아를 보지 않아도 수많은 성당이 빛나는 아름다운 도시 베네치아의 풍경을 상상하게 한다. 헤세의 단상 「석호」(1901)에서 베네치아는 다음과 같이 묘사된다.

베네치아가 넓은 바다에 있다면, 그곳은 더 이상 베네치아가 아니다. 아침마다 나는 바다와 석호의 큰 차이를 느낀다. 찰랑이는 바다의 반짝이며, 산뜻하고 생기 넘치는 색채로 인하여 보석과 같은 베네치아만의 색채가 은폐되고, 꿈처럼 은닉된 날카로움을 빼앗길 것 같다.[27]

헤세가 베네치아 바다에서 본 색채는, 찰랑이는 바다의 반짝이는 색채 그리고 보석과 같은 색이다. 1901년 5월 8일 헤세는 마치 풍경화를 그리듯 주데카 섬의 풍경을 다음과 같이 묘사한다.

갈색 해조로 덮인 석호에 반사된 주황색으로, 초록색 물마루는 적갈색의 부드러운 색조를 띠게 되었다. 붉은색의 배와 해변에 샛노란 옷을 입은 아이를 팔에 안고 초록빛 치마와 갈색 숄을 걸친 어부의 아내가 지나가는, 그런 유명한 수채화가 있었다. 그 뒤로 많은 돛단배가 보이고 살루테 성당의 둥근 지붕이 저편에 보인다(11권 250).

이어서 그는 1901년 5월 12일 리도의 풍경을 다음과 같이 묘사한다.

저녁 6시에 나는 리도로 갔다. 석호는 라인강의 색처럼 밝은 초록빛이다. 창백한 태양빛에 무지개가 떠올라 오팔색과 진주의 광채를 띠며 말할 수 없이 아름다웠다. 도시의 모습은 독특하고 잊을 수 없는 아름다움을 지니고 있었다. 산 조르조 마조레 성당 뒤편에 산타 마리아 델라 살루테 성당이 보인다. 서서히 왼쪽으로 돌아가니 둥근 지붕과 탑들이 있는 전체 도시가 검은 실루엣으로 마치 어렴풋이 보이는 아름다운 장식처럼 물 위에 모습을 드러내고 있다(11권 254).

헤세에게 베네치아는 반짝이는 바다가 있고, 독특한 건축물인 산 조르
조 마조레 성당, 산타 마리아 델라 살루테 성당의 둥근 지붕과 탑들이 즐
비하고, 무지개색, 오팔색, 그리고 진주색의 그림을 그릴 수 있는 도시이
다. 1903년 4월 18일 일몰 시 헤세가 본 리도의 풍경은 다음과 같다.

저녁 하늘은 노란색을 띠고, 은빛 석호, 분명하고 맑은 산의 모습, 멋진
바다, 차가운 바닷바람, 아직도 눈이 덮인 산에는 장밋빛의 햇살이 비치고
있다. 정교한 색채의 조화, 은빛을 띤 노란색의 모래, 회록색의 사구, 하얗
고 초록빛을 띤 거품이 이는 바다, 부드러운 회청색의 구름, 멀리 보이는, 아
직도 햇빛을 반사하는 돛단배가 힘차게 빛을 발하고 있다. 큰 파도가 몰려
오면 젖은 모래에 하늘이 반사된다. 집으로 되돌아오는데 아직도 진한 노란
색을 띤 태양이 넘어가고 있고 멀리에는 꾸민 듯한 맑은 색이 보이며 석호
는 아른거린다. 아름다운 일몰의 풍경이다.

헤세는 일몰의 리도에서 노란색 하늘과 모래, 장밋빛의 햇살, 하얗고
초록빛을 띤 바다 등의 색채의 조화를 본다. 그는 베네치아만이 지니고
있는 색채를 베네치아 화가 틴토레토와 보니파치오 베로네세가 보여 주
는 색채의 조합으로 이해한 것 같다. 그의 이탈리아 여행 기록은 일종의
화첩이다.[28] 그는 이탈리아를 여행하면서 이탈리아의 자연을 관찰하며 풍
경 화가의 안목으로 묘사한다.

IV.

이탈리아의
자연과
풍경

헤세는 1916년 이후 스위스의 심리학자이자 정신의학자 융Carl Gustav Jung(1875~1961)의 제자이며 정신분석 전문의인 랑 박사Josef Bernhard Lang (1916~1944)에게서 심리치료를 받을 때[221]부터 그림을 그리기 시작한다. 헤세는 대략 3,000점 이상의 수채화를 그렸는데, 1919년과 1926년에는 표현주의, 그다음에는 신즉물주의[222]의 미학에 바탕을 두고 있다.

비록 아마추어였지만 그의 화가 친구들은 그가 그린 작품의 가치를 인정하였다. 스위스 화가 감퍼Gustav Adolf Gamper(1873~1948)는 헤세에게 수채화의 기법을 가르쳐 주기도 했다. 스위스의 화가 무아예Louis Moilliet (1880~1962)는 1919년 여름과 1920년 봄에 헤세와 함께 그림을 그렸다.[29]

헤세의 수채화[223]는 1920년 바젤에서 처음으로 전시되기 시작하여 1957년까지 지속적으로 전시되었고, 현재는 스위스의 몬타뇰라Montagnola

221 Kunstmuseum Bern, Frehner, *Matthias und Fellenberg, Valentine von, und Museum Hermann Hesse Montagnola*, Bucher, Regina(Hrsg.), »··· Die Grenzen Überfliegen«, Der Maler Hermann Hesse, Bielefeld-Berlin 2012, S. 96~103. 헤세가 랑 박사에게서 치료를 받던 당시의 그림의 제목은 〈꿈의 형상(Traumbild)〉(1916/1917)이다.

222 신즉물주의는 1920년대 시작된 미술운동이다. 신즉물주의는 주관성에 바탕을 둔 표현주의에 반발로 실재감의 회복을 주창하는 사조이다.

223 헤세에 대한 한국 사람들의 관심을 알고 있는 한국의 한 기획자에 의해, 2015년 5월에서 11월까지 용산 전쟁박물관 기획전시실에서 헤세의 그림들을 미디어 기술에 접목시킨 전시회가 〈헤세의 그림들 전(展): 나에게로 떠나는 여행〉이라는 제목으로 개최되었다. 많은 방문객이 6개월 동안 지속적으로 방문했다는 사실로도 그에 대한 대중적인 관심을 알 수 있다.

에 위치한 헤르만 헤세 박물관Hermann Hesse Museum, 독일 바덴뷔르템베르크주의 마르바하 문학 박물관Deutsches Literaturarchiv Marbach에 전시되어 있다.[30] 1917년 7월 헤세가 랑 박사에게 보낸 글은 다음과 같다.

> 사랑하는 의사 선생님,
>
> 우리가 화가 세갈[224]을 방문하지 않아서, 어떤 것을 놓친 것 같습니다. 그래서 저는 어제 그를 방문했습니다. 내가 작은 그림을 완성하였고, 대략(작은) 복사본이 여기 전시되어 있다는 것을 보고 그는 대단히 흥분했습니다. 세갈의 화법은 완전히 다르더군요. 나는 2시간 이상 그곳에 있었고 그를 잘 이해할 수 있었습니다. 나의 그림은 밤 시간대의 산을 그린 것으로, 산속의 작은 신전에서 두 사람이 제단 앞에 기도를 드리고 있는 모습을 그린 것입니다. 그것은 외경심을 표현하려 했던 것이라 하겠습니다. [...] 당신의 헤세가.[31]

헤세는 그림에 대한 관심과 그림 그리기에 대한 이야기를 그의 여러 작품 속에 표현한다. 여기에는 풍경, 꽃과 나무들이 색채와 더불어 자세히 묘사되어 있으며, 마치 한 폭의 풍경화를 보는 듯하다. 그가 이탈리아를 여행하면서 작성한 일기 속에도 자연 풍경에 대한 묘사를 한 폭의 그림처럼 묘사하면서 자연 풍경으로 인한 그의 심리 변화를 자세히 언급하고 있다. 이탈리아 방문기를 적은 일기 속에 그는 이탈리아에서 본 많은 그림을 언급하는데, 때론 작품의 의미, 구성, 화법 그리고 역사적 의미보다는 작품 속 풍경에 주목해서 언급한다.

---

224 세갈(Arthur Segal, 1875~1944)은 루마니아 화가이다. 그는 가족과 함께 1914년 스위스의 아스코나(Ascona)에서 미술 학교를 운영하였고 1920년까지 그곳에서 거주하였다.

치유하는 자연

travel in Italy

1902년 헤세는 눈의 통증 때문에 일상생활을 영위하기 어려워졌고, 통증이 가라앉지 않자 안과를 방문한다. 그는 이 경험을 「안과에서 Augenklinik」(1902)라는 제목으로 기록한다. 그는 안과에서 진료받으려는 많은 환자들 때문에 오랜 시간 동안 대기하면서, 눈을 다친 여러 환자들을 보고서는 고통스러워졌으며, 급기야는 절망을 느낄 정도였다. 기록에 따르면 그의 심정은 다음과 같다. 그는 병원에서 자신의 맞은쪽에 앉은 거의 눈이 먼 어린 소년을 알게 된다. 헤세는 아이를 보면서 갑자기, 어린 시절 "빛, 태양, 숲, 초원, 그리고 고향의 산속을 여행하던 일을 기억"해낸다.

나는 나의 삶의 유일하고 강력한 열정을, 산, 들, 나무들과 태양에 대한 나의 잔잔했던 친근함을 기억하였다. 그리고 예외 없이 내가 예전에 가졌던 모든 순수하고 진정하고 값진 즐거움이 나의 눈을 통해서 얻어졌다는 것을 알고는 경탄하였다. 이 느낌은 너무도 생생하여 나는 이곳을 벗어나 근교의 높고 밝은 초원에 눕고 싶다는 강한 느낌을 받게 되었다(13권 21).

안과에서 만난 눈먼 소년은 계속 눈물을 흘리고 있었다. 그 후 한 시간 이상이 흐르고, 그들이 앉아 있던 곳 근처 유리창으로 빛이 들어와 그 소년의 손과 무릎에 닿자, 소년은 깜짝 놀라 몸을 움직였다. 헤세는 소년에게 "그것은 햇빛입니다"라고 말했고, 소년은 얼굴을 앞쪽으로 뻗어 태양빛이 그의 눈꺼풀에 닿도록 했다. 눈꺼풀이 약간 움찔하고 "달콤한 고통의 부드러운 전율"이 그의 얼굴에 드러났다, 그 소년의 작고 순결한 입이 열렸다. 이 순간 헤세는 "짜증과 불친절함"이 사라졌으며, "위로하는 햇빛이 그 작은 소년의 망가진 삶에 일시적이나마 즐거움을 준 모습이 그의 가장 진지하고 사랑스러운 기억이 되었다"(13권 21). 눈먼 소년을 위로한 햇빛처럼, 헤세의 작품에서 자연은 항상 사랑의 대상이며 동시에 사람의 마음을 치유할 수 있는 능력을 지닌 대상으로 등장한다.

수채화로서의 풍경

travel in Italy

1901년 1월 19일 헤세가 이탈리아의 리보르노에 도착하여 완성한 시 「리보르노의 항구Nel porto di Livorno」(1955)는 한 편의 수채화이다.

리보르노의 항구

수년 전에 보았던 하나의 그림에 대한 아련한 그리움이
내 마음에서 한 번도 떠나지 않는구나.
그리움은 청년 시절 방랑하며 불렀었던
한때는 잊혀진 멜로디처럼 나의 꿈속에서
멀리 혹은 가까이에서 친근하게 들려온다.

지는 태양은 지친 듯한 불길이 가득했었다.
멀리 보이는 섬의 산둥선은 하늘의 아지랑이 속에
아련히 보였다. 그리고 바다에서 밀려오는 물결은
내가 타고 있었던 어부의 검은색 뱃전에
놀랍게도 박자를 맞추고 있었다.

삼각형 노란색 돛대가 부둣가에서

펄럭이고 있었다. 희미하게 빛나는 등불 하나가

황금빛 바다 위에 비스듬히 비추고 있었다.

그리고 마지막 붉은 빛줄기들이

바이올렛빛으로 물든 저녁 대지 위를 비추고 있었다. (10권 117)

　　헤세는 아름다운 리보르노 항구를 회상하며 그리움을 토로한다. 한 폭의 풍경화가 된 리보르노 항구는 꿈속에서 노래로 되살아난다. 리보르노 항구의 모습은 시의 2연과 3연에서 구체화된다. 헤세는 태양이 지면서 마치 불길 같은 붉은 노을이 가득한 수평선, 아지랑이가 피어 있는 아련한 섬의 산등성이, 넘실거리는 바다의 물결, 삼각형의 노란색 돛대가 펄렁이는 검은색 배, 황금빛 바다 위에 비추는 희미한 등불 그리고 바이올렛빛으로 물들어 가는 저녁의 대지의 모습을 한 폭의 아름다운 풍경화처럼 묘사하고 있다.[32]

　　1901년 3월 29일 헤세는 제노바로 가는 중에 보았던, "논, 초원, 늪지대, 평지, 자작나무, 목초지와 은백양나무들과 몬테 펜나"[225]를 하나하나 나열한 뒤에 그곳 경치를 그림을 그리는 것처럼 선명한 색채로 표현하고 한 편의 그림에 비유한다. "론코[226]에서부터 청록색의 강이 있는 노란색 광석의 제노바산이 시작된다. 그림처럼 대단히 아름답다"(11권 200).

　　헤세는 제노바의 팔라초 두라초에서 본 그림들은 제목만을 간단히 나열하지만, 그곳의 자연 풍경은 자세하게 묘사하고, 자신의 인상을 선명하

225　북부 이탈리아의 리구리아(Liguria) 지역과 에밀리아 로마냐(Emilia-Romagna) 사이에 경계선에 있는 산맥이다.

226　론코는 제노바의 북쪽으로 20km 떨어진 론코 스크리비아(Ronco Scrivia)라는 자치 공동체를 말한다. 론코 스크리비아는 스크리비아 계곡에 자리 잡고 있으며, 스크리비아강이 흐르는 곳이다.

게 강조한다. 그는 제노바의 거리를 거닐면서 그곳의 경치를 다양한 색채를 지닌 한 폭의 풍경화로 묘사한다.

제노바는 나에게 진정한 이탈리아의 첫 번째 모습을 선사한다. 태양, 밝고 하얀 집, 현란하게 빛나는 청록색의 바다, 화려한 옷을 입은 사람들, 집의 계단과 성당의 거지들과 부랑자, 거기에 모든 나라의 배가 정착해 있는 항구, 등대 옆 가까이에서 열심히 공놀이 하고 있는 노동자들(11권 200 이하).

1901년 3월 29일 저녁 제노바의 누오보 항구에서 보았던 바다의 광경은 마치 꿈처럼 지나가고 불확실하지만, 대단히 경건하고 진지한 인상으로 헤세의 기억 속에 자리 잡고 있다(11권 201). 1901년 4월 3일 헤세는 피렌체의 우피치 미술관을 방문하여, 우피치 미술관에서 아르노강을 내려다보면서 다음과 같이 말한다.

아르노강은 초록빛이고 수량이 풍부했다. 마치 바젤의 라인강과 유사해 보였다, 작은 집과 보석상이 있는 폰테 베키오는 그림과 같다(11권 205).

헤세는 피렌체의 자연 풍광을 다양한 색채로 채색하듯 표현한다. 1901년 4월경 헤세는 피렌체에서 지내는 동안 피렌체 근교의 피에솔레에 올라가 일몰의 풍경을 즐기며, 그곳의 경치를 다음과 같이 설명한다.

태양은 저편에 있는 회녹색의 언덕 위에 떠 있었고 태양의 가장자리는 점점 더 커져 그 크기와 붉은빛을 더해 가고 있었다. 짙은 황금색의 따뜻한 햇살은 맑은 공간 사이로 넘쳐 올라, 하얀 빌라, 사이프러스, 우리들의 손과 얼굴 위를 부드럽게 비추고 있었다. 나는 태양이 완전히 질 때까지 아이에

피에솔레에서 내려다본 피렌체의 풍경

게 조용히 하라고 하였다. 그러자 다른 이들도 햇살을 바라보고 그렇게 앉아 있었다. 우리 모두는 점점 더 커져 가는 붉은빛을 향해 앉아 있었고 광채와 휴일의 평화로움이 우리를 황금색으로 물들게 하였다. 태양은 이제 언덕 가장자리에서 빛을 발하고 언덕 양쪽 편으로 명확한 대조를 이루고 있었다. 그리고 잠시 후 붉고 둥근 태양의 불타오르는 부분이 가라앉고 있었다.

이 순간 언덕의 색채는 갑자기 깨끗한 하늘색으로 바뀌었다. 이 하늘색은 내가 그때까지 티치아노의 그림 속 배경에서 보았던 그렇게 흡족하여 열렬히 보았던 색채인 것이다. 동시에 낭만적인 향기가 계곡 전체를 가득 채우고, 도시는 붉은 일몰에 가라앉고 있었다. 언덕의 푸른색은 서서히 연한 자색빛으로 변하고 있었다. 일몰은 황금색과 붉은색을 띠는 하늘을 향하여 거의 30분 정도 강하고 화려한 빛을 발사하고 있었다. 어린 여자아이는 숙모와 함께 저녁을 먹으러 가고 늙은 거지도 동전 한 푼을 얻고는 가 버리고 아이들도 떠났다. 나는 오랫동안 혼자 앉아서 색채가 저물어 가는 과정을 외롭게 바라보고 있었다. 가벼운 바람이 불어오면서 조용히 두 그루의 사이프루스에서 소리가 울려 퍼졌다. 도시는 어둠 속에 가라앉고, 조토의 종탑과 브루넬레스키의 성당이 희미하게 빛을 발하고 있었다. 내가 산 도미니코를 향하여 내려가는 동안에 구름 한 점 없는 하늘에서 이탈리아의 밤이 보여 주는 깊고, 비밀스러운 빛을 내는 푸른색이 다가왔다.[33]

혜세는 저녁녘 태양이 지면서, 황금색 햇살이 회록색의 언덕, 하얀색 빌라, 사이프러스와 사람을 비처 주며 황금색으로 물들이는 피에솔레의 풍경을 세밀하게 묘사하고 있다. 그는 자색빛으로 변하는 푸른색 언덕, 황금색과 붉은색을 띠는 하늘, 모든 사람들이 떠나고 외로이 어두워져 가는 피에솔레의 풍경, 멀리 희미하게 빛을 발하는 조토의 종탑, 브루넬레스키의 성당, 그리고 밤의 푸른색을 시간의 흐름에 따라 설명하고 있다.

코모현의 토르노

혜세는 코모호의 선착장에서 배를 타고 코모현의 토르노Torno[227]로 간다. 토르노의 경치는 다음과 같다.

작은 마을은 언덕 위에 자리 잡고 있고, 전망이 탁 트인 호수가 보인다. 넓고 평평한 돌로 된 계단이 있는 부두와 빨래터, 호숫가에 묶여 있는 보트, 둥근 지붕과 작은 발코니가 있는 초록빛 집, 고요하고 밝은 돌로 된 광장, 그리고 그 뒤편에는 아름다운 성당의 파사드와 탑, 싱그러운 나무들이 있는 부두의 반원형 담벼락이 보인다.

---

227 토르노는 코모호에서 약 5km 떨어진 곳에 위치한다.

토르노의 마을

토르노의 풍경은 하나의 "완벽하고 잘 짜여진 그림이었다"(13권 305).

베르가모의 산 비질리오 성: 터너의 그림

1913년 헤세는 베르가모의 정상에 있는 산 비질리오 성의 풍경을 다음
과 같이 묘사한다.

가장 가까이에 보이는, 뾰족한 바위들이 우뚝 솟은 언덕들 위에 떠 있는
용 모양의 거대하고 어스레한 구름 옆에 낮게 뜬 태양이 마치 아지랑이가
핀 듯 부드러운 색채를 띠고 있다. 그 빛은 산 위로 솟아오른 산등성이들과
함께 점차 아래로 흐르는 듯하고, 언덕과 정원에 보이는 낮은 산도 그 거대
함과 위대한 기품을 볼 수 있었던 대지로 서서히 내려간다. 북부 이탈리아
의 거대한 평야는 마치 대양인 듯 끝이 없이 펼쳐져 있다. 그 가까이에는 초
록빛을 빛나고 있었고 먼 곳에는 수백 가지 색을 품은 잿빛과 푸르스름한
빛이 점점 더 푸른색으로 변한다. 먼 곳에서부터 짙푸른색을 띠다가 점차
몽롱하게 표현된 수천 개의 작은 도시, 마을, 수도원, 연못, 정원, 탑, 별장들
의 윗부분은 흰색으로 가볍게 채색되어 있다. 이런 그림은 터너가 그렸던

윌리엄 터너 〈남쪽의 산 피에트로 대성당〉 대영박물관

것이고 내가 소년 시절부터 이탈리아를 상상했던 모습이다(13권 315).

헤세는 구름, 언덕, 태양, 정원이 있는 이탈리아의 풍경을 영국의 화가 윌리엄 터너Joseph Mallord William Turner(1775~1851)의 그림에서 본 색채와 분위기로 설명한다. 부드러운 색채를 띤 태양빛, 잿빛과 푸르스름한 빛을 띤 먼 곳의 자연, 도시와 집들 위로 자욱한 안개 등이 터너의 풍경화에서 볼 수 있는 모습이다. 헤세는 이런 경치가 바로 자신이 이탈리아를 상상하는 이미지라고 한다.

『수레바퀴 아래서』 속
마을 풍경

『수레바퀴 아래서Unterm Rad』(1906)에서 주인공 한스의 눈을 통해 물방 앗간이 있는 마을 풍경은 다음과 같이 묘사된다.

물방앗간 앞뜰에는 크고 작은 착즙기, 수레며, 과실을 가득 채운 바구니 며 포대, 통, 나무로 된 통, 갈색의 찌꺼기들이 산처럼 쌓여 있고, 지렛대, 손 수레, 텅 빈 마차들이 보인다. 착즙기는 낑낑거리고 삐걱대며 신음 소리를 내고 우는 소리를 내기도 하면서 가동되었다. 착즙기는 대개 초록 락카칠이 되어 있었다. 이 초록 색깔은 찌꺼기의 황갈색, 사과 바구니의 색깔, 밝은 초록빛 개울, 맨발의 아이들, 맑은 가을 하늘 햇빛과 함께, 그 풍경을 보는 이에게 기쁨이고, 생의 쾌감이며 만족감을 주는 유혹적인 인상을 불러일으 켰다. 사과들이 밀착될 때 삐걱거리는 소리 때문에 신맛이 돌아 입속에 침 이 고이게 하였다(2권 245).

마을 사람들은 신학교에 적응하지 못해 고향으로 돌아온 한스를 꺼리 고, 의사의 처방도 그에게 도움이 되지 못한다. 한때 자살 생각까지 했던 한스지만 어린 시절 행복했던 마을을 둘러본다. 마을은 가을이 되어 자

프랑수아 부셰 〈물레방아가 있는 풍경〉 런던 내셔널 갤러리

연의 결실을 거둬들이며 분주하면서도, 평화롭고, 넉넉한 삶으로 가득 차
있다. 헤세는 사과 착즙으로 바쁜 물방앗간 앞뜰의 풍경을 자세히 묘사한
다. 물방앗간 앞에서 볼 수 있는 대상들, 즉 바구니, 통들 그리고 마차, 초
록빛 착즙기, 황갈색 사과 찌꺼기, 초록빛 개울과 가을 하늘이 세밀하게
나열된다. 헤세가 묘사한 물방앗간이 있는 가을의 마을 풍경은 한 폭의
풍경화이다.

「아네모네」 속 예술과 자연

혜세는 단상 「아네모네Anemonen」(1901) 속에서 피렌체를 여행하는 두 사람을 등장시킨다. 두 사람을 통해 혜세는 4월에 많이 볼 수 있지만 금방 시들어 버리는 아네모네 꽃을 매개로 그 무상함과 르네상스 예술 작품 속에 그려진 아네모네의 영원함을 대비시킨다.

처음에 등장하는 한 사람은 북쪽 사람으로, 야코프 부르크하르트와 피렌체의 피에솔레에서 생의 말년을 함께 보낸 스위스의 화가 뵈클린[228]이다. 그는 봄의 피렌체에서 느낀 바를 다음과 같이 말하고 있다.

도시는 사라지고, 곧 사람도 집도 보이지 않고, 근처의 화려한 색채, 초록빛 밭, 비옥한 초원 그리고 아름다운 산, 메마른 침엽수 속에 자리 잡은 고독한 잿빛의 놀라운 카스텔로 빈칠리아타만을 볼 것이다. 이런 풍경들은 방랑자의 영혼을 평안하게 하고, 꽃이 피어 있는 나무들은 그를 즐겁게 하고 언덕에 솟아 있는 사이프러스의 힘이 넘치는 모습이 그를 기쁘게 하였다. 마

---

228 아르놀트 뵈클린은 1892년 피에솔레의 산 도미니코에 있는 빌라에서 거주하다가, 1901년 1월 16일에 그곳에서 사망하였다.

침내 그는 가장 아름다운 것을 본 것이었다. 그것은 아네모네 꽃이었다. 그
것은 실제로는 토스카나의 것이 아니다. 그것은 여러 곳에서 볼 수 있다. 그
러나 여기서 핀 꽃은 특히 풍요롭고 그 어떤 봄보다 훨씬 아름답다. 그 색은
푸르고, 붉고, 희고, 노라며, 연보랏빛을 띠고 있다. 그 큰 꽃잎은 모든 초원
을 뒤덮는다. 사람들은 아네모네 꽃에 대해 이야기하고 웃는다. "봐, 꽃이
웃고 있어!" 그들은 놀라면서 마치 아이들처럼 솔직하고 복되게 세상을 바
라본다. 그곳은 초원을 즐겁고 화려한 융단으로 만든다. 그리고 사람들은
수많은 르네상스 예술의 토스카나 그림 속에서도 아네모네 꽃을 본다.[34]

봄에 피렌체의 초원에서 쉽게 볼 수 있는 아네모네 꽃은 르네상스 시대
의 토스카나 그림 속에도 자주 등장하여, 르네상스 예술의 매력은 아네모
네로 상승된다고 뵈클린은 말한다.

이어서 다른 한 독일인이 등장한다. 그는 피렌체의 모든 길, 농장, 올리
브 정원을 잘 아는 사람이다. 아네모네는 그가 좋아하는 꽃인데, 낯선 이
들이 이 꽃을 꺾는 것을 본다. 그는 세티냐노에 가까이 오면서, 길가에 시
든 꽃다발이 있는 것을 보고 화를 내며 다음과 같이 이야기한다.

불쌍한 자여! 너희들은 그 꽃을 프라 안젤리코를 위해 찾고서는 마치 야
만인처럼 다루었구나.[35]

그는 처음에는 꽃다발 속에 시들지 않은 꽃을 찾다가 모든 꽃이 시들어
버린 것을 알고, 화가 나 꽃다발을 시냇물에 던진다. 그는 떠내려가는 아
네모네를 보며 자책한다.

한 사람은 피렌체에서 많이 볼 수 있는 아네모네가 르네상스 예술품 속
에서도 등장하며, 그 안에 영원히 피어 예술품의 매력을 높인다고 생각한

피에르 오귀스트 르누아르 〈아네모네〉 반스 파운데이션

다. 다른 사람은 시든 꽃들을 버리고 자책하면서 짧은 아름다움의 무상함을 드러낸다. 헤세는 꽃에 대한 상반된 의견을 지닌 두 사람을 통해, 예술 작품 속 자연의 아름다움을 높이 사면서도 자연의 생명이 더욱 의미 있음을 이야기한다.

명화 속의 풍경 관찰

헤세는 정물화와 추상화를 그리기도 하였지만, 풍경화가 그의 작품의 많은 부분을 차지한다. 그는 이탈리아를 방문하여 르네상스 시대의 유명 작품을 관찰하면서 작품의 내용이나 기법보다는 사람들이 별로 신경 쓰지 않는, 작품 속 배경과 풍경 부분에 대해서 상세히 설명하고 있다. 그가 언급한 그림들은 다음과 같다.

다 빈치의 〈최후의 만찬〉

1901년 3월 26일 헤세는 밀라노의 산타 마리아 델레 그라치에 수도원에 있는 다 빈치의 〈최후의 만찬〉을 보고서도 작품의 내용이나 화법은 언급하지 않는다. 그는 다 빈치의 그림이 "생각한 것보다 잘 보존되어 있고, 특히 배경에 있는 아름다운 풍경도 잘 보존되어 있다"고 한다(11권 198).

휘호 판 데르 후스의 〈포르티나리 세폭화〉

헤세는 우피치 미술관에 있는 휘호 판 데르 후스의 〈포르티나리 세폭

레오나르도 다 빈치 〈최후의 만찬〉 산타 마리아 델레 그라치에 성당

휘호 판 데르 후스 〈포르티나리 세폭화〉 우피치 미술관

화Portnari Triptych〉²²⁹를 여러 번 감상한다. 1901년 4월 2일 헤세는 이 그림
의 오른쪽 패널 부분에 대해 다음과 같이 설명한다.

> 나는 나의 관심을 끄는 판 데르 후스의 위대한 경배 앞에 다시 오랫동안
> 서 있었다. 오른쪽 부분의 풍경은 대단히 혹독하면서도 달콤한 봄의 날씨와
> 도 같다(11권 203).

헤세의 관심은 그 유명한 휘호 판 데르 후스의 〈포르티나리 세폭화〉의
생성 과정이나, 의미, 그리고 그 속의 등장인물보다는 오른쪽 패널에서
볼 수 있는 "혹독하면서도 달콤한 봄"의 풍경화에 있다.

필리피노 리피의 〈베드로의 십자가 처형〉

1901년 4월 7일 헤세는 피렌체의 산타 마
리아 델 카르미네 성당의 브랑카치 예배당에
전시되어 있는 필리피노 리피의 〈베드로의
십자가 처형〉을 본다. 그는 작품의 내용과
평가보다는 작품 속에 그려져 있는 성당 건
물의 "아치형의 문을 통해 멀리 보이는 아름
다운 풍경"을 언급한다. 풍경 앞에 있는 젊은
이들 중에 "표정의 감정이 풍부하게 보이는

필리피노 리피 〈베드로의 십자가 처형〉
속에 보이는 리피의 자화상 부분

---

229 휘호 판 데르 후스의 〈포르티나리 세폭화〉는 메디치 은행의 플랑드르 대표로, 플랑드르의 브루제
(Bruges)라는 도시에 40년 이상 살았던 톰마소 포르티나리(Tommaso Portinari, 1424?~1501)가 판 데르
후스에게 주문한 것이다. 포르티나리는 후에 자신의 가족의 초상이 담긴 이 그림을 1479년 자신
의 고향인 피렌체의 산테지디오 성당(Chiesa di Sant'Egidio)에 기부하였다.

필리피노 리피 〈베드로의 십자가 처형〉 산타 마리아 델 카르미네 성당

리피의 얼굴이 있다"(11권 211). 이 그림에는 베드로가 십자가에 거꾸로 매달려 처형당하는 모습이 표현되어 있다.

티치아노의 〈성 카타리나의 결혼식〉

1901년 4월 8일 헤세는 팔라초 피티의 팔라티나 갤러리 내부 '스투파의 방'에 전시되어 있는 티치아노의 〈성 카타리나의 결혼식〉을 감상하고 그림 속 풍경만을 언급한다. 이 그림은 "풍경이 있고, 구성과 채색이 조화로우며, 부드럽고 달콤한 그림은 마치 음악과 같다"(11권 213). 1901년 4월 10일에도 헤세는 다시 팔라초 피티를 방문하여 〈성 카타리나의 결혼식〉을 보고 난 후 "빛, 인물 그리고 풍경"이 조화를 이루고 있다고 하면서, 다시 전원적 풍경을 언급한다.

오른쪽 중앙에서는 가축(양)과 함께 있는 목동, 배경의 마을과 성당을 통해 공간적 깊이 외에도 고요함과 전원적 분위기를 보여 주고 있다(11권 217).

1903년 4월 5일 헤세는 팔라초 피티를 다시 방문하여 〈성 카타리나의

티치아노 〈성 카타리나와 성모자〉 루브르 박물관

결혼식〉 앞에서 "기쁜 마음으로 인사를 하고" "황금색-진홍색-초록빛이
도는 푸른색의 3가지 의상이 보여 주는 조화로움이 돋보이고, 거기에 덧
붙여 희미한 황금색-올리브색의 하늘이 있다"는 감상평을 남긴다(11권
289). 헤세는 그림을 보고 그 안에 담긴 성경적 의미보다는 하나하나의 색
채와 전체적 조화 그리고 특히 자연 풍경에 관심을 가진다. 위 그림이 헤
세가 감상한 그림으로 추정된다.

산타 마리아 노벨라 성당 내 기를란다요의 프레스코 〈마리아가 엘 리사벳을 방문하다〉와 〈세례자 요한의 탄생 〉

1901년 4월 9일 헤세는 피렌체의 산타 마리아 노벨라 성당의 토르나부
오니 예배당Tornabuoni Kapelle에 있는 도메니코 기를란다요의 프레스코 중
〈마리아의 고향 방문La Visitazione〉을 언급한다. 이 그림은 마리아가 유다의

도메니코 기를란다요 〈마리아가 엘라사벳을 방문하다〉 산타 마리아 노벨라 성당

도메니코 기를란다요 〈세례자 요한의 탄생〉 산타 마리아 노벨라 성당

언덕(누가복음 1:39-40)에 살던 이스라엘의 예언자 즈가리야Zechariah의 아내 엘리사벳Elizabeth을 방문하는 내용을 그린 것이다. 헤세는 이 작품의 핵심 내용인 마리아와 엘리사벳의 이야기에 대해서는 언급하지 않고, 그림 아

랫부분의 왼편에 보이는 "아름다운 세 명의 여인들", 그림 윗부분 오른편
에 보이는 "담 위에서 다리를 내려다보는 두 명의 매력적인 발랄한 남자아
이들과 두 그루의 아름다운 나무들"을 언급한다. 그림의 오른쪽에 두 명
의 하녀를 동반한 귀족 여성은 토르나부오니Giovanna Tornabuoni[230]이다.

〈세례자 요한의 탄생Nascita di san Giovanni Battista〉에서도 요한의 탄생에
얽힌 이야기보다는 "대단히 아름다운 풍경을 짐작만 할 수 있는 배경에
과일 바구니를 들고 급히 들어오는 하녀"만이 언급된다(11권 215 참조).

기를란디요의 프레스코 〈최후의 만찬〉

1901년 4월 12일 헤세는 산 마르코 성당 옆에 있는 산 마르코 수도원으

도메니코 기를란다요 〈최후의 만찬〉 산 마르코 국립 박물관

---

230 도메니코 기를란다요는 피렌체의 귀족 로렌초 토르나부오니(Lorenzo Tournabuoni)의 요청으로 그의
아내 조반나 토르나부오니의 초상화를 그렸다. 이 그림은 현재 마드리드의 티센보르네미차 박물
관(Museo Thyssen-Bornemisza)에 전시되어 있다.

도메니코 기를란다요 〈최후의 만찬〉 바디아 디 파시냐노

도메니코 기를란다요 〈최후의
만찬〉 오그니산티 성당

로 가, 기를란다요의 〈최후의 만찬〉[231]을 관찰하고, 그림 뒷면에 있는 "가득한 벚나무"만을 언급한다(11권 221 참조).

페루지노의 프레스코 〈십자가 처형〉

1901년 4월 15일 헤세는 "아름다운 안마당이 있는" 산타 마리아 막달레나 데이 파치 성당Chiesa di Santa Maria Maddalena dei Pazzi을 방문하여, 페루지노의 〈십자가 처형Crocifissione〉을 보면서 다음과 같이 묘사한다.

---

231 기를란다요의 프레스코 〈최후의 만찬〉은 피렌체에 총 3개가 있다. 하나는 산 마르코 수도원(현 국립 박물관)에, 그리고 오그니산티 성당(Chiesa di Ognissanti)과 바디아 디 파시냐노(Badia di Passignano)에 각각 하나씩 있다.

페루지노의 프레스코 〈십자가 처형〉 산타 마리아 막달레나 데이 파치 성당

세 부분으로 나누어진 크고 밝은 그림은 무엇이라 설명할 수 없이 아름답다. 이 작품은 소박하고 고귀하며, 고전적 구성을 르네상스 예술의 사랑스러움과 소박함의 매력과 결부시키고 있다. 자연 풍경은 놀라울 정도로 부드러운 매력을 보여 주고 있다.

헤세는 그림을 볼 때 자주, 화가들이 풀어놓은 작품 속의 내용보다는 자연 풍경에 관심을 두고 묘사할 때가 많았다(11권 224).

헤세의 풍경화

헤세는 39세가 되던 해 여름이 되면서 본격적으로 그림을 그리기 시작하였고 많은 수채화들을 남겼다. 그는 「짧은 이력서Kurzgefasster Lebenslauf」(1921/1924)란 글에 그림 그리는 일에 전념하게 된 과정과 의미를 다음과 같이 설명하고 있다.

나의 시인 정신과 문학적 작업에 대한 믿음은 일련의 변화를 겪은 후 나의 내면에서 사라졌다. 글을 쓴다는 것은 나에게 어떤 기쁨도 주지 못하였다. 사람은 단 하나의 즐거움이라도 가지고 있어야 할 것이다. 힘들 때 이에 대한 욕심이 생겼다. 나는 정의, 이성, 삶과 세계에 대한 의미를 포기할 수 있었다. 나는 세계가 이러한 모든 개념 없이도 잘 지내는 것을 보았다. 그러나 약간의 즐거움, 나의 내면에 내가 아직도 믿을 수 있는, 그리고 이것으로 다시 세계를 새로이 창조할 수 있겠다고 생각되는 작은 불꽃들 중의 하나인 작은 즐거움을 포기할 수 없었다. 나는 자주 나의 기쁨, 나의 꿈, 나의 망각을 한 병의 포도주로 찾고 있다. 그것은 종종 나에게 도움을 주기도 했지만, 그것은 충분하지 않았다. 그런데 보라, 어느 날 나는 나의 새로운 즐거움을 발견했다. 나는 이미 40세가 되었는데, 갑자기 그림을 그리기 시작했다. 나는 나 자신을 화가라 생각하거나, 화가가 되려는 것이 아니다. 그러나 그림을 그리는 것은 너무도 아름답고, 사람을 더 즐겁게 하고 인내하게 한다(12권 57).

헤세는 작가로서의 일은 강요에 의한 것이고, 화가로서의 일은 자유로운 선택에 의한 것이라고 한다. 그림 그리는 일에서 즐거움을 찾은 그가 그린 대부분의 작품은 옹기종기 모여 있는 집, 산악의 풍경, 여기저기 흩어진 작은 집과 함께 언덕이 있는 지형, 호수, 정원, 나무, 길가의 예배당 등이 그려진 풍경화들이다. 그의 화법에 한 가지 특징이 있다면 대부분 그림의 윤곽을 약간 불분명하게 표현한다는 점이다.[36]

헤세는 시 「이탈리아를 바라보며Blick nach Italien」(1920)를 완성하였고, 1924년 7월 30일에는 수채화 〈이탈리아를 바라보며〉를 완성하였다.[37] 수채화 〈이탈리아를 바라보며〉에는 호수와 산이 보인다. 시 「이탈리아를 바라보며」의 전문은 다음과 같다.

 이탈리아를 바라보며

호수 저 너머 그리고 장밋빛 언덕 뒤로
이탈리아가 있다. 나의 청년 시절의 약속의 땅이자
나의 꿈속의 친근한 고향.
붉은빛을 띤 나무는 가을에 대해 이야기하고
그리고 가을이 시작할 즈음,
나는 내 생애 동안 홀로
세상의 잔혹한 시선을 마주하였다.
나를 그토록 자주 기만하였던

사랑의 색채를 고르고 채색한다.

그러나 나는 아직도 사랑을 하고 사랑할 것이다.

사랑과 고독

사랑의 충족되지 않는 동경은

예술의 어머니이니.

이는 아직도 나의 삶의 가을 속에서

나의 손을 잡아 주니.

그리고 동경 가득한 노래는

호수와 산 위에 빛으로

이별을 고하는 아름다운 세상에 마술을 거는구나. (10권 269)

헤세가 〈이탈리아를 바라보며〉를 그린 장소는, 그가 자주 산책하던 스위스와 이탈리아의 국경선이자 스위스의 관광명소로 유명한 사소 델레 파롤레Sasso delle Parole이다. 이 그림은 그가 사소 델레 파롤레에서 이탈리아 포르토 세레시오Porto Ceresio를 바라보며 그린 것이다.[38] 시 속의 "장밋빛 언덕"이라는 단어로 유추하면, 정확히는 사소 델레 파롤레에 있는 폰테 트레사Ponte Tresa 마을, 그 뒤에 보이는 몬테 로사Monte Rosa이다. 로사에서 장밋빛이란 단어가 나온 것이다. 그림에 보이는 호수는 루가노 호수Lago di Lugano이며 그 뒤로 보이는 산은 몬테 카슬라노Monte Caslano 이다.[39]

이 시는 헤세의 삶의 전반부를 설명해 주는 시로, 이탈리아 여행, 결혼과 이혼, 세인의 혹독한 시선, 자신의 그림 그리는 일 그리고 작가의 작업에 대해 언급하고 있다. 이 시의 2~3행의 "나의 청년 시절의 약속의 땅이자 / 나의 꿈속의 친근한 고향"이란 구절은 그의 청년 시절 이탈리아로의 여행을 말한다.

헤르만 헤세 〈알보가시오〉(1926)

헤르만 헤세 〈체르테나고〉(1926)

헤르만 헤세 〈카사 로사 앞의 포도나무〉(1931)

  그는 1919년 아내 마리아와 별거를 시작하였다. 37세가 되던 해 1914년 11월 3일, 그는 「오 친구들이여, 그런 어조로 노래하지 마오O Freunde, nicht diese Töne!」(15권 10 이하 참조)란 제목으로 극단주의적 국수주의를 반대하는 사설을 「노이에 취리히 신문Neue Zürcher Zeitung」에 발표한 후 많은 비난을 받았다. 1915년 10월 24일 「쾰른 일간 신문Kölner Tageblatt」의 사설에서 헤세는 "비겁한 징집 기피자, 조국을 팔아먹은 자Ein feiger Drückeberger, vaterlandloser Gesell"라고 고발당했다.[40] 이 시의 15~16번째 행 "나는 내 생애 동안 홀로 / 세상의 잔혹한 시선을 마주하였다"라는 부분은 조국으로부터 비난받은 이야기를 말하는 것이리라. "가을이 시작될 무렵"은 그의 인생의 후반기에 겪은 이혼과 조국으로부터 비난받는 고독한 자신의 삶의 모습을 말한다. 그 후 그는 1919년부터 스위스의 몬테놀라로 이사해 작품 활동에 전념하였다. "사랑의 색채를 고르고, 그리고 채색한다"는 구절은 40세의 나이가 되던 1920년부터 헤세가 그림 그리는 일에 전념하였던 것을 말한다. "사랑과 고독, 충족되지 않는 동경이 예술의 어머니"란, 그로 하여금 작품을 쓰게 하는 모티브일 것이다. 그리고 마지막으로 이제 인생에 말년에 도달하면 이별해야 할 아름다운 풍경인 "호수와 산 위에 빛"의 아름다움에 대해 작가는 글을 남기는 것이다.

V.

삶과
죽음에
대한
고민

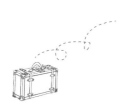

1901년 5월 15일 헤세는 산 마르코 광장에서 한 아이와 대화를 나눈다. 헤세가 아이에게 "12시가 되었다"고 소리치자, 아이는 "시간은 흐르고, 죽음은 다가온다Le ore passano e la morte è vicina"라는 이탈리아 격언으로 대꾸한다(11권 259). 후에 헤세는 시 「시간은 흐르고 죽음은 다가온다Le ore passano e la morte è vicina」(1901)를 쓴다. 그 전문은 다음과 같다.

𝒮 시간은 흐르고 죽음은 다가온다

시간은 바삐 간다. 어두컴컴한 바다에서 다가오는
호화로운 돛단배처럼 한 순간이 나타나 미소 짓는다.
그리고 사랑과 청춘의 화환을 지니고,
그리고 황금빛으로 타올라 밤에는 식어 간다.
그리고 다시 한 순간이 나타나, 누이와 같이
내 옆에 나타나 나에게 동화를 이야기해 준다.
그리고 나의 곤돌라의 방석 속에 휴식을 취한다.
그리고 죽어간다 ― 그리고 새로운 순간이 솟아오른다.

오 아름다운 누이여, 당신들 중 누가

나의 눈꺼풀을 압박하려는가.

그리고 나의 여행을 휴식과 귀향으로 장식하여

그리고 다른 영역으로 나를 동반해 주려는가?

나의 여행은 깊은 행복의 향기를

모든 색채의 불꽃으로 타오르게 하는

마치 밤에 꽃피는 황금색 여왕일 것이다.

그리고 여왕은 지쳐 밤의 창문을 기웃거리며

그리고 시간을 알리는 대포 소리와 더불어 아름답게

달을 예감하게 하고 푸른색 밤이 되는구나.

그 순간에 거대한 빛은

나를 눈멀게 하니, 그리고 탐닉했던 하루의

탐스러운 화환은, 아직도 바닷물에 젖어

밝은 빛으로 나의 주위를 감싸네.

그리고 내가 꿈꾸었던 모든 아름다움,

그리고 내가 향유했던 모든 즐거움,

내가 놓쳤던 가장 즐거웠던 모든 것,

그리고 나에게 알지 못하고 흘러가 버린 것이

하나의 이름 없는 빛이 되어

합쳐져 나의 눈을 행복하게 하네.

그리고 알 수 없는 환희 속에서 부서져 버린다.

그러나 별, 달 그리고 밤이 다가온다. (10권 80 이하)

이 시에서 죽음은 "휴식", "귀향"의 의미를 지니지만, 동시에 삶과 항상 "동반"되는 개념이다. 바다, 돛단배, 사랑과 청춘은 황금빛으로 타오르는

"불꽃"이지만, 곧 눈꺼풀을 압박하는 죽음은 매 순간 다가온다. 이탈리아어로 죽음Morte이란 단어는 여성형 명사이기에, 헤세는 죽음을 눈꺼풀을 압박하는 아름다운 누이로 묘사한다. 인생의 아름답고, 즐겁지만 때론 놓쳤던 밝은 빛을 발했던 행복한 순간들은 매 순간이 지나며, 죽음은 다가온다.

그는 이탈리아를 방문하면서, 죽음과 연관된 장소들을 많이 방문하였고 그것과 연관된 작품을 남긴다.

삶과 죽음,
그리고 이탈리아 풍경

산 클레멘테: 삶의 무상

삶과 죽음에 대한 헤세의 생각은 「산 클레멘테의 사이프러스들Die Zypressen von San Clemente」(1901)에서도 엿볼 수 있다.

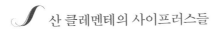 산 클레멘테의 사이프러스들

바람 속에 날렵한 우듬지는 타오르는 듯 몸을 굽힌다.
우리는 장난을 치며 웃는 여인들이
가득 찬 정원을 바라본다. 우리는 사람들이
태어나고 다시 매장되는 수도원의 정원을 바라본다.

우리는 사원을 관찰한다. 그곳은 오래전부터
신들과 기도하는 사람들이 가득 찬 곳.
그러나 신들은 죽었고 사원은 텅 비어 있다.
그리고 잔디밭에는 무너진 기둥들이 흩어져 있다.

우리는 계곡과 은빛의 아련한 평지들을 관찰한다.

그곳은 인간들이 즐거워하고 피곤해하고 고통스러워하는 곳.

그곳은 기사들이 말을 타고 사제들이 기도문을 읊조리는 곳.

그곳은 종족들과 형제들이 함께 묻히는 곳.

그러나 거대한 폭풍이 몰아치는 밤이 오면,

우리는 슬픔에 죽을 듯 두려움에 사로잡혀 몸을 숙인다.

죽음이 우리에게 다가오는지 혹은 그냥 지나갈는지.

뿌리들은 불안하게 버티며 고요히 기다린다. (10권 91 이하)

이 시에는 구부러지면서 동시에 버티는 사이프러스의 상반된 동작, 사람들이 태어나고 다시 매장되는 두 개의 상반된 정원, 신들과 기도하는 사람들로 가득했지만, 지금은 신들은 죽고 텅 빈 사원의 과거와 현재 등 양극성을 보여 주는 상황들이 묘사된다. 사이프러스의 의인화된 행동을 말해 주는 세 단어, '바라보다schauen(1연 2, 3행)', '관찰하다sehen(2연 1행, 3연 1행)', '기다리다warten(4연 3행)'[41]는 성찰하는 동사이며 정적인 모습을 뜻한다. 그리고 굽히다biegen(1연 1행), 몸을 숙이다bücken(4연 2행), 버티다 stemmen(4연 3행) 세 개의 단어는 동적인 움직임을 뜻한다. 사색하는 삶vita contemplativa과 활동적인 삶vita activa이 교차되어 묘사된다. 그리고 나무의 외적인 모습, 즉 우듬지Wipfel와 뿌리Wurzel처럼 나무와 연관된 단어는 행동과 성찰이라는 말과 결합하여 독자에게 보다 확대된 곳으로 시선을 향하도록 한다.

1연의 두 개의 대립된 정원이 등장한다. 하나는 장난치며 웃는 여인들이 있는 정원, 다른 하나는 사람들이 태어나고 다시 매장되는 정원이다. 2연에서는 신들Götter과 기도하는 사람들Betende이 과거에는 자리를 가득 채웠지만voll, 이제는 텅 비어leer 있다. 인간은 탄생하고geboren, 죽고 begraben(4행), 즐거워하고sich freuen, 그리고 괴로워한다leiden(3연의 2행). 그리고 죽음이 다가오는지erreichen 혹은 지나가는지vorüberreisen의 대립된 단어들이 등장한다. 이어서 말을 타는 기사Reiter와 기도하는 수도사Priester (3연 3행), 종족들Geschlechter과 형제Brüder(3연 4행) 등의 단어가 등장하면서 다양한 인간들과 그들의 행동들이 제시된다.

『헤르더의 상징 사전Herder-Lexikon Symbole』에 따르면, 사이프러스는 두 가지 상징을 가지고 있다. 한편으로는 고대 문화 속에서 한 번 쓰러지면 다시 자라나지 않는 죽음을 상징하고, 다른 한편으로는 항상 푸르고 오랜 생명력을 지닌 나무로 불멸을 상징하기도 한다.[42] 또한, 한스 비더만Hans Biedermann 교수의 『상징 사전Knaurs-Lexikon der Symbole』에 따르면 사이프러스는 예부터 저승과 연관되기도 하고, 동시에 낙원을 상징하기도 한다. 기독교에서는 공동묘지에 주로 심는 나무로 저승의 희망을 상징하기도 한다. 고대에는 크로노스, 아스클레피오스와 아폴론과 같은 남성적 신성, 아프로디테, 헤라, 그리고 아테네와 같은 여성적 신성과의 연관성을 지녔다.[43] 즉 사이프러스는 불멸과 죽음, 낙원과 저승의 세계, 그리고 남성과 여성의 원칙을 동시에 상징한다. 시에서는 사이프러스의 의인화를 통해 인간의 행동을 지켜보는 침엽수의 시선을 느끼게 한다. 즉 사이프러스를 통해 자연과 인간의 개념이 결합하는 것이다.[44]

1901년 4월 25일 헤세는 이탈리아의 피렌체 근교의 피에솔레에서 산 클레멘테 거리를 방문한다. 이곳에서 그는 남부 이탈리아에서 흔히 볼 수 있는 사이프러스, 라일락꽃, 무스콜리의 산 미카엘 성당 등을 보았다. 이곳에서 그는 항상 푸른 사이프러스, 다양한 인간들이 즐거워하고 괴로워하며 기도하고 함께 묻히는 정원, 그리고 사원을 보면서 삶의 무상을 느낀다. 헤세는 사이프러스를 통해 삶과 죽음의 양극성, 그리고 자연과 인간을 결합시키는 것이다.

산 미켈레 섬: 삶에 대한 의지

헤세의 『베네치아 비망록』에 따르면 1901년 4월 20일 자에, 헤세는 베네치아의 무라노를 방문한다. 무라노 옆에 "담녹색의 물결에서 나온 듯한 공동묘지 섬의 황량한 벽이 보인다"(11권 264) 여기에서 말하는 공동묘지 섬의 황량한 벽은 산 미켈레 섬Isola di San Michele[232]의 벽이다.

헤세는 베네치아의 공동묘지인 산 미켈레 섬에 대해 시 「우울 — 베네치아에서의 무덤 섬에서Melancholie — Auf der Gräberinsel bei Venedig」(1902)를 쓴다. 시의 전문은 다음과 같다.

𝒮 우울 — 베네치아에서의 무덤 섬에서

아름다운 나날들이 나의 손에서 빠져 도망치는구나!
고독한 뱃사공인 나는 나날을 헤쳐 나가고,
그리움과 의구심을 품고 아무 말 없이 영원한 물결을
측정해 보지만, 그 어디에서도 대지를 찾지 못하네!
뭐라 말할 수 없는 소원은 강압이 되어
무덤 섬, 두려운 세계로 나를 이끌었으니.
이곳은 망각의 해안에
물결들이 들어보지 못한 소리를 내며 서로 부서지고

---

232 산 미켈레 섬은 1469년에 베네치아 최초의 르네상스식 성당과 수도원이 설립되었고 1807년 부터 공동묘지가 되었다. 이곳에 스트라빈스키(Igor Stravinsky), 에즈라 파운드(Ezra Pound)와 브로드스키(Joseph Brodsky)등 유명인들의 묘지가 있으며, 현재에도 공동묘지로 사용되고 있다.

삶의 탐욕으로 그대들과 그대들의 안식처에 대해서는

아무도 묻지 않는 도시에서 멀리 떨어져,

휴식을 취하는 그대들은 잊혀지지만 불평조차 하지 않는구나.

멀리 외진 곳 파도 속에서 잠을 취하는

그대들은 나에게는 사랑스러운 형제처럼 친근하구나.

삶에서 떨어져 그대들이 휴식을 취하는 것처럼,

이름도 없이 나는 이곳저곳을 헤매니.

아무도 모르는 낯선 나그네.

그리도 가깝고 뜨겁게 넘치는

삶으로 도달하는 다리를 알지 못하니.

들어보지 못한 비탄의 소리에

즐기지 못한 나날들의 윤무는 계속된다,

나는 실종된 듯 그대들과 같이 휴식을 취하리라.

나의 순례 여행의 헛된 근심과

나의 방랑과 고통으로

나에 대한 기억은 어디에도 존재하지 않으리니.

물결이 거품을 일으키며 해안가에 넘실거리니.

그대는 나를 진정으로 경고하는구나, 그렇다, 그대 바다

그대를 따뜻한 숨결로 그대를 움직이게 하는 바람,

고요한 섬 위에 타오르는 태양

산에서부터 바다 위로 다채롭게 빛을 발하는 그대 사랑스러운 구름을

나는 사랑한다.

나는 그대들을 사랑하고 이해한다, 거대한 돛의

움직임 그리고 폭풍우의 무질서한 소리가

산 미켈레 섬, 베네치아

나에게 친근하여, 그대들과 대화를 하며,

그대들과 함께 나는 대지 위를 지나가니.

그대들은 아직도 나를 사랑하는구나. 그대들은 나를 잊지 않았구나.

그대들의 영원한 움직임에 따라

그렇게 길게 벗어난 길을 살펴보며

그대들을 사랑했고, 드물지만 순간을 위해

움직임과 움직임 사이에 인간들에게 있었던

그대들의 언어를 말하는 친구인 나를

— 대지가 나를 가도록 한다면, 그대들은 새로운 비상을 위해

형제로서 나를 받아들이겠는가?

나 그대들과 함께 대기와 물결을 지나 여행해도 되겠는가?

순례자에게 내가 홀로 그렇게 오랫동안 쉼 없이 걷게 될

향수의 도정을 알려 주어도 되겠는가?

말해 다오, 형제여, 친구여, 나를 데려가 다오.[45]

산 미켈레 섬의 공동묘지, 베네치아

혜세는 산 미켈레 섬의 공동묘지를 보고, 처음에는 인생의 무상함을 느끼지만 곧 외진 이곳에서 안식을 취하고 있는 이들에게 친근감을 느낀다. 그에게 죽은 자들은 "형제"이다. 그도 죽은 이들처럼 "뜨겁게" 삶을 살아야 할 당위성을 찾지 못하였음을 토로한다. 그리고 공동묘지에서 휴식을 취하는 죽은 이들처럼 자신의 고달픈 삶에서 잠시나마 휴식을 취하고 싶은 마음을 토로한다.

2연에서 그는 섬의 "바다", "바람", "태양", "구름" 그리고 "폭풍우 소리"를 듣고 다시 현실로 되돌아온다. 또한 그는 자연에서 "형제애"를 느끼고 자연과의 대화에서 다시 새로운 삶에 대한 힘을 찾는다. 삶의 괴로움으로 고통스러워하며 산 미켈레 공동묘지에 묻힌 이들과의 동질감을 느끼면서도 그는 다시 자연의 힘으로 삶의 의지를 불태운다.

몰트라시오: 두개골을 보며 느낀 허무함

혜세는 1913년 이탈리아 여행 중에 이탈리아 북부의 코모현에 속하는

몰트라시오

몰트라시오Moltrasio를 방문하였고, 그 경험을 「코모호에서의 산책」이란
글로 남긴다. 그는 코모호의 선착장에서 배를 타고 토르노를 지나 몰트
라시오에 한 시간가량 머물렀다. 이곳에서 헤세는 편안한 이방인이 되어
이곳저곳을 산책하며 그곳의 풍경들을 하나하나 나열한다. "창문이 닫혀
있는 거대하고 고요한 빌라들", "쇠창살이 있는 드높은 대문, 그리고 그
안에 대칭으로 꾸며진 정원에 타원형의 작은
연못 위에 피어 있는 동백나무, 그리고 잔디
속의 파란색 별 모양의 꽃" 등이다.

　헤세는 몰트라시오의 산 쪽으로 올라가 볼
수 있는 "모든 것이 동화처럼 잠에 취해 있는
것"들을 상세하게 나열한다. 그것은 "집, 흘러
내리는 냇물, 길가의 사람들, 좁은 길, 짙은 색
의 지붕, 성당의 작은 광장, 아무도 없는 성당,
제단 앞의 아름다운 프레스코, 약간 굽어진
다리 위에서 포말을 내며 흐르는 냇물, 이끼

산 마르티노와 산 아가타 성당, 몰트라시오

집들과 다리 밑에 흐르는 냇물, 몰트라시오

가 낀 담, 그리고 초록색 정원의 울타리 사이에 흐르는 폭포, 계곡, 구리 주전자에 물을 담아 머리에 이고 균형을 잡으며 다리 위를 지나서 좁은 거리의 그늘 속으로 사라지는 예쁜 처녀들의 모습" 등이다. 그리고 "신선한 채소가 심겨 있는 정원, 드높은 사이프러스 사이를 지나 풀이 무성한 길, 큰 정원들 사이의 푸릇푸릇한 담, 그 옆에 "풍식된 잿빛의 종탑, 짙은 색의 동굴" 등이다.

헤세는 "오래된 석조물의 벽감, 닫힌 쇠창살, 창살을 비추는 차가운 저녁녘의 햇살, 그 속에서 무엇인가 불명확한 빛 가운데 약간 희미한 것"을 발견한다. 그것은 바로 기억을 위해, 그리고 경계심을 갖도록 하기 위해 마련된 거대한 두개골 더미이다. 그는 오스트리아와 엘자스Elsaß에서도 같은 것을 보았다. 이곳의 두개골 더미가 유난히 특별하지는 않지만 자신을 매혹시켰으며 잊혀지지 않았다고 한다. 왜냐하면 어두운 창살 사이로, 선홍빛의 생기 있는 동백꽃으로 장식된 견고한 과거의 징표가 슬며시 웃는 듯 느껴졌기 때문이라고 말하고 있다.

헤세는 "두개골이 보이는 창살에 밝고 천진난만한 꽃의 유희"를 볼 수 있는 우연히 발견한 몰트라시오의 두개골 더미에서 "허무함Vergänglichkeit"을 느낀다. 특히 그는 "두개골 더미에서 피어난 선홍빛 동백꽃이 코모호와 토르노를 지나며 경험했던 항해, 폭포 그리고 멋있게 그려진 성당 제단보다 강력하게 뇌리에 남았"음을 말한다(13권 306 이하 참조).

초기 작품 속에
구현된 죽음

헤세의 삶에는 죽음의 문제가 자주 등장한다. 그는 1892년 3월 20일 부모님이신 요하네스Johannes Hesse(1847~1916)와 마리Marie Hesse(1842~1902)에게 보내는 편지에 "나는 저녁노을처럼 죽고 싶다Ich möchte wie das Abendrot hingehen"(NH 1권 194)라는 시인 헤르베크Georg Herwegh(1817~1875)의 시[233]를 인용해 보내기도 한다. 1892년 6월 바트 볼Bad Boll에 있는 요양원을 운영하는 신학자이자, 심리치료사인 블룸하르트Christoph Blumhardt(1842~1919)는 헤세의 어머니에게 보내는 편지에서 15세의 헤세가 자살하려고 권총을 구입하기도 했다는 사실을 알린다(NH 1권 220). 아이러니하게도 헤세는 자살을 택하지 않았지만, 그의 동생 한스Hans Hesse는 1935년 끝내 자살하였다.

헤세는 1901년 4월 19일 피사의 캄포산토에 전시되어 있는 〈죽음의 승리〉가 자신에게 "상상력을 확대시킨다"(11권 229)고 말한다. 헤세가 참고한 부르크하르트의 『치체로네』에 〈죽음의 승리〉는 다음과 같이 설명된다.

---

233 헤르베크의 「나는 저녁노을처럼 죽고 싶다」라는 시를 프란츠 리스트(Franz Liszt)가 작곡하였다.

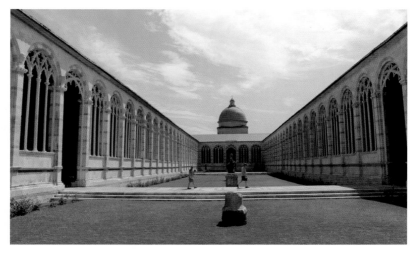

피사의 캄포산토

　가장 파격적인 격정을 보여 주는 작품은 오르카냐가 (캄포산토의 〈죽음의 승리〉에서) 그린, 죽음의 신에게 도와달라고 아우성치는 불구와 거지의 무리에게서 찾아볼 수 있다. 그들이 절단된 팔로 보여 주는 몸짓은 표정과 부합되어 아주 강렬한 인상을 불러일으킨다. 이것은 추악한 것도 예술적으로 완벽하게 표현될 수 있다는 한 예를 보여 준다. 정원에 앉아 있는 선남선녀는 이런 의미에서 그것과는 뚜렷한 대조를 이룬다. 이 군상은 개략적으로 말해 고딕 양식으로 그려진 세속적 주제의 작품 중 가장 높은 완성도를 보여 준다. 이러한 작품은 우리의 민네징거 필사본의 세밀화에서 처음 시도된 것이지만 보카치오의 작품과도 매우 잘 어울린다. 기사 그룹은 세 구의 시신 앞에서 신중하게 접근하여 몸을 굽혀 멈칫거리는 행동을 통해 깊은 전율을 드러낸다(치체로네 82 이하).

　헤세에게 "상상력을 확장시키는"(11권 229) 프레스코 중 인물들이 마주한 죽음의 다양한 양상들은 그의 문학 작품들에는 죽음을 맞이하는 주인공들의 다양한 모습들이 표현된다. 헤세는 단상 「죽음의 승리」에서 이 작품을 다음과 같이 자세히 묘사한다.[46]

　오늘날에도 무척 손상되고 오래된 그림이 중세의 우울한 신비주의를 말해 주고 있다. 슬픔과 죽음에 대한 사상의 그림자가 관찰자의 영혼에 드리워지는 것이다. 왼쪽에는 은둔자의 성스러운 삶이 묘사되어 있는데, 은둔자에게는 어떤 죽음의 두려움도 일으키지 못하고 있다. 한 사람은 나무에 기대어 있고, 다른 사람은 몸을 구부리고 책을 보고 있다. 세 번째 사람은 암사슴의 젖을 짜고 있다. 오른쪽에는 죽은 사람들이 낙원에 앉아 있는 것이 보인다. 그들은 낙원의 잎이 무성한 과일나무 아래서 아주 편안하게 대화를 나누고 현악기를 타고 있다. 가운데 세 그룹으로 구분되어 가혹하게 인간을 지배하는 죽음의 승리가 묘사되어 있다. 화려하게 차려입은 고귀한 사냥꾼들이 훌륭한 말을 타고 있으며, 사냥개들이 짖고 있다. 갑자기 이 즐거운 무리의 맨 앞부분에 세 개의 무덤이 열려 있다. 그 속에 시신들이 부패해 가는 여러 단계를 보여 주고 있다. 말을 타고 있는 아름다운 젊은이는 얼굴이 창백해졌고 두려워하며 뒤따라오는 사람에게 말없이 손을 뻗어 가리켜 주었다. 그의 오른편의 한 귀부인이 두려워하고 당황해하며 이쪽을 쳐다보았다. 그리고 죽음의 두려움으로 인한 전율이 화려한 사람들 사이에 자리 잡고 있었다. 한 마리 작은 개가 두려워하면서 꼬리를 저으며 무덤가로 다가갔다. 말들 중에 한 마리가 목을 뻗어 시신을 바라보았다. 그 뒤를 따라오던 귀부인은 두려워하며 아름다운 얼굴을 손에 묻고는 더 이상 바라보지 못하고 있다. 전체 무리들이 두려워하며 굳어져 있는데, 맨 뒤의 사람만은 아무것도 알지 못한 채 즐거워하며 바라보고 있는 모습이 우리에게 거만스럽게 보인다. 그들 옆에 죽음을 가장 두려워하는 무리들이 뒤따랐다. 가난한 자와 거지들이 길에 서 있었다. 그들은 모두 비참하고, 늙고 병이 들어 있었으며,

부오나미코 부팔마코(추정) 〈죽음의 승리〉 피사의 캄포산토

삶에 지쳐 있었다. 한 사람은 눈이 멀고 다른 사람은 절룩거리고 있었고, 다른 사람은 늙어서 등이 굽었거나 불행으로 인하여 말이 없었다. 두려워하는 듯한 제스처와 시선으로 그들은 죽음에게 애원하였다. 죽음은 그들을 구원하는 것 같았다. 그들은 기꺼이 죽으려고 준비되어 있는 유일한 사람들이었다. 그러나 죽음은 그들의 소원을 들어주지 않는다. 무시무시한 복수의 여신으로 보이는 죽음은 거대한 낫으로 자신의 수확물들, 즉 살고자 매달리는 젊은이들, 부자들, 아름다운 여인들, 귀족들을 잘라 낸다. 그들은 죽은 것처럼 바닥에 누워 있다. 수도원장, 귀족들, 귀족 부인 그리고 한창때의 청년들. 저 위 하늘에서는 그 영혼들을 붙잡기 위해 천사와 악마가 서로 투쟁하고 있다(1권 369).

부르크하르트가 『치체로네』에서 캄포산토의 프레스코 〈죽음의 승리〉를 "파격적인 격정, 격렬한 이상"(치레로네 82)이라 평한 것처럼, 헤세도 이 그림처럼 강력하고 우울하게 죽음에 대해 묘사한 것은 보지 못했다고 한다. 그의 작품에서 죽음은 삶에서 하나의 저항의 의미이자 도피처이고,

힘든 삶 속에도 하나의 전환기를 찾게 하기도 하고 교훈을 주기도 한다. 그의 작품 속 인물들은 두려운 마음으로, 기꺼이 혹은 위대한 모습으로 죽음을 맞이한다. 다양한 죽음과 죽음을 맞이하는 양상들을 헤세의 작품에서 살펴보기로 하자.

헤세의 어머니와 페터의 어머니

헤세의 어머니는 1900년 아들에게 아버지 요하네스Johannes Hesse(1847~ 1916)의 저서 『이교도인들과 우리: 이교도인에 대한 선교의 220개의 이야기들과 예들Die Heiden und wir: 220 Geschichten und Beispiele aus den Heidenmission』 (1901)이 출간되었다고 알린다. 헤세는 부모님과 종교적 문제로 더 이상 이야기하는 것을 중단한다. 그는 어머니를 사랑하지만 그녀의 열광적인 신앙생활을 견디지 못한 채 가족들과 거리를 유지한다.

헤세와 부모님과의 불편한 관계는 1902년 4월 24일의 어머니의 장례식에 참석하지 않는 것으로 나타난다. 그는 1902년 4월 30일 바젤에서 고향 칼프의 가족들에게 다음과 같은 편지를 보낸다.

사랑하는 가족들에게!

사랑하는 어머니의 장례식에 참석하지 않은 것에 대해서 대단히 죄송합니다. 내가 참석하지 않는 것이 내가 참석한 것보다 나와 가족들에게 훨씬 더 나을 것입니다. 나는 과거에도 지금도 아직도 의기소침합니다. 그럼에도 나는 24일 이후의 며칠 동안보다 그 전 몇 주가 훨씬 더 고통스러웠습니다 (HB 1권 88 이하).

헤세가 자신의 어머니가 돌아가신 상황에서 취한 행동은『페터 카멘친트』에서 카멘친트가 보이는 행동과는 완전히 상반된다.

나는 어느 무더운 여름날 이른 아침 목이 말라 급히 일어나 부엌으로 가려고 했다. 거기에는 언제나 맑은 물이 들어 있는 물통이 놓여 있었다. 부엌으로 가려면 아무래도 부모님의 침실을 지나야만 했다. 그때 어머니의 이상한 신음 소리가 들렸다. 나는 어머니의 침대로 가까이 가 보았지만, 어머니는 나를 보지도 않고 대답도 하지 않았다. 그리고 겁을 집어먹은 듯이 신음 소리를 내고 눈까풀을 실룩거리며 창백한 얼굴을 하고 있었다. 나는 다소 불안했지만 아주 놀라지는 않았다. 그리고 나서 그녀의 두 손이 마치 잠자는 수녀처럼 홑이불 위에 조용히 놓여 있는 것이 보였다. 그 손을 보고 나는 어머니의 죽음이 임박한 것을 알았다. 산 사람에게는 찾아볼 수 없는 이상하게도 기진맥진하고 기운 없는 손이었기 때문이다. 나는 목마른 것도 잊어버리고 침대 옆에 무릎을 꿇고 환자의 이마에 손을 얹고 어머니의 눈매를 살펴보려고 했다. 그 눈이 내 눈과 마주쳤을 때 그것은 정답고도 아무런 고통도 느끼지 않는 눈이었지만 이미 빛은 사라지고 있었다. 옆에서 거친 숨을 쉬며 잠자는 아버지를 깨워야 한다는 생각을 미처 하지 못했다. 그래서 나는 이럭저럭 두 시간이나 무릎을 꿇고 어머니의 임종을 지켰다. 어머니는 어디까지나 어머니답게 고요히 엄숙하고 용감하게 죽음에 임하면서 나에게 모범을 보여 주었다(2권 31).

『페터 카멘친트』에서는 역할 교환이 나타난다. 어머니의 장례식에는 참석하지 않던 헤세지만, 그의 제2의 자아 카멘친트는 "아무 불평 없이 세상을 떠나는"(2권 32) 어머니의 임종을 맞이하고, "죽음이 우리를 성숙하게 하고, 우리를 밝혀 주는"(2권 69) 것이라는 삶의 교훈을 얻는다. 어머니의 임종을 지켜본 헤세의 아버지와 죽어가는 어머니 옆에서 아무것도 모른 채 잠이 든 카멘친트의 아버지, 그리고 헤세의 아버지는 술을 마시지 않는 사람이었던 반면 카멘친트의 아버지는 술꾼으로 그려진다.[47]

헤세의 자살시도, 그리고 두 한스의 죽음

학교생활에 적응하지 못하거나 성적이 부진하여 좌절하는 학생들은 헤세의 초기 작품에 자주 등장한다. 그의 초기 작품 『헤르만 라우셔의 유작과 시Hinterlassenen Schriften und Gedichte von Hermann Lauscher』(1900)는 5개의 이야기로 구성되어 있다. 그중 「11월의 밤. 튀빙겐의 추억Die Novembernacht. Eine Tübinger Erinnerung」 속에서 세 번이나 시험에 낙방하고 정학처분을 받은 엘렌데를레Elenderle는 작품의 마지막에 죽는다. 그가 자살했는지, 죽임을 당했는지는 분명하게 밝히지 않은 채 작품은 급작스럽게 끝이 난다. 죽은 그의 손에는 권총 한 자루가 들려 있을 뿐이다.[48]

헤세는 1892년 6월 20일 여관 주인 브로더젠Brodersen[49]에게 빌린 돈으로 권총을 구입했으며, 며칠 뒤 자살할 것이라는 내용의 편지를 보낸다(NH 1권 220 참조). 같은 날 바트 볼에 있는 블룸하르트Christoph Blumhardt(1842~1019)는 헤세의 부모에게 보낸 헤세의 자살시도에 대해 알리고 있다.

오늘 당신의 아드님께서 자살을 언급하고 이곳을 떠났습니다. 그는 비밀스럽게 돈을 모아 권총을 샀지요. 그는 이곳에 있습니다. 저는 그것을 어린아이의 치기로 생각합니다. 그러나 병적인 행동이지요. 저는 긴급하게 부모님과 상의를 해야 했습니다(NH 1권. 220).

헤세가 학창 시절에 느꼈던 격정적 위기는 『헤르만 라우셔의 유작과

시』의 엘렌데를레를 통해 직접적으로 표현되었지만, 『수레바퀴 아래서』에서는 어느 정도 객관적인 거리를 두고 있다.[50]

『수레바퀴 아래서』에서는 헤세 자신의 경험을 여럿 찾을 수 있다. 『수레바퀴 아래서』에 주인공 한스Hans Giebenrath가 치른 주 시험과 신학교 생활이 묘사되듯이, 헤세도 1890년 뷔르템베르크의 주 시험을 치르고 1891년 마울브론Maulbronn 신학교에 입학하여 기숙사 생활을 하였다.[51] 한스가 불안에 시달리고 두통으로 고생하듯, 헤세도 당시에 두통과 불면증에 시달렸다.[52] 『수레바퀴 아래서』의 초반부에는 신학교에서의 수업, 다양한 학생들의 성격과 활동, 그들의 우정과 갈등, 학생들의 사망과 탈출 사건, 그리고 처벌받고 집으로 돌려보내지는 학생들의 이야기 등이 묘사된다.

한스는 주에서 시행하는 시험에서 2등이란 우수한 성적을 획득하여 마울브론 신학교에 입학한다. "서정적인"(2권 191) 성품을 가진 그는 같은 기숙사의 반항적인 하일너Hermann Heilner와 친구가 된다. 한스에게서는 시인 헤세의 면모를 찾아볼 수 있다. 하일너는 "호메로스"(2권 191)와 "하이네를 읽"(2권 199)고 "시를 쓰"(2권 192)는 시인이다.

1892년 헤세는 마울브론 신학교의 기숙사에서 도망쳤다가 하루 만에 숲속에서 발견되었고, 그 후 바트 볼에 있는 병원에서 보내진다. 작품 속 하일너도 작가 헤세처럼 "밉살스러운" 신학교에서 탈출하여, 3일 동안 숲속에서 "자유로운 기분"을 즐겼지만 결국 잡히고, 학교에서 퇴학을 당한다(2권 226~227 참조).

한스의 두통이 심해지고 성적에 문제가 발생하자, 교장 선생님에게 불려 간다. 교장 선생님은 한스가 받은 하일너의 영향에 대해 주의를 주지만, 한스의 성적은 점점 더 나빠지고, 하일너와의 우정관계로 다른 친구들과도 멀어지게 된다. 어느 날 하일너가 한스에게 입맞춤을 하자, 한스는 수업 시간에 그 사건에 대해 골몰히 생각하게 되고, 수업시간에 집중을 하지 못한다. 하일너의 도주 사건이 발생하자, 한스가 이 사건에 대해 자세히 알 것이라는 의심을 받고 선생님들의 호의를 잃고 만다. 이런 일로 한스는 신경쇠약에 걸리게 되고, 어느 날 기하 수업시간에 분필과 삼각자를 떨어트리며 쓰러져 다시 일어나지 못하게 된다. 그는 신경과 의사에 의해 "무도병Veitstanz"[234](2권 230)에 걸린 것으로 판명된다. 결국 한스는 집으로 돌려보내진다.

고향에서 한스는 예전 학교의 친구이자 기계공의 일급 제자가 된 아우구스트August와 다시 만나게 된다. 한스의 아버지는 한스가 슐러의 기계공에게 일을 배우도록 한다. 한스는 기계공의 작업에 처음에는 적응하고 의미를 찾아가는 듯하였으나, 결국 극복하지 못한다. 아우구스트는 한스에게 몇몇 친구들과 함께 일요일에 "비어라흐Bielach"(2권 269)로 술을 마시러 가자고 한다. 여러 곳에서 술을 마신 한스는 친구들을 뒤로 하고 집으로 가다가 결국 죽음을 맞이한다. "그가 어떻게 물에 빠졌는지 아무도 몰랐다"(2권 279). 한스가 물속에 빠져 죽었다는 내용은 마치 마울브론 기숙사에서 힌딩거Hindinger가 스케이트를 타다가 아무런 도움도 받지 못하고 연못 속에 빠져 죽는 장면을 연상시킨다(2권 206 참조).

학교와 기숙사 생활에 적응하지 못하고 결국은 인생이 망가지는 주인공의 이야기 『수레바퀴 아래서』는 당시의 권위적인 학교 시스템의 문제점을 지적하고 있다. 헤세의 동생 한스(1882~1935)도 성인이 되어 자살하였다. 헤세는 「한스에 대한 기억Erinnerung an Hans」(1936)에서 다음과 같이 동생의 이야기를 한다.

---

234 무도병은 신경병이 심한 경우 발생하는 운동장애이다.

한스는 정말로 다정하고 유순했습니다. 그리고 권위를 높이 평가하는 아이였습니다. 그러나 그에게는 훌륭한 선생님도 없었고, 학교의 많은 수업들이 그를 압박했습니다. 그는 다시 무기력증을 갖게 되었습니다. 힘든 일을 하거나 자신에 대한 벌을 행하게 되고, 어지럼증을 가졌다는 이유로 교사들은 그를 소위 말하는 빠져나올 수 없는 열등한 학생으로 간주해 버렸으며, 한 번도 그를 편안하게 놔두지 않았습니다. 항상 괴롭혔고, 조롱하고 벌을 주었습니다. 정말로 수준이 낮은 교사들이 많았습니다. 그중에 한 사람은 작은 악마 같은 사람이었는데, 그가 좌절할 때까지 괴롭혔습니다. 질문을 할 때면 학생 앞에 바짝 다가가 위협하듯 서 있었습니다. 교사는 끔찍한 재판관의 얼굴로 호통치고, 불안해하는 학생이 당연히 말을 못 하고 더듬으면, 같은 질문을 여러 번 노래하듯이 반복합니다. 그리고는 단단한 그의 집 열쇠를 학생의 머리에 떨어뜨립니다. 나는 나의 동생이 나중에 이야기한 것을 들어 알게 되었고, 이 나쁜 작은 독재자는 그의 집 열쇠로 2년 동안 나의 동생 한스에게 매일, 그리고 밤마다 악몽 속에서도 등장해 고통을 주었습니다. 그는 두통으로 인해 절망적인 긴장과 죽을 정도의 불안감을 가지고 집으로 왔던 것입니다(12권 342).

헤세는 자살한 동생 한스를 기억하면서 쓴 글 「한스에 대한 기억」에서 칼프 시절 아버지의 엄격한 교육 방식과 당시의 학교 교육 방식의 문제점들을 언급한다. 『수레바퀴 아래서』를 통해 자신의 삶에서 단 한 번 반격을 꾀했던 주인공 한스도, 헤세의 동생 한스도 결국 스스로 죽음을 맞이한다.

VI.

헤세가
남긴
전기적 에세이

보카치오와
성 프란체스코

헤세는 이탈리아 소설가 조반니 보카치오Giovanni Boccaccio(1313~1375)와 아시시의 성 프란체스코San Francesco d'Assisi(1181/1182~1226)에 대한 전기적 에세이를 남겼다. 보카치오와 성 프란체스코는 헤세가 이탈리아 여행을 하면서 경험한 토스카나, 움브리아의 풍경과 뗄 수 없는 인물이다. 그는 보카치오와 아시시의 성 프란체스코를 자신에게 삶의 길을 제시하는 방랑자로 파악하였다.

헤세가 『페터 카멘친트』 작가로서 성공을 거두자, 슈스터&뢰플러Schuster&Loeffler 출판사는 『문학Die Dichtung』 전집의 일환으로 보카치오에 대한 글을 써 줄 것을 제안한다. 헤세는 14세기 이탈리아 소설가의 도시인 피렌체를 두 번이나 방문했기에 기꺼이 제안을 받아들였고, 글은 몇 주 만에 완성되었다. 그의 전기적 에세이 『보카치오Boccaccio』(1904)는 큰 성공을 거두었다.

이어서 헤세는 아시시의 성 프란체스코와 연관된 글을 총 3편 쓴다. 첫 번째 글은 슈스터&뢰플러 출판사에서 출간된 『성 프란체스코Franz von Assisi』(1904)이다. 헤세는 이 책 속에 다음과 같은 단락으로 구분하여 성 프란체스코의 전기를 간단히 설명하였다. 「성 프란체스코의 삶」, 「전설들, 성 프란체스코는 레오 형제에게 완벽한 즐거움이 무엇인지 설명하였다」, 「성 프란체스코가 마세오 형제의 질문에 답하다」, 「성 프란체스코는 제비에게 명하고 새들에게 설교하였다」, 「알베르노 산의 성 프란체스코의 매」, 「생명의 찬가」이다.

성 프란체스코에 대한 두 번째 글은 뮌헨 신문 1905년 6월 2일 자 기고 문으로, 『성 프란체스코의 작은 꽃다발Fioretti di San Francesco』의 독일어 번역판에 대한 서평이다. 『성 프란체스코의 작은 꽃다발』은 14세기 후반 익명의 토스카나 출신의 저자가 성 프란체스코의 삶에 대해 이탈리아어로 쓴 것으로, 총 53개의 장으로 구성된 시화집이다. 이 저서는 라틴어로 쓴 『성 프란체스코와 그 동료들의 전기Actus Beati Francisci et Sociorum ejus』의 이탈리아어 버전이다. 현재 많은 학자들이 우고리노 브룬포르테Ugolino Brunforte(1262?~1348?)가 그 익명의 작가라고 추측하고 있다. 프란체스코에 대한 헤세의 마지막 글은 단편 『꽃놀이, 아시시의 성 프란체스코의 어린 시절Das Blumenspiel: Aus der Kindheit des heiligen Franz von Assisi』(1919)이다.

후에 헤세는 젊은 시절 두 사람에게 열광했던 자신의 무지함과 대담성을 언급하면서, 1905년 이후에는 『아시시의 성 프란체스코』와 『보카치오』를 더 이상 출판하지 않도록 하였다. 그러나 이 저서들은 1980년 이후 개정판이 출간되었다.[53]

보카치오

헤세는 『보카치오』의 초입부에 다음과 같이 말한다.

그대들은 초여름 어느 아름답고 따뜻한 날에 어떤 낯선 정원을 지나가 본 적이 있는가? 그대들은 혼자이고 지루함을 느꼈을 것이다. 정원에 부는 바람이 장미와 오렌지 꽃의 향기, 졸졸 흐르는 분수의 낭랑한 소리, 기타 소리와 젊은 사람들의 웃음소리가 그치지 않는 이야기를 그대에게 전해 준다. 그때 슬픔과 강렬한 그리움이 그대를 사로잡고, 먼지투성이 거리, 가인들의 노래와, 행복한 이의 즐거운 대화를 듣게 해 주고 명랑과 기쁨에 대한 그대의 동경을 맘껏 충족시켜 주는 초록빛 잔디와 화단으로 바꾼다(1권 595).

헤세는 『마리아와 함께 한 무그노네 계곡에서의 산보를 기억하며. 존경의 마음으로 헌정함Der Signora Maria in Erinnerung an unseren Spaziergang Mugonetal in Verehrung zugeeignet』이란 부제목으로 『보카치오』를 소개한다. 헤세는 이 저서에서 보카치오의 생애, 그리고 『데카메론』의 내용을 다음과 같이 요약한다.

보카치오의 생애

보카치오의 아버지 첼리노Boccaccio di Chellino(1297~1348)는 피렌체의 체르탈도Certaldo 출신의 상인으로. 바르디Bardi 집안의 금융업을 함께 운영하면서 파리에 머물게 되었다. 첼리노는 어느 날, 한 미망인을 만나게 되었고 그녀와의 사이에서 시인 보카치오가 탄생하였다. 첼리노는 미망인이 재산이 별로 없다는 것을 알게 되자, 그녀를 버리고 피렌체로 돌아왔다.

미망인은 얼마 후 사망하게 되었고, 보카치오는 아버지를 찾아 피렌체로 오게 된다. 보카치오는 피렌체에서 좋은 교육을 받았으며, 13세가 되면서 아버지의 사업을 배웠고 6년 뒤 환전업에 종사하게 되었다. 그러나 그는 시를 쓰고 단테와 베르길리우스의 작품들을 암기하는 것을 즐겨 했다. 그의 아버지는 이를 긍정적으로 받아들여, 아들을 나폴리 대학에 보내 종교법을 연구하게 하였다. 그러나 보카치오가 대학에서 학위를 받았다는 기록은 없다. 대신 그는 인간의 괴로움에 대해 깊은 지식을 쌓았다.

1334년 부활절에 보카치오는 나폴리의 왕인 로베르트Robert(1276~1343)의 사생아인 도나 마리아Donna Maria와 알게 되었고 연인 사이가 되었다. 그는 연인을 위해 많은 시와 소설들을 창작하였다. 그는 자신의 작품 속에 피아메타Fiammetta라는 이름으로 연인 마리아를 등장시키고 『데카메론』에도 이 이름을 등장시킨다.

1341년 아버지의 명령으로 보카치오는 피렌체로 되돌아왔다. 그의 아버지는 그사이 결혼을 하였고, 피렌체는 독재자 고티에 4세Gautier IV de Brienne(1205~1246)의 지배하에 있었다. 공화주의자인 보카치오는 쫓겨난 브리엔 백작 발터 4세Count of Brienne Walter IV(1205~1244)에 대한 논문을 썼다. 그 일로 그는 피렌체에 머물기가 어렵게 되자 나폴리로 되돌아갔다.

그러나 나폴리는 이미 페스트가 돌아 많은 이들이 사망하였고, 마리아도 사망하였다. 마지막으로 아버지까지도 사망하자 보카치오는 피렌체로 되돌아갔다.

이제 그의 삶은 바뀌었으며, 성실하고 명망 있는 시민이 되었다. 40세가 되어 그는 불멸의 작품『데카메론』를 쓰기 시작하였다. 그는 다시 한 미망인을 격렬하게 사랑하게 되었는데, 그녀는 그의 사랑을 받으면서도 냉담한 태도로 일관했고, 보카치오는 그녀의 태도에 개탄하며 그녀를 혹평하기 시작하였다. 이것이 그의 마지막 사랑이 되었다.

그는 칼라브리아 학자이자 그리스인인 필라투스Leontius Pilatus(?~1366)[235]와 함께 단테의 생애와 작품을 연구했다. 또한, 정치적인 일에도 관여하여 대사의 자격으로 아비뇽에 있는 교황을 3번이나 방문했다. 보카치오는 페트라르카Francesco Petrarca(1304~1374)와도 교우관계를 맺었다. 보카치오는 자신을 조롱한 미망인에 대한 복수로, 『코르바초Il Corbaccio』(1355)를 완성했는데, 이 작품은 정욕을 가지고 남자를 위태롭게 하는 여성에 대한 증오를 표현하는 내용이다.

1373년 그는 단테의『신곡』의 해설자로 임명되었고, 이 일로 매년 100굴덴의 연금을 받게 되었다, 그는 산토 스테파노 성당에서 강연하였고, 수많은 사람들이 강연을 듣기 위해 몰려들었다. 그는 1375년 12월 21일 62세의 나이로 사망했다. 비록 개인적인 복수심 때문에 여성을 조롱하는 『코르바초』를 썼지만 단테의 작품에 대한 애정을 가지고 해설하였기에 당대의 많은 이들로부터 존경을 받았다(1권 595~603 참조).

---

235 필라투스는 에우리피데스, 아리스토텔레스와 호메로스의 작품들을 라틴어로 번역하고 주석을 달았다.

『데카메론』은 어떤 책인가?

혜세는『데카메론』에 대해 다음과 같이 설
명한다. 보카치오의 『데카메론』의 내용은
"여행과 관찰의 매력으로 여성에 대한 사랑
의 괴로움과 기쁨, 대학생의 경험과 도덕, 상
인의 걱정과 괴로움, 궁전과 어음 할인 은행,
시장이나 배에서 살면서 돈을 버는 사람들의

『데카메론』의 배경이 되는 빌라
팔미에리, 피에솔레

습관과 악덕, 바보나 현자들의 특성, 사제, 판사, 군인, 뱃사공, 기혼 여성,
창녀의 생활 태도, 그리고 인간의 삶의 모든 진지한 것, 아름다운 것, 특
이한 것, 우스꽝스러운 것들에 대한 것에서부터 인간이 체험하고 관찰한
것으로 보카치오가 그의 기억에서" 끄집어낸 것이다.

『데카메론』은 보카치오가 창작한 것이 아니라 다른 사람들이 체험한
이야기나, 옛 전설, 노래와 우화에서 취한 것이다. 어떤 것들은 오래되었
지만, 어떤 것들은 바로 어제의 이야기이기도 하다. 이 모든 이야기들은,
동양, 그리스, 프랑스, 스페인 그리고 독일에서 유래한 것이다. 그는 수많
은 이야기들을 수집하고, 정리하고 수정하여 결국에는 위대하고 훌륭한
하나의 걸작을 만들어 낸 것이다.

보카치오가 생전에 명성을 쌓을 수 있었던 이유는『데카메론』때문이
아니라, 사실 학문적 작품들 때문이다. 그중 보카치오의『단테의 일생Vita
di Dnate』은 오늘날에는 어느 정도 가치를 인정받고 있지만, 아쉽게도 다른
그의 자필 소설들은 보존된 것이 없다.

『데카메론』은 많은 시인들과 예술가들에 의해 부활했다. 독일의 극작
가 레싱Gotthold Ephraim Lessing(1729~1781)의『현인 나탄Nathan der Weise』에서
도『데카메론』중 첫째 날의 세 번째 이야기인 '세 개의 반지' 이야기가 나

밀레이 〈이사벨라〉 워커 미술관

온다. 1849년 영국의 화가 밀레이John Everett Millais(1829~1896)는 네 번째 날
의 다섯 번째 이야기 중 리사베타와 로렌초의 사랑 이야기와 슬픈 결말을
그림으로 남긴다. 밀레이의 그림에는 식탁의 한 편에 한 남성이 옆자리의
여성에게 핏빛 오렌지를 주는 모습과 그 여성의 뒤편에 바질이 담겨 있는
꽃병이 묘사되어 있다(1권 605 이하).[236]

---

[236] 『데카메론』속 네 번째 날의 다섯 번째 이야기는 다음과 같다. 메시나(Messina)란 도시의 한 처녀인
리사베타(Lisabetta)는 세 명의 오빠들이 운영하는 가게에서 일을 하는 로렌초(Lorenzo)라는 청년을
좋아하게 되었다. 그녀의 오빠들은 이 사실을 알게 되자, 로렌초를 죽이고 만다. 로렌초가 나타나
지 않자, 애인을 기다리던 리사베타의 꿈에 로렌초가 나타나 억울함을 하소연한다. 그녀는 결국
로렌초의 시신을 발견하고, 그의 머리를 잘라 자신의 방에 꽃병에 담은 뒤, 그 위에 바질을 심어
놓고는 매일 꽃병을 바라보고 울었다. 결국 오빠는 이 끔찍한 상황을 알고는 나폴리로 도망을 가
고, 리사베타는 결국 눈물 속에 죽음을 맞이한다. 밀레이는 〈이사벨라(Isabella)〉란 작품에서 보카치
오의 『데카메론』에서 나오는 이야기를 묘사하고 있다. 청년은 여인에게 핏빛 오렌지를 건네고, 여
성의 뒤편에는 『데카메론』속 리사베타의 바질이 담긴 꽃병이 묘사되어 있다. 이사벨라는 리사베
타의 영어식 표기이다.

『데카메론』의 요약

헤세는 『데카메론』의 내용을 다음과 같이 설명한다.

『데카메론』은 7명의 여성들과 3명의 남성들이 10일 동안 총 100가지의 이야기를 하는 구성으로 되어 있다. 보카치오는 이 작품의 도입 부분에 당시의 상황을 묘사한다. 이 시기는 페스트가 피렌체를 엄습했던 1348년 으로, 피렌체에는 죽은 사람들과 위독한 사람들이 집, 계단, 문 앞 그리고 거리 여기저기에 쓰러져 있었다. 이 시기에는 너무도 감염의 위험이 높았 기 때문에 부모, 아이들, 형제들, 그리고 자매들이 각자 도망을 해 병자들 은 어떤 보살핌도 받지 못하고 고독하게 죽어갔다.

어느 날 아침, 7명의 젊은 여성들이 산타 마리아 노벨라 성당에서 만났 다. 당시 이 성당에는 아직 기를란다요의 프레스코가 그려져 있지는 않았 지만, 그래도 피렌체에서 가장 아름다운 성당 중의 하나였다. 그들은 페 스트의 위험한 상황을 알게 되고서는, 그들 중에 가장 나이가 많은 팜피 네아Pampinea의 제안으로 당시의 슬픔과 두려움을 조금이나마 잊을 수 있 도록 같이 근교로 가, 얼마 동안 쉬면서 지내기로 결정하였다. 그리고 몇 몇의 동반자들과 체류할 장소에 대해 상의하는 중에, 3명의 남자가 성당 으로 들어왔다. 그중 한 명은 이 여성들 중 한 명에게 반한 사람이었다. 사랑에 빠진 그 남성과 친척 관계인 팜피네아는 그에게 자신들과 함께 통 솔자 혹은 기사로서 나가자고 제안하였다. 남성들은 기꺼이 함께하기로 하였다. 처음에는 부끄러워하던 여성들도 기뻐하였고, 예의를 갖추기로 합의하였다.

도시는 페스트 때문에 많은 집 주인들이 떠나가 텅 비어 있었기 때문 에, 그들은 도시를 빠져나와 여러 별장 중에서 한 곳을 선택할 수 있었다. 그들은 성문에서 2마일 정도 떨어진 곳의 언덕에 꽃과 좋은 향내가 나는

존 윌리엄 워터하우스 〈데카메론〉 리버풀 국립박물관

숲, 나무, 그리고 흐르는 물이 에워싸는 궁전으로 갔다. 그곳에는 정원, 안마당과 우물, 거실, 침실과 지하실 등이 갖추어져 있었다.

팜피네아의 제안으로 매일 새로운 왕을 지명하여, 그가 모든 하인들을 지배하고 즐거운 대화를 위해 상황을 정리할 권한을 부여했다. 첫날 왕이 된 팜피네아는 잘 정비된 궁정처럼 한 사람은 집사, 다른 사람은 시종으로, 요리와 다른 일들을 부여했다. 그들은 궁전을 살펴보고 식사를 시작하였다. 식탁 위에는 훌륭한 음식과 반짝이는 잔, 손을 씻을 물과 하얀 식탁보가 차려져 있었다. 그들은 식사를 마치고 잠시 휴식할 장소를 찾아 잠을 잤다. 그 후 왕은 모두를 모이게 하고 잔디밭으로 인도하였다. 그들이 춤을 추고 노래를 하고 나니 장기판과 다른 놀이도 준비되어 있었고, 자신들이 알고 있는 이야기를 서로 나누기 시작했다. 10개의 이야기가 끝이 나니 저녁이 되었고, 에밀리아Emilia가 칸초네를 부르고, 라우레타Lauretta는 악기를 연주했다.

다음 날 왕의 자리는 필로메나Philomena에게 넘겨졌다. 그녀는 자신이 지배하는 동안에는 불행에서 빠져나와 거대한 목표에 도달하는 이야기를 하도록 했다. 그들의 10일간의 일정은 다음과 같은 규칙에 따라 진행되었다.

첫째 날: 팜피네아가 왕으로 지배를 하는 동안, 사람들은 자신들이 좋아하는 이야기를 나누었다.

둘째 날: 필로메나 왕이 지배하는 동안, 기대하지도 않았지만 커다란 불행에서 새로운 행복을 도출해 내는 운명에 대해 이야기한다.

셋째 날: 네이필레Neiphile 왕이 지배하는 날, 어떤 통찰력으로 꿈꾸었던 목표에 도달했는지 혹은 어떻게 잃어버린 것을 되찾았는지에 대해 이야기한다.

넷째 날: 필로스트라투스Philostrartus 왕이 지배하는 날, 비극적 사랑으로 끝을 맺는 사람들에 대해 이야기한다.

다섯째 날: 피아메타Fiammeta 왕이 지배하는 날, 연인들이 모든 장애와 사고들을 극복한 뒤에 행복에 도달하는 이야기를 한다.

여섯째 날: 엘리자Elisa가 왕으로 지배하는 날, 즉석에서 재치 있는 명언, 대답과 야유에 대한 이야기한다.

일곱째 날: 디오네우스Dioneus 왕이 지배하는 날, 남편들이 그들의 아내에게 조롱당하는 사건들에 대해 이야기한다.

여덟째 날: 라우레타 왕이 지배하는 날, 부부와 다른 사람들이 서로 조롱을 하는 사건과 소극에 대해 이야기한다.

아홉째 날: 에밀리아 왕이 지배하는 동안, 그녀의 마음에 드는 것을 이야기한다.

열째 날: 팜필루스Pamphilus 왕이 지배하는 동안 헌신적이고 관대한 행위가 돋보인 사건에 대해 이야기한다(1권 608~611).

『데카메론』에 대한 헤세의 평가

헤세는『데카메론』에 대해 다음과 같이 평가한다.『데카메론』의 이야기들이 종종 테마의 유사성 문제가 있지만,『데카메론』속의 이야기는 말하는 사람의 억양이나 매력에 따라 새로운 측면으로 조명되어 단조로움을 피할 수 있다. 예를 들어 모임에서 가장 익살꾼이라 평가되는 디오네우스는 새로운 위트, 암시 등을 계속 삽입시키고, 내용의 변용시켜 내용의 단조로움을 피하도록 하였다.

그들은 한 곳에만 머물지 않고 계속 장소를 바꾸는데, 그곳은 모두 숲, 연못, 시냇물, 꽃, 야생동물과 물고기가 있는 가장 우아하고 생동감 넘치는 곳이다. 그래서 독자들에게 편안함을 주고 가장 훌륭한 장소에 대한 동경을 갖도록 하였다. 시인은 피렌체 근교와 무그노네 계곡과 관련된 몇 개의 장소를 상상하여 진실한 예술가만이 해낼 수 있도록 장식하고 표현하였다.

세상에 흩어져 있는 이야기를 모은 수많은 저서 중에『데카메론』의 아름다움과 예술에 비교할 수 있는 것은 없다. 그러나『데카메론』은 외설적이며 비난받아 마땅한 책이라는 평가를 자주 듣는다. 헤세도『데카메론』의 무대인 무그노네 계곡에서 레몬을 먹으면서, 외설적으로 보이는 부분이 나올 때마다 레몬 씨를 자신의 주머니에 넣었다. 마지막에는 39개의 씨앗이 그의 주머니에 있었다. 그러면『데카메론』의 삼분의 일이 외설적이라고 할 수 있을 것이다. 그럼에도 헤세는 현명한 독자들에게『데카메론』의 외설적인 이야기를 꼭 읽으라고 충고한다.

『데카메론』을 그다지 높게 평가하지 않았던 이탈리아 시인 페트라르카 Francesco Petrarca(1304~1374)조차도『데카메론』의 열 번째 날의 열 번째 이야기를 좋아해 많은 이들에게 이야기하였을 뿐 아니라 라틴어로 번역하기도 했다(1권 595~622 참조).

아시시의 성 프란체스코

성 프란체스코는 자연에 귀를 기울이고, 다른 이들과 올바른 길을 함께 하면서 희망을 전도한 성자이다.

안드레아 반니 〈아시시의 성 프란체스코〉 린데나우 박물관

그의 이야기는 몽상가와 수다쟁이의 것이 아니다. 그는 농부들과는 마치 농부처럼, 도시인들과는 도시인처럼 그리고 기사들에게는 기사처럼 이야기를 했다. 그는 자신의 마음을 감동시킨 것에 대해서 모든 사람들과 이야기하였다. 그는 고통받는 이들에게 고통을 겪었던 사람으로, 형제들에게 형제로서, 병자들에게 병이 치유된 이로서 이야기를 하였다(1권 640).

헤세는 자연을 사랑하고, 고통받는 이와 병자들 속에서 신을 경배한 성 프란체스코를 사랑하였다. 헤세의 부모는 아

조토 〈성 프란체스코의 삶〉
산 프란체스코 성당

들이 신에 대한 믿음과 진정한 신앙심을 지닌 목사가 되는 것을 희망하였
지만, 그것을 거부하며 오랫동안 괴로워하였던 그는 결국 스스로 성 프란
체스코의 삶과 사상에 관심을 갖게 된다.

1902년 눈병이 난 헤세가 칼프에 머물러 있을 때, 독일 미술사학자인
토데Henry Thode(1857~1920)가 쓴 『성 프란체스코와 이탈리아의 르네상스
예술의 기원Franz von Assisi und Die Anfänge der Kunst der Renaissance in Italien』(1885)
을 읽었다. 그리고 어느 날, 헤세의 누이 마룰라Marulla Hesse(1880~1953)[237]가
프랑스의 화학자 사바티에Paul Sabatier(1854~1941)가 쓴 『아시시의 성 프란
체스코의 생Das Leben des Franz von Assisi』(1895)을 낭독해 주었다.[54] 헤세는 성
프란체스코의 삶을 다음과 같이 설명한다.

자연의 삶 속에서 매일같이 젊어지고 대지의 힘을 자신에게로 끌어당기

---

[237] 헤세에게는 누나 아델레(Adele Hesse, 1875~1949), 누이동생 마룰라와 남동생 한스가 있다.

는 이 놀랍고 훌륭한 예술을 우리는 시인들과 진정한 성자에게서 발견한
다. 그는 그 어떤 대가와도 비교할 수 없이 지속적으로 영향력을 발휘하였
다. 마치 어린아이처럼, 현자처럼 그는 꽃들과 목초들과 파도와 모든 동물
들과 대화를 나누고, 그들에게 찬미가를 불러 주었고, 그들을 사랑하고 위
로하여 주었고, 그들과 함께 기뻐하고 그들의 순진무구한 삶에 동참하였다
(1권 645).

헤세가 성 프란체스코에게서 가장 매료된 것은 그의 경건한 신앙심 외
에 그와 자연에 대한 관계이다.[55]

성 프란체스코의 생애

헤세는 『성 프란체스코』에서 그의 업적과 능력, 레오Leo 형제, 마세오Maseo
형제, 제비들, 그리고 매와의 에피소드를 설명한다. 성 프란체스코의 삶
을 간단히 요약하면 다음과 같다.

성 프란체스코는 몬테 수바시오Monte Subasio[238]가 있는 아시시의 부유한
상인 피에트로 베르나르도네Pietro di Bernardone dei Moriconi와 프랑스 귀족
출신인 도미나 피카Domina Pica 사이에서 1182년에 태어났다. 어머니는 프
로방스 사람들의 기질을 이어받아 사랑스럽고 온화하고 명랑한 성격이
었다. 프란체스코의 탄생 시기에 아시시는 스폴레토 공작Herzog von Spoleto
이라 불리는 슈바벤 출신의 콘라드Konrad가 대단히 가혹하게 지배하고 있
던 시절이다. 청년이 된 프란체스코는 고귀하고 매력적으로 보이는 기사
나, 연애시에 깊이 감동하여 트루바두르Troubadour(음유시인)가 되고자 했

---

238 몬테 수바시오는 1,290m의 높이의 산으로, 몬테 아펜니노(Monte Appennini) 중 하나이다.

다. 부유한 그는 많은 돈을 지출하여 젊은 귀족들 사이에 우두머리이자 왕이 되어, 젊은 왕자Princeps Juventutis로 불리기도 했지만 동시에 동정심을 가득 지닌 청년이기도 하였다.

1202년 페루자와의 전쟁에 참전하게 된 프란체스코는 페루자에 끌려가 1년 동안 갇혀 있었다. 1203년에 풀려난 뒤에도 그는 계속 호사스러운 생활을 하다가 중병에 걸렸다. 그는 병이 낫자 다시 예전의 생활로 되돌아갔다. 그때 남부 이탈리아에서 기사이자 백작인 발터 폰 브리엔Walter von Brienne(?~1205)이 교황 인노첸시오 3세Innocenzo III(1160~1216)에게 봉사하기 위해 무기를 들었고, 프란체스코도 동참하였다. 그러나 곧 병이 들어, 다시 고향으로 돌아왔다. 그 후로 그의 영혼은 허무함과 죽음의 두려움으로 가득 찼고 근심과 고통에 시달렸다. 그는 친구들과의 연회에도 참여하지 않고 혼자 사색을 하였으며, 하느님이라는 인도자를 선택하면서는 가난하고 고통받는 사람들의 편에 서게 되었다. 그는 길에 누워 있는 나병환자에게 자신의 옷을 벗어 주며 그들에게서 위로를 받았다. 그러나 그가 찾아간 로마에서 답을 찾지 못하고 고향으로 돌아오게 된다.

그가 아버지의 재산을 팔아 아시시의 산 다미아노 성당Chiesa di San Damiano[239]에 맡기자, 아버지는 그를 시 당국에 고발한다. 이에 성 프란체스코는 자신의 옷을 벗어 벌거벗은 채로 자신은 하늘에 계신 아버지의 것이라고 선언한다. 그는 예배당의 복구를 위해 구걸을 할 때 옛 친구를 만났지만, 부끄러움을 무릅쓰고 기부를 요청하였으며, 포르치운쿨라Portiuncula 예배당의 재건에도 노력하였고, 그 후 이곳에서 여생을 보냈다.

프란체스코는 "어디에서나 형제들에겐 형제가 되어, 고통받는 사람들에겐 같이 고통받는 사람이 되어, 아픈 사람들에겐 다 나은 사람이 되어

---

[239] 산 다미아노 성당은 아시시 근처의 수도원이 함께 있는 성당이다.

조토 〈다미아노 성당에서 기도하는 성 프란체스코〉 산 프란체스코 대성당

설교"했던 성자이다. 헤세는 가난하고 힘든 이를 돕는 성 프란체스코의
면모를 자신의 작품에서 문학적으로 형상화한다.

　그는 이 저서에서 성 프란체스코를 "어린아이처럼, 현자처럼 꽃과 초
목과 바람과 모든 동물과 대화를 나누고, 그들에게 찬미가를 불러 주고
사랑하고 위로하여 주었고 그들과 함께 기뻐하였고 그들의 순진무구한
삶에 동참"하는 인물로 설명한다. 헤세는 프란체스코가 솔로몬처럼 "동
물의 언어와 식물, 나무, 돌과 산의 내적인 본질을 인간들에게 알려 주는"
이라며, 성 프란체스코와 자연과의 관계를 설명한다(1권 628 이하).

성 프란체스코의 성인담

성 프란체스코가 레오 형제에게 완벽한 즐거움이 무엇인지 설명하다

극심히 추운 겨울에 성 프란체스코는 레오 형제와 함께 천사를 찾아 페루자에서 산타 마리아로 가고 있었다. 그때 성 프란체스코는 레오 형제 앞에서 다음과 같이 말했다. "우리 형제들이 신성함과 경건의 위대한 표상을 제공하더라도, 눈먼 이와 불구자에게서 악마를 내쫓아 귀먹은 이들이 말을 듣게 되고, 불구자가 걷게 되고, 죽은 자가 4일 후에 깨어나고, 수도사들이 모든 언어와 학문을 이해하고 심정과 양심의 비밀을 계시하더라도, 천사의 언어로 말을 하고 별들의 움직임과 식물의 힘을 알게 되더라도, 지구의 모든 보물이 당신들에게 드러나고, 시와 물고기, 짐승과 인간, 나무들과 돌, 뿌리와 강의 힘을 알더라도, 좋은 설교를 할 줄 알더라도, 모든 믿음이 없던 자들을 개종시키더라도, 이것은 완벽한 즐거움이 아니다."

레오 형제는 무엇이 완벽한 즐거움인지 성 프란체스코에게 다시 물었고, 그는 다음과 같이 대답했다. "우리가 산타 마리아에 와서 비에 젖고, 추위로 완전히 몸이 마비가 되고, 더러워지고, 굶주림으로 쇠약해졌을 때, 우리가 문을 두드리면 문지기가 화를 내며 우리를 여기저기 다니면서 세상을 기만하고, 가뜩이나 가난한 사람들에게 자선하라고 괴롭히는 떠돌이들이라 비난한다. 결국에 그는 문을 열어 주지 않고 눈과 비 그리고 굶주림과 추위 속에 우리를 밤까지 내버려 둘 것이다. 우리가 부당함과 오해를 인내하고 화내지 않고 우리를 가치가 없는 인간이라 생각한 문지기가 옳고, 신이 그에게 그렇게 말하도록 명령했다고 생각했다면, 이것이 완벽한 즐거움이다."

그리스도께서 사도들에게 주신 성령의 은사와 축복보다도 더 높은 것

은 바로 스스로를 극복하고 그의 사랑을 통해 기꺼이 형벌과 모욕, 고통을 인내하는 것이다(1권 649 이하).

성 프란체스코가 마세오 형제의 질문에 답하다

성 프란체스코는 그가 정말 좋아하는 마리냐노Marignano의 마세오 형제와 함께 포르치운쿨라 수도원에 잠시 머물러 있었다. 기도를 드리고 나서 숲에서 돌아온 성 프란체스코에게 마세오 수도사는 그의 겸허를 시험해 보기 위하여 질문했다. "당신은 학문으로 가르침을 주지 않으며 귀족이 아닌데도, 왜 모든 세계가 당신의 뒤를 좇으며, 모든 이가 당신을 원하는 것처럼 당신을 보고, 들으며 섬깁니까?"

성 프란체스코는 이 질문에 신에게 감사드리고 기쁜 마음으로 마세오 형제에게 대답했다. 지고至高의 성스러운 눈은 모든 죄악 중에 나보다 더 고약하고, 보잘것없고, 불행한 이를 알지 못하셨지만, 신은 나에게 어디에서나 선함과 악함을 인식하는 눈을 주셨습니다. 그의 놀라운 일을 완성하기 위해 지상에서 나보다 어떤 약한 존재를 발견하지 못하였지만, 그럼에도 나를 선택하셨습니다. 그러므로 세상의 모든 영광과 지혜를 베풀어 주시기 위해 나를 선택하였고, 모든 주권과 모든 선이 그에게서 유래하며, 인간에게서 유래하지 않았다는 것을 인식하게 했습니다. 그제서야 마세오 형제는 성 프란체스코가 진정한 겸허함을 지닌 사람임을 인식하게 되었다(1권 651).

성 프란체스코가 제비들에게 명하고 새들에게 설교하다

성 프란체스코가 사부르니아노Savurniano 성에 가서 설교할 때, 시끄럽게 지저귀던 제비들에게 설교가 끝날 때까지 조용히 하라고 명하자 조용해졌다. 그리고 성 프란체스코가 가나조Gannajo와 베냐뇨Bevagno 사이에

있는 곳에 이르자, 나무에 많은 새들이 앉아 있었다. 그가 새들과 대화를
나누자, 새들이 그에게 날아들었다. 그는 새들 사이로 들어가 머리를 만
지고 하느님이 주신 "날아다니는 자유"와 "아름답고 훌륭한 겉옷"을 축복
하며, 하느님이 주신 마실 물과 보금자리를 통하여 하느님의 사랑을 이야
기하였다. 그러자 새들이 "땅으로 조아리는 몸짓과 지저귐"으로 기쁜 마
음을 표하였다(1권 652 이하).

성 프란체스코가 레오 형제에게 환상을 설명하다

어느 날 레오 형제는 폭이 넓고 빠르게 흐르는 물줄기에 수도회 형제들
이 들어가 빠져 죽기도 하고 무사히 건너기도 하는 환상을 보았다. 레오
의 이야기를 들은 성 프란체스코는 물줄기는 세상이고, 빠져 죽은 이들은
"가난의 서원을 지키지 않은 사람"이고 "무사히 넘어간 사람은 소유하지
않은 형제"라고 설명한다(1권 653).

알베르나산의 성 프란체스코와 매

성 프란체스코가 알베르나산Berg Alverna에 조그만 움막을 짓고 머무르
는데, 어느 날 몸이 아파 새벽 마르틴 기도Martingebet[240] 시간에 일어나지
못하였다. 그러나 한 마리의 매가 매일 아침 그가 일어날 때까지 지저귀
자, 성 프란체스코는 이 매와 친해졌다(1권 653 이하).

생명의 찬가

헤세는 성 프란체스코를 "진지함과 사랑스러운 매력과 우화와 노래로
한 사람 한 사람의 영혼을 얻으려 애쓰"(1권 641)는 이로 평가한다. 성 프

---

240 마르틴은 라틴어 마르티누스, 즉 아침이란 뜻으로, 마르틴 기도란 새벽 두 시에 드리는 기도이다.

란체스코가 쓴 유일한 작품은 "기도를 할 때 기도문 대신 모든 생명이 주님을 찬미하기를 타이르는 찬미가 『태양의 노래Sonnengesang』"이다. 시의 내용은 다음과 같다.

지극히 높으시고 전능하시고 자비로우신 주님!

지극히 높으신 분이여, 오로지 당신만을

찬미하나이다, 찬양하나이다, 경외하나이다.

그 누가 당신을 감히 부르오리까.

오, 모든 피조물아, 주님을 찬미하여라.

우리 형제 태양아, 그분은 너를

빛으로 만들고 우리를 비추게 하셨지.

넌 얼마나 아름답고 반짝반짝 빛나는지.

너에게서 높으신 주님이 보인단다.

오, 우리 자매 달과 별아, 주님을 찬미하여라.

그분이 너희를 하늘에서

맑고 고귀하고 어여쁘게 만드셨지.

오, 우리 형제 바람아, 구름아, 온화한 모든 날씨야, 주님을 찬미하여라,

네가 모든 피조물을 잘 살아가게 하는 것도

모두 그분 덕이지.

오, 우리 자매 물아, 주님을 찬미하여라.

넌 아주 쓸모 있고 겸손하고 귀하고 정결하지.

오, 우리 형제 불아, 주님을 찬미하여라,

그분이 너로 하여금 밤을 밝히도록 하셨단다.

넌 아름답고 즐겁고 강하고 거세지.

오, 우리 자매와 어머니인 땅아, 주님을 찬미하여라,

넌 우리를 보듬고 보살펴 주지.

온갖 과일과 알록달록한 꽃과 약초도 내어 주고.

오, 주님의 사랑으로 용서하는 사람과

고통과 슬픔을 인내하는 사람아, 주님을 찬미하여라.

복되다, 평화 속에 머무는 사람들,

지극히 높으신 분께서 왕관을 씌워 주신다.

오, 우리 형제 죽음아, 주님을 찬미하여라,

어떤 생명도 그 손아귀를 빠져나올 수 없을 것이다.

큰 죄를 지음으로 죽어날 것들 위로 불어라!

복되다, 주님께 굴복하는 죽음을 본 사람들,

두 번 다시 죽음이 괴롭히지 못하리니.

주님을 찬양하나이다, 찬미하나이다, 감사드리나이다.

겸손한 마음으로 주님께 봉사하나이다.

이 시는 프란체스코의 기도 중 가장 많이 알려진 것이다. 시의 앞 8개의 행은 자연을 창조하는 창조주 신에 대한 찬미가에 대한 것이며, 마지막 행은 죽음을 받아들이는 자세를 노래한다(1권 654 이하).

『성 프란체스코의 작은 꽃다발』의 독일어 번역판에 대한 서평

헤세는『성 프란체스코의 작은 꽃다발』에 대한 서평에서, "구전으로 전해"져 온 성 프란체스코의 일생이 "14세기 움브리아 땅에서 처음으로 모아져"『성 프란체스코의 작은 꽃다발』라는 제목으로 출간되었다고 설명한다. 이 작품은 1905년에 "예나의 오이겐 디더리히Eugen Diederichs 출판사에서 타우베Otto von Taube"에 의해 독일어로 번역되었으며, 헤세는 그의 번역이 "섬세한 언어 감정으로 인하여 읽기 편하고 인정받을 만하다"고 평가한다.

헤세는 서평에 앞서 "1228년 7월에 교황 그레고르 9세Greory IX에 의해 성인으로 선포"된 성 프란체스코의 일생을 간단히 요약하는데, 이 부분은 생략하겠다. 헤세는『성 프란체스코의 작은 꽃다발』의 의미를 다음과 같이 설명한다.

> 이 모음집은 초기 프란체스코 수도회 때의 전기적 일화들이 더해져 점차로 분량이 늘어났고, 인쇄 시대 이전에 이미, 오늘날에도 그렇지만 이탈리아 민중이 가장 사랑하는 책이 되었다. 이 "꽃다발"은 경건한 내용을 담은 이탈리아 소설 문학의 선구자이며, 이탈리아 문학에서 위대한 인물이 세운 가장 아름답고 영원히 사라지지 않는 기념비이다.

이 저서는 성 프란체스코가 "얼마나 매력적이고 진실한 성품을 가졌는지 아주 자세한 부분까지 그려 내고 있고, 몇 세기에 걸쳐 민중의 경건한 추억 속에서 그리고 여전히 그가 살아 있다는 것을 보여 주고 있다."

『꽃놀이, 아시시의 성 프란체스코의 어린 시절』

헤세의 단편『꽃놀이, 아시시의 성 프란체스코의 어린 시절Das Blumenspiel:
Aus der Kindheit des heiligen Franz von Assisi』(1919)은 성 프란체스코가 어린 시절
에 가졌던 동경과 아이들의 꽃놀이에 대해 쓴 것이다.

프란체스코의 어린 시절에는 기사들이 프랑스, 영국 그리고 스페인의
성과 도시를 다니며 전쟁을 하면서 영웅적으로 죽어가고, 탐험가들이 배
를 타고 용감히 미지의 세계를 개척하는 시대였다. 그리고 "아름답고 가
난한 공주가 마법에 걸리거나 나쁜 일이 일어나면, 영웅, 기사, 구원자가
나타나는" 그런 시기였다. 어린 프란체스코는 "황금빛 투구엔 스페인 깃
털 장식을 하고 이마엔 큼지막하게 상처가 난 채로 하얀 수말을 타고 고
향으로 되돌아오는" 기사가 되기를 바랐다.

그러다 프란체스코는 밖에서 "천 송이, 천 송이 꽃을 / 성모 마리아께
바칩니다"라고 부르면서 꽃을 떨어뜨리는 꽃놀이를 하는 아이들의 노랫
소리를 듣는다. 어느새 그도 이 "천진난만하고 경건한 놀이"에 참여한다.
그는 어머니의 꽃밭에서 "보라색 아이리스"를 꺾어 아이들에게 하나씩
나누어 주었다. 그들은 서로 어울려 대성당 앞에서 춤을 추고 놀이를 저
녁까지 계속하였다. 놀이가 끝나자 프란체스코는 "절도 있는 기사"가 되
려는 의무를 잊은 것에 스스로를 "책망하고 경멸"하였고 자책하였다. 프
란체스코의 어머니는 그의 "열정과 고통스러운 흥분"을 이해하고 그를
위로하였다.

헤세는 꽃놀이 하는 성 프란체스코의 어린 시절 이야기를 통해, 가난한
자와 고통받는 자를 위해 희생하는 성자가 어린 시절의 내면에 지녔던 동
경과 갈등을 간단히 묘사하고 있다(9권 323 이하).

헤세의 작품 속에 등장하는 성 프란체스코

『페터 카멘친트』: 거룩한 사랑의 성자

헤세는 자신의 첫 번째 소설 『페터 카멘친트』 속에, 성 프란체스코의 영향과 그에 대한 자신의 사랑과 관심을 직접 언급하고 있다. 카멘친트는 취리히 대학에 진학하여 니체와 현대 학술서 등, 여러 가지 저서를 읽으면서 존경할 인물을 찾게 된다. 그러던 중 그는 "모든 사람 가운데서 가장 사모할 만한 인물, 다시 말하자면 모든 성자들 가운데서 가장 축복받고 거룩한 성자인 아시시의 성 프란체스코"(2권 42)를 알게 되면서, "행복한 이 순교자가 다 자란 귀여운 아이처럼 황홀한 기분으로 명랑하게 신을 즐기며 모든 사람들에게 겸허한 사랑을 보이며 움브리아 광야를 거니는" 모습을 상상하기도 하고, 그의 〈태양의 노래〉를 거의 외우다시피 하였다 (2권 61f). 카멘친트는 이탈리아로 여행을 하면서 특히 성 프란체스코가 활동한 움브리아 고원 지대를 찾아간다. 그는 "성 프란체스코가 걸은 길을 지나며" 그가 나누는 사랑과 자연 사랑을 되새기기도 하고 "아시시의 성자의 사원에서 부활제를 축복했다"(2권 65f).

헤세는 성 프란체스코처럼 고통받는 사람들에게 도움을 줄 수 있는 사람이고자 했다. 이러한 성 프란체스코의 가르침은 『페터 카멘친트』에서는 목수 부인의 동생 "반신불수가 된 꼽추"(2권 108)인 보피와의 경험으로 구체화된다. 카멘친트는 처음 보피를 보고 공포를 느끼기도 하고 성가시게 느끼기도 한다. 어느 날 목수와 카멘친트는 그녀를 집안에 가두고 산책 나와 해방감을 느낀다. 그때 카멘친트는 자신이 성 프란체스코의 이야기를 하고 모든 사람을 사랑하라는 성자의 이야기를 한 것을 기억해 낸다. 그리고 그는 죄의식을 느끼며 성 프란체스코를 생각하고 다음과 같이 이야기한다.

억센, 보이지 않는 위대한 어떤 이의 손길이 내 가슴을 짓누르면서 부끄러움과 고통을 부어 넣어 주었으므로 나는 벌벌 떨며 엎드렸다. 신이 지금 나에게 말을 건네고자 하는 것을 나는 알았다.

'그대 시인이여!' 신은 말했다. '그대는 인간에게 사랑을 가르치고 행복하게 하려 하는 움브리아 사람 예언자의 제자인가! 바람이나 물 가운데서 내 목소리를 들으려고 하는 꿈꾸는 자인가!

그대는 그대에게 친절하고 편안히 지낼 수 있는 집만을 사랑하고 있다. 더구나 내가 이 집을 돌보아 주려고 하는 날, 그대는 도망가고 나를 쫓아내려고 하고 있다'라고 신은 말했다. [···] 나는 마치 맑고 속일 수 없는 거울 앞에 서 있는 기분이 들었다. 거기에 나는 거짓말쟁이로서, 허풍선이로서, 비겁자로서, 약속을 지키지 않는 자로서의 나를 보았다(2권 111).

카멘친트는 불구자 보피를 대하던 자신의 위선적인 마음에, 성 프란체스코가 베푸는 사랑을 생각하고 반성한다. 카멘친트는 성 프란체스코의 가르침으로 소박한 사람들과 진심에서 우러나오는 사랑을 깨닫게 된다

『동방순례』: 소박하고 순수한 순례자

『동방순례Die Morgenlandfahrt』(1932)의 주인공 '나'는 1차 세계대전이 끝난 뒤, 혼란스럽고 어려운 시대적 상황 속에 절망하여 "허망한 꿈을 좇는" 사람들과는 달리, "영혼을 고양하는 여러 가지 일"(4권 546)에 관심을 가졌다. 그는 "위대한 일을 체험해 보겠다는 결심"을 하고, 순례 여행Pilgerreise을 하는 결맹Bund에 가입하였다(4권 535). 그들 여행의 진로는 동방, 이탈리아, 스위스로의 공간 여행이거나 중세, 황금시대와 10세기로의 시간 여행이었고, 때로는 족장과 요정의 집과 같이 역사적이거나 환상적 공간으로의 여행이었다(4권 547 참조). 그들이 순례 여행 중 만나는 것은 수

많은 저서나 인물들, 그리고 삶들이다. 다시 말해 결맹의 순례 여행은 일
종의 인간의 정신적 비밀이나 미궁처럼 불확실한 내면으로의 여행인 것
이다.[56]

『동방순례』에서 주인공 '나' 외에 주요한 역할은 결맹의 하인이었던 레
오이다. 여기에서 레오란 이름은 성 프란체스코가 하느님의 작은 양la
pecorèlla di Dio[57]이란 애칭으로 부르며 항상 함께한 형제 수도사 레오에서
따온 것이다.

레오는 작품 속에서 성 프란체스코의 형상을 지닌다. 레오는 생태계의
수호신인 성 프란체스코처럼 동물들과 친숙하며 동물들을 사랑한다.

> 레오는 새를 길들이고 나비를 불러올 줄도 알았다(4권 546).
> 레오가 두 마리 흰둥이 삽살개와 놀고 있는 모습이 보였다. 그의 총명하
> 고 앳된 얼굴은 기쁨으로 빛나고 있었다(4권 549).
> 레오는 성 프란체스코처럼 소박한 삶을 영위하고 봉사하는 삶을 사는 사
> 람이다(4권 546).

레오는 성 프란체스코처럼 소박하게 삶을 영위하고 "겸허하고" 헌신하
는 삶을 살지만, 작품의 끝부분에 일인칭 화자를 판결할 때는 화려한 모
습으로 등장한다. '나'는 결맹을 떠난 뒤 절망 속에서 『동방순례』의 집필
에 관해 생각하고 다시 힘을 얻는다. 이에 레오는 "존재 자체도 믿지 않고
충성하지도 않는 결맹의 이야기를 글로 쓴다는 계획이 허황되고 모독적
인"(2권 580) 일이라고 비판한다. 또한, '나'가 갖추어야 할 "기본적인 요구
와 예의"도 갖추지 않고 "기도와 명상의 기회와 요청을 귀찮아하고 피했
다"는 이유로 그를 "양심의 법정"(4권 583)에 세우고 판결한다. 그러나 레
오는 성 프란체스코처럼 "자비롭고 슬기롭게" '나'에 대한 판결을 내린다.

즉 레오는 '나'로 하여금 불신을 가지고 타락하고 방황하는 대신 절망을 극복할 수 있도록, '나'가 믿음을 지니고 있음을 증명해 달라고 요구한 것이다.

『황야와 이리』: 자비로운 구원자

『황야의 이리』의 「하리 할러의 수기」 속 할러는 술집에서 포도주를 마시고 기분이 좋아지자, 자신이 알고 있는 문학 속의 인물과 문화유적들의 환상을 떠올린다. 스크로베니 성당의 천사, 셰익스피어의 『햄릿』속 "화관을 쓴" 오필리아, 장 파울Jean Paul의 『비행사 자노조Des Lustschiffer Gianozzo』속 "불타는 기구에 서서 뿔피리를" 불던 자노조, 『종군 목사 슈멜츨레의 플래르크로의 여행Des Feldpredigers Schmelzle Reise nach Flärz』속 아틸라 슈멜츨레Atila Schmelzle, 인도네시아 중부의 마겔랑Magelang에 있는 불교 사원의 거대한 산과 같은 보르부두르Borobudur, 그리고 1907년 헤세가 방문했던 이탈리아의 중세 도시 구비오 등이다. 『황야의 이리』에서 구비오의 풍경은 다음과 같이 묘사된다.

> 암석이 무너져 줄기가 꺾이고 갈라졌어도 삶을 포기하지 않고 고난 속에서도 보잘것없지만 새로운 우듬지를 내뻗은, 구비오산 위의 저 작지만 강인한 사이프러스를 기억하는 자는 누구인가(4권 37).

헤세가 1907년 구비오를 방문하고 난 뒤, 인지노 산기슭에 위치한 구비오의 인상을 다음과 같이 묘사한다.

> 나는 도시의 가장 큰 건물인 중세 시대 집정관의 궁전 앞에 섰다. [⋯] 나는 골목 사이를 따라 올라갔다. 모든 것이 가파르고, 고요하고, 도전적이며,

사방으로 소리가 울리는 포장도로가 있는 높고 온전한 석조 가옥으로 가득
차 있었다. [⋯] 마침내 나는 정상으로 올라갔고 거의 경악하듯 꼼짝 않고 있
었다. 저쪽 편은 거대하고 장려한 산악이 있었고 내 앞에는 어지러울 정도
로 깊고 가파른 계곡이 있었다. 그것은 좁고 두려울 지경이었다. 낭떠러지
의 두려운 절벽은 나무가 없었고 붉은색만 보였다. 가운데에만 작은 덤불과
잔디가 자라고 있었다. 그리고 산과 계곡 사이에 염소의 무리와 목동이 작
고 불안한 모습으로 보였다(13권 157 이하).

인지노산에 위치한 중세풍의 고즈넉한 구비오에서 볼 수 있는 것은 거
대한 집정관의 궁전, 가파른 골목, 석조가옥, 그리고 가파른 계곡과 붉은
색의 낭떠러지, 척박한 산속에서 볼 수 있는 덤불, 산과 계곡 사이에 있는
덤불과 사이프러스이다. 높은 산속의 덤불은 척박한 환경에서도 새로운
우듬지를 내뿜는 사이프러스로
형상화되었다. 1905년 『성 프란
체스코의 작은 꽃다발』의 서평을
썼던 헤세는 프란체스코의 생애
에 등장하는 '구비오의 이리'를 알
았을 것이다. 헤세가 1907년 구비
오를 여행했던 것도 성 프란체스
코의 삶과 연관된 것으로 이해할
수 있다.

『성 프란체스코의 작은 꽃다

스테파노 디 조반니 〈성 프란체스코와 이리〉 런던 국
립 미술관

발』속에 성 프란체스코와 이리의 이야기가 나
온다. 그 이야기는 다음과 같다. 1220년경 성 프
란체스코는 구비오에 살았다. 당시 성문에 이
리가 나타나 사람들을 공격했지만 어떤 무기로
도 이리를 막을 수 없었다. 사람들은 이리가 두
려워 성문 밖으로 나가려고 하지 않았다. 성 프
란체스코가 이때 나타나 이리가 사는 곳으로 갔
다. 이리가 다가오자 사람들은 피하였지만, 성
프란체스코는 십자를 긋고 신의 이름으로 공격
하지 말 것을 요구했다. 그러자 이리는 공손하
게 머리를 숙이고 자신의 머리를 성 프란체스코

헨리 저스티스 포드 〈성 프란체스코
가 이리를 구비오로 데리고 가다〉
《성인과 영웅의 이야기》 속 삽화

의 손에 갖다 대었다. 성 프란체스코가 이리에게 사람들을 해치지 않으
면, 그를 해치지 않을 것이라 말하자, 이리는 자신에게 먹이를 주면 사람
들을 해치지 않을 것이라 말하였다. 이때부터 구비오 사람들은 성 프란체
스코를 존경하였다.

　『황야의 이리』 속 이리는 성 프란체스코에게 복종하였던 구비오의 이
리인 것이다. 헤세는 인적 없는 황량한 구비오의 풍경과 성 프란체스코에
복종하는 '구비오의 이리'에서 착안하여 '황야의 이리'란 제목을 썼을 것
으로 추측된다. 그리고 헤세는 양식이 없어 인간을 공격하는 구비오의 이
리가 성 프란체스코에 의해 구원받은 것처럼, 헤세의 작품 『황야의 이리』
에서 "양식을 찾지 못하는 짐승"과 같은 할러는 최후의 신성에 대한 희망
을 버리지 않고, "신의 자취를 찾"으며 구비오의 이리처럼 구원자를 찾는
고독한 인물인 것이다(4권 32).

VII.

헤세,
그가
추구하는
여행의
방법

혜세는 자신이 추구하는 여행 스타일과 의미에 대한 글을 많이 남겼다. 그는 여행을 통해 무엇인가를 보다 즐겁고 풍요롭게 체험하려면, 소위 "실용적인" 여행 방법을 택해서는 안 된다고 말한다. 소박하고 즉흥적인 체험이 계획적으로 준비한 것보다 훨씬 더 많은 것을 얻을 수 있다고 보았기 때문이다. 또한, 낯선 나라를 열린 마음으로 바라보면, 기대치 않던 보물과 기쁨을 얻을 수 있다고 한다.[58]

그는 단상 「나는 이러한 이탈리아 여행객에 속한다Zu diesen Italienwandern gehöre ich」(1912)에서 여행하는 방법을 다음과 같이 세 가지로 나눈다.[241]

1) 루가노Lugano 혹은 볼차노Bolzano(독일식 표현 Bozen)에서 나폴리Napoli까지 질주하듯 재빨리 끝내는 사람.

2) 대도시 중 하나만을 방문하는 사람, 즉 로마에 집착하여 항상 반복하여 그곳으로 되돌아오는 사람.

3) 이 도시나 저 도시 그리고 시골 마을이나 작은 도시를 방문하고 그곳을 다시 방문하지 않는 사람.[59]

---

241 혜세는 자신의 이탈리아 여행 스타일에 대한 내용을 적은 단상 *Zu diesen Italienwanderern gehöre ich*(1912)를 뮌헨에서 발행되는 잡지 『3월(März)』에 1912년 9월 7일 자로 「이탈리아 친구들을 위하여(Für Italienfreunde)」라는 제목으로 적고 있다.

헤세는 자신의 여행 스타일이 세 번째에 속한다고 말한다. 그의 이탈리아 여행은 이탈리아를 알고자 하는 이상을 가지고, 천천히 즐거운 마음으로 여행하는 것이다.

체험과 인식에 대한 갈망,
그리고 죽음에 대한 관심

헤세는 단상 「여행의 즐거움Reiselust」(1910)에서 여행에 대해 다음과 같이 말한다.

나는 작년에는 6개월 동안, 얼마 전에는 5개월 동안 여행하였다. 가장이자, 시골 사람, 정원사로서는 대단히 호사스러운 일이었다. 타지에서 병이 들어 수술하고 잠시 휴식을 취하고 난 뒤, 최근 집으로 돌아와 평화를 찾은 후 편안해지고, 집에 있는 것을 즐기기 위해서는 실상 영원한 시간이 걸리지 않았지만, 마치 오랜 기간이 걸린 것 같았다. 수척해지고 피로를 간신히 극복하고 보충한 후에 나는 다시 몇 주 동안 책을 읽고 글을 쓰는 데 힘을 쏟았다. 그때 어느 날 태양이 오래된 거리에 노랗고 생동감 있는 빛을 다시 비추고, 호수 위에 크고 하얀 돛대가 있는 검은 나룻배가 지나가자, 나는 인간의 삶이 짧다고 생각하게 되고 갑자기 모든 의도와 소원, 그리고 인식 중에 다름 아닌 진정한 불치병이자 멋진 여행의 즐거움이 자리 잡았다(13권 188).

헤세는 여행을 하고 난 뒤 병이 들었지만 회복한 후, 갑자기 밝게 비추는 태양, 호수 위를 떠가는 나룻배를 보고선 인간의 삶이 길지 않고, "진정한 여행의 즐거움은 체험과 인식에 대한 갈망"(13권 189)이라고 느끼면서 여행의 즐거움과 의미를 다시 생각한다. 그리고 여행이란 "대지를 이해하고 체험하는 것", "꿈꾸고 갈망하고 동경할 수 있는 것", 그리고 나아가 "이러한 질주와 열정은 다름 아닌 유희이자 투기"라고 말한다. 여행은 단순한 유희만을 뜻하는 것이 아니라, 그의 창작을 위한 투자인 셈이다. 또한, 그는 여행을 통해 삶의 의미를 찾으면서도 다시 죽음을 연관시킨다. 그는 "존재의 마지막이고 용감한 체험인 죽음에 대해 끝없는 호기심을 가지고 있다"(13권 190). 그는 이탈리아를 여행하면서 삶의 다양한 형태를 찾으면서도 여기에 죽음과 연관된 장소들을 많이 방문한다.

미학에 대한 관심

인간의 이상에 대한 추구

헤세는 1913년 5월 이탈리아 북부 롬바르디아주에 있는 베르가모와 크레모나를 방문하면서 쓴 단상 「어느 여행길」에서 예전보다 여행에 대한 욕구와 필요성이 더 커졌다고 말하며 여행에 대해 다음과 같이 말한다.

나는 다시 한번 생각하였다. 도대체 여행이란 무엇인가? 우리 같은 사람들은 여행하며 무엇을 추구하는가? 왜 우리들은 해마다 여기저기 그렇게 많은 거리를 달리는가? 보다 풍요로웠던 시대의 건축물과 회화 작품 앞에 서서 감사한 마음을 갖기도 하고 즐기기도 했다, 그리고 우리하고는 전혀 상관없는 다른 나라 민족들의 삶에 대해 호기심을 갖고 만족했다. 그리고 왜 기차 안에서 낯선 사람들과 대화를 나누고 낯선 대도시의 분망한 거리에서 외로이 귀 기울이는가? 한때 여행은 일종의 지식욕과 교양에 대한 갈망이었다. 당시에는 나는 노트 가득 옛 이탈리아 성당의 프레스코에 대해 정리하고 먹을 것을 아껴 가며 오래된 조각 작품의 사진을 사 모았다. 그리고 나서 나는 다시 이런 일에 지쳐서 풍경이나 낯선 민족성만이 흥미로운 가난한 나라로의 여행을 선호하게 되었다. 그리고 이러한 특이한 여행 충동이 일종의 모험심으로 여겨졌다. 그러나 정확하게 말하자면 내가 여행에서 경험한 것은 모험이 아니었다. 잘못 전달된 가방, 도난당한 외투, 뱀이 있는 방, 모기가 날아다니는 침대 같은 것을 모험으로 생각해야 할 것이지만, 온당한 것은 아니다. 오늘날 교양에 대한 갈증이 어디에도 남아 있지 않고, 아무것도 만들어 낼 수 없는 요즘, 여행 안내서도 노트도 없이 이탈리아 도시들을 거닐고, 모든 성당과 아름다운 풍광을 무시하며, 여행의 모험심에 대한 믿음이 사라진 지금, 나는 15년 전 혹은 10년, 아니 5년 전의 여행에서보다 더 자주 작은 충동과 필요를 가지지 않게 되었다.

우리 같은 사람에게 여행은, 우리 민족에게는 완전히 사라지게 된 그리스와 로마, 그리고 위대한 시대의 이탈리아인들 그리고 아직은 일본인들에게서도 조금은 발견할 수 있고, 영리한 사람은 이해해도 어리석은 사람은 이해할 수 없는 순수한 충동의 확증을 보충해 준다. 목판화, 나무와 바위, 정원, 꽃들을 관찰하는 것을 연습하고, 우리에게는 드물고 거의 연마되지 않았던, 하나의 의미가 완성되고 전문적 지식을 즐기는 것이다.

순수한 관조, 어떤 목적 추구와 의지에 의해 흐려지지 않은 관찰, 눈, 귀, 코, 촉각에 의해 스스로 만족했던 연습, 그것은 우리들 중에 보다 섬세한 사람이 깊은 향수를 가지고, 우리가 여행하면서 가장 최상으로 순수하게 추구할 수 있는 낙원인 것이다.

헤세에게 예전의 여행은 "지식욕과 교양에 대한 갈망"에 바탕을 두었고, 그래서 그는 여행을 통해서 삶의 일부를 보충할 수 있고 지성을 얻을수 있었다. 그러나 이제 그는 여행을 통해서 위대한 시대의 그리스인들, 독일인들, 이탈리아인들 그리고 아시아인들에게서 아직도 찾을 수 있는 "순수한 충동의 확증"을 찾을 수 있는 "미학적 성향을 확인"할 수 있다. 그는 여행에서 즐겼던 일들을 다음과 같이 말한다.

> 몇 개의 훌륭한 그림 앞에서 조용히, 아무 목적도 없이 감사한 시간을 지
> 낼 수 있으며, 마음을 빼앗겨 그리고 열린 마음으로, 고귀한 건축물의 화음
> 을 인지할 수 있고 풍경의 윤곽을 뒤쫓을 수 있다. 그림은 우리의 의지, 관
> 계 그리고 불안감들이 불확실하지만, 연관이 되어 있는 것이고, 거리, 시장
> 의 삶, 태양과 물과 대지 위의 그림자의 유희, 나무의 형태, 동물의 울음소리
> 와 움직임, 인간의 걸음걸이와 태도인 것이다. 여행을 떠나는 사람은 내면
> 에서 아무것도 찾지 않고, 텅 비어 되돌아와 교양이라는 자루를 가지고 오
> 는 것이다.

헤세에게 이탈리아 여행은 "우리 내면 중에 최상의 것이 무엇인지 확
정하는 것이며 인간 정신에 대한 끝없는 믿음의 확정"이자 "정신적 업적
의 위대한 보물"인 예술품을 보는 일이다. 즉 그에게 여행이라는 것은 "근
본적으로 인간성의 이상에 대한 추구자로서 여행을 하고 관찰하고, 낯선
것을 체험하는 것"[60]이다. 그는 이러한 경험을 통해 이탈리아의 문화와 예
술, 정신 그리고 사람들의 삶의 의미를 인식하고, 자신의 문학 작품 창작
을 위한 모티브를 얻고 있다. 그는 후에 이탈리아에서 경험한 것들을 자
신의 작품 속에 구현시킨다(13권 301 이하 참조).

위대한 작품에서 위로와 용기, 믿음을 얻는 일

1907년 헤세는 구비오를 방문하면서, 여행의 목적과 대상에 대해 스스
로에게 질문하고 다음과 같이 답한다.

나는 예술 때문에 여행을 하는 것인가? 이 말이 진실에 가까울 것이다. 나는 피렌체의 산타 마리아 델 피오레 대성당, 아름다운 산 미니아토 알 몬테 성당, 프라 안젤리코의 작품들, 피렌체 출신의 조각가 도나텔로의 조각품 등의 예술 작품을 다시 보고 싶은 욕구를 가졌다. 새로운 작품들을 보기 위하여, 화려한 광장들과 골목길, 거대한 탑이 있는 성이 있는 도시와 아름다운 프레스코가 있는 성당들을 보기 위하여, 피렌체에서 멀리 여행하기도 하였다. 나는 산등성이에 가파르게 솟아오른, 환상적인 궁전과 과감한 탑들이 있는, 대담한 건축의 기적인 놀라운 도시 구비오에 대해 설명을 들었다.

그럼 나는 왜 여행을 하였는가? 호기심이나 연구를 위한 것이 아니다. 나는 역사가도 예술가도 아니다. 나는 '지식'들을 수집하는 데 적극적이지 않았다. 물론 나의 마음속에는 분명 갈망과 욕구가 있음이 분명하다. […]

나는 이 작품들을 보면서 인간의 노동과 헌신이 가치가 있고, 그의 삶을 바치면서 우울한 고독을 넘어서, 모두에게 공통의 것, 어떤 갖고 싶은 것과 소중한 것이 존재한다는 것을 느끼게 되었다. […]

몇백 년 전에 예술가와 그의 조수들이 헌신과 인내심을 가지고 이루어낸 덕분에, 당시와 마찬가지로 오늘도 수천 가지의 좋은 생각이 존재하는 것이다. 이것이 고독 속에서 그리고 약점이 있음에도 불구하고 일을 하고 가능한 일을 해내는 것이 우리 모두에게 위로가 되는 것이다. 나는 바로 이러한 위로를 찾은 것이다. […] 그리고 우연한 것에 대한 영원한 것의 승리를 기뻐하고, 모든 인간적인 것의 가치에 대한 불신과 싸우기 위해서는 그러한 위로를 필요로 한 것이다(13권 156~157).

위대한 예술가들이 삶을 바쳐 고독과 고난과 싸우면서 예술품을 완성하는 것이 외로이 작품을 창작해야 하는 작가 헤세에게 위로가 되었을 것

이다. 특히나 그에게는 예술품이 주는 영원의 의미 그리고 인간적인 가치
에 대한 확신이 계속 나아갈 용기를 더욱 주었을 것이다. 그는 위대한 예
술가들의 작품에서 자신을 위한 위로, 용기, 그리고 확신을 얻기 위해 구
비오에 와 있다고 이야기한다.

Hermann Hesse

속박에서 벗어나려는
방랑자

travel in Italy

헤세는 1901년 11월 20일 오스트리아 시인 샤우켈Richard von Schaukel (1874~1942)에게 보내는 편지에서 자신을 "바지 주머니 속에 손을 넣고, 돈을 위해 일하지 않지만 술에는 취하지 않은 상태로 가끔은 시를 쓰는 시인이자 방랑자"[51]라고 묘사하고 있다.[242]

헤세는 미학적인 작품에 집중하는 것이 우리의 일상에서 마주하는 걱정을 없애고 "속박에서 벗어나는 것Losgebundenheit"이라고 정의하고 있다. 그는 당시 열흘간의 이탈리아 여행을 계획하는 츠바이크에게 보내는 1903년 3월 6일 자 편지에 다음과 같이 말한다.

당신이 하나의 도시를 알려고 한다면, 이탈리아에서는 절대로 성급한 여행을 하지 말고, 어슬렁거리며 돌아다닐 것을 진심으로 추천합니다(HSB 18).

---

242 니체, 『차라투스트라는 이렇게 말했다』, 장희창 옮김, 민음사, 2019, 149쪽 참조. 헤세에게 이탈리아 여행은 단순히 속박에서 벗어나는 행위가 아니고 창조를 위한 준비 단계이다. 니체는 『차라투스트라는 이렇게 말했다』에서 창조는 자신의 감옥에 갇혀 있는 감정을 해방시키는 의지와 자유 그리고 인식에 순진무구함이 있어야 가능하다고 말한다. 즉 니체는 의지와 자유를 가진 사람과 순진무구함이 창조를 위한 길이라고 말하는 것이다. 헤세는 창조와 "자유"와 "유희"라는 단어를 결부시키는데 이는 니체적 의미라 할 수 있다.

헤세가 츠바이크에게 추천한 이탈리아를 여행하는 방법은 "어슬렁거리며 돌아다니다"로, 헤세는 이 단어를 그의 이탈리아 여행일지에서 자주 사용한다. 그는 1901년 4월 9일 피렌체에서 박물관과 예술품을 관찰하면서 다음과 같이 말한다.

> 타락한 듯, 자주 ─ 게으르게 아주 느긋하게 거닐며 보내는 삶, 성벽에 이렇게 누워 있는 일, 로자와 계단 위에 앉아 있는 것은 아주 독특한 매력을 지니고 있다(11권 216).

헤세가 이탈리아 여행일지 속에 자주 언급하는 "느긋하게 거닐며 보내는 삶Schlenderleben"이란 단어도 "어슬렁거리며 돌아다니다bummeln"와 "빈둥거리며 시간을 보내다faulenzen"와 맥락을 같이한다. 그는 시간을 낭비하는 일을 죄악시하는 프로테스탄트적 강요에서 벗어나서, 천천히 거닐며 보고 듣는 일을 모든 예술의 시작으로 본다.[62] 헤세에게 이탈리아에서의 여행은 "맹렬한 여행"이 아니다. "프로테스탄트적 노동 정신"에 대해서는 잠시 잊고 "완전히 빈둥거리는 사람"으로 천천히 걸어 다니며 관찰하고 경험하는 여행인 것이다.

그리움과 방랑

헤세는 단상 「목사관Pfarrhaus」(1918)에서 어린 시절 목사가 되길 원하는 부모님의 기대와는 달리 자신은 신학을 "경멸하고 조롱하였고", "시인 그리고 광대"가 되고자 했다고 한다. 그는 "안주를 극복하고 한계를 경멸하는 것이 미래로의 길을 제시하는 것"(11권 7 이하)이라고 생각했기에 전쟁을 일으키는 고향 독일을 떠나 방랑자가 되면서도 항상 고향을 그리워하는 사람이었다. 헤세는 동경Sehnsucht으로 인해 방랑하는 자이면서 동시에 "불행한 마음 불안과 고통을 지닌 향수병"을 앓고 살았던 시인이다(11권 16).

헤세는 일생 동안 유럽의 많은 도시들을 여행하고, 고향 독일이 아닌 스위스에서 사는 등 이곳저곳을 방랑하는 삶을 살았다. 그의 삶처럼 그는 작품 속에 미지의 세계에 대한 동경을 가지고 방랑하는 주인공들을 많이 등장시킨다. 그의 방랑 모티브와 여행에 대한 욕구는 단편소설 『가을의 도보여행Eine Fussreise im Herbst』(1906), 『로스할데Rosshalde』(1914), 『크눌프 Knulp』(1915)와 『동방순례Die Morgenlandfahrt』(1932) 등에서 찾을 수 있다.

소설 외에도 헤세는 방랑의 의미를 담은 시 작품을 많이 썼다. 시 「안개 속에서Im Nebel」(1905), 「고독Verlorenheit」(1918), 그리고 「순례자Der Pilger」(1921)란 시들에서 자신이 살아왔던 인생이 방랑의 연속이었음을 말한다.

「안개 속에서」의 전문은 다음과 같다.

♪ 안개 속에서[243]

안개 속을 거닐면 참으로 기이하다!
모든 덤불과 돌은 외롭다
어떤 나무도 서로를 보지 못한다.
모두가 혼자이다.

나의 삶이 밝았을 때,
나의 세상은 친구들로 가득했다.
이제, 안개가 내려,
더는 아무도 보이지 않는다.

떼어 놓을 수 없게 나직하게
모든 것으로부터 그를 갈라놓는
나직하지만 피할 수 없는 어둠을 모르는 사람은
정녕 현명하다 할 수 없다.

안개 속을 거닐면 참으로 기이하다!
삶은 외로운 것
사람들은 서로를 알지 못한다.
모두가 혼자이다. (10권 136 이하)

---

243   헤세는 시 「안개 속에서」를 후에 시집 『도상에Unterwegs』(1908)에 수록한다.

작가는 시의 1연에서는 안개 속을 방황하는 자신의 고독한 삶에 대해 말하고, 2연에서는 예전의 삶 속에는 친구가 많았음을 이야기하며, 3연에 서는 삶의 어두운 부분을 알지 못하면 현명하지 못하다고 한다. 마지막으로 4연에서 삶은 여전히 헤매고 방랑하는 것이라고 말한다.

「고독」에서도 헤세의 삶은 방랑의 삶의 연속이었다.

♪ 고독

몽유병자인 나는 숲과 계곡을 더듬어 간다.
내 주위에는 마법의 원이 환상적으로 타오른다.
사랑스러운 것이든, 불쾌한 것이든 아무것도 개의치 않으며
나는 내면의 명에 충실히 따른다.

얼마나 자주 현실이 나를 깨웠는가,
그 안에 너희가 살고 있고, 내게도 그곳으로 오라고 명령했었던 현실.
나는 그 안에서 정신을 차려 놀라 서 있다가
곧 다시 슬그머니 달아나 버렸다.

아 너희들이 나를 데리고 나왔던 따뜻한 고향.
아 너희들이 나를 고통스럽게 했던 사랑의 꿈,
마치 물이 바다로 돌아가듯, 내 본질은
수천 개의 진창을 지나 그대에게 돌아온다.

샘들이 노래를 불러 남몰래 나를 이끈다.
꿈속의 새들이 빛나는 깃털을 펄럭인다.

새롭게 내 유년의 음이 울리기 시작한다.

황금 그물 속에서, 달콤한 벌들의 노래 속에서

나 마침내 다시 어머니 곁에 있구나. (10권 243 이하)

시인은 자신의 삶을 현실에서 "슬그머니 떠나" "숲과 계곡"에서 피난처를 찾고, 방랑하는 삶이라고 정의한다. 시인은 현실을 떠나 자연으로 향해 그 속에서 방랑한다. 그가 자연 속에서 찾은 것은 원초적 어머니의 세계인 '시의 세계'로 되돌아오라는 내면에서 들려오는 명령의 소리이다. 시인에게 고향은 다름 아닌 "샘들이 노래"하고 "꿈속의 새들이 빛나는 깃털을 펄럭"이는 시의 세계이기도 하다. 시인은 자신을 항상 여행하는 "순례자"로 묘사한다.

 순례자

나는 언제나 방랑 중이었고

늘 순례자였다,

내가 지닌 건 거의 없었다.

행복도 고통도 사라져 버렸다.

내 방랑은

의미와 목표조차 알 수 없었고,

넘어졌다가 다시 몸을 추슬러 일으키던 일이

수천 번이었다.

아, 내가 찾아갔던 건

그건 사랑이란 별이었다,

그토록 성스럽고 그토록 멀리

하늘 높이 걸려 있던 별이었다.

목표를 알기 전에는

나는 이리저리 떠돌아다녔다.

더할 수 없는 쾌락과

숱한 행복을 맛보기도 했었다.

이제 내가 그 별을 알아보기에는

때는 이미 너무 늦어 버렸으니,

별은 벌써 등을 돌렸고

새벽녘 찬바람이 분다.

그토록 사랑스럽던

화려한 세계가 떠나가 버렸다.

내 설혹 목표를 놓쳤어도

그럼에도 나의 여행은 대담했었다. (10권 288 이하)

작가는 삶이라는 순례 중에 여러 번의 힘든 일도 있었지만, 그럼에도
자신의 삶이 "대담했다"고 한다. 헤세는 단상 「여행의 즐거움」 속에서 여
행에 대해 다음과 같이 밝힌다.

날이 따뜻해지고, 연한 잿빛과 갈색의 서풍 사이로 축축한 뭔 바람이 불
면, 나는 이탈리아의 커다란 지도가 벽에 걸려 있는 나의 침실로 자주 들어

가 본다. 그곳에서 포강Flume Po 그리고 아펜니노 산맥 위, 초록빛 토스카나 계곡, 리베리아만의 하늘빛 그리고 그 노란 만을 지나 그 아래 시칠리아를 엿보고, 그리스의 코르푸 부근에서 방황한다. 아, 모든 것이 정말 가까이 있구나! 얼마나 빨리 돌아다닐 수 있는지. 그리고 나서 나는 다시 휘파람을 불며 서재로 돌아와 꼭 읽어야 할 책을 읽는다(13권 187).

헤세는 겨울의 날씨가 따뜻해지면 자신의 집 벽에 걸려 있는 이탈리아 지도를 보고 먼 나라에 대한 동경과 방랑에 대한 욕구를 느낀다. 1901년 4월 19일 여행일지에 헤세는 리보르노에서의 경험을 쓴다. 그곳에서 본 바다와 하늘의 경치는 다음과 같다.

많은 돛단배가 있는 바다, 해안 그리고 섬들은 정말로 아름다웠다. […] 주석으로 칠이 된 배가 반사되어 바다에서 광채를 발하고 있다(11권 230).

그는 방파제를 거닐고 "손으로 바닷물을 떠 보기"도 하고, 해안가에서 선원이 잡은 조개를 먹어 보기도 한다. 그는 등대에 올라 코르시카Korsika[244]와 엘바Elba[245]를, 망원경으로 피사의 대성당을 보고, "다채롭고 생기 넘치는" 시내를 어슬렁거리며 돌아다닌다. 그는 항구에서 2시간 정도 배를 타고 "놀라운 하늘의 광채와 아름다운 별이 보이는" "청명한 밤"을 즐긴다. 그의 이러한 마음은 1901년 4월 19일 이탈리아의 리보르노 항구의 체험과 사색을 바탕으로 쓴 두 개의 시, 「리보르노의 항구Hafen von Livorno」(1901)와 「오디세우스 — 리보르노에서Odysseus — bei Livorno」(1901)

---

244 코르시카는 이탈리아 반도 서쪽에 위치한다. 현재 프랑스 행정 구역이지만, 1768년까지 제노바 공화국이 지배하였기에 아직도 이탈리아 문화 요소를 보유하고 있다.

245 엘바는 이탈리아 리보르노 지방의 일부로, 코르시카에서 50km 떨어진 곳에 위치해 있다.

에서 찾아볼 수 있다.

S 오디세우스 ― 리보르노에서

저녁녘 태양빛을 받고 있는 저 멀리에 있는 작은 배는
검은색의 돛을 달고 수평선을 향해 나아간다.
강력한 마법의 힘은 나로 하여금 보이지 않는
세계의 저편을 응시케 한다.

― 나의 꿈속에서는, 모든 바다를 떠돌며
말할 수 없는 그리움을 마음에 담고
사랑하는 고향을 찾아가는 고귀한 오디세우스가
돛단배의 노를 젓고 있었다.
몇 날 밤이나 내내 그는 이 운명에 저항하면서
수백 번이나 두근거리며 두려움을 느끼고
불안과 죽음을 각오하고 계속해서 투쟁하면서
하늘의 별들을 찾았다,
폭풍우에 쫓겨 희망이 없는 항해를 해도
목표와 완성을 굽힘 없이 기대하였다.

멀리 있는 배는 나의 시선을
어두운 바다로 이끌어, 그의 운명은
나의 꿈을 가득 채우고, 그리고 조용히 질문하며
파란 하늘로 그의 환상을 펼쳐 보인다.
그곳은, 인내하는 자의 배는 어디로 가나,

그곳의 행운은, 나의 소망은 어디로 달음질치나?

— 아마도 — 그리고 어떤 배가 나를 그곳으로 인도를 할 것인가?

— 잠시 혼란에 빠질지라도, 그대 심정이여, 인내할지니! (10권 78 이하)

시인은 인생을, 삶을 항해하는 것으로, 동시에 미지의 세계에 대한 동경으로 표현한다. 헤세는 리보르노 항구에서 바라본 작은 배, 등대에서 바라본 코르시카, 엘바, 그리고 피사를 보고, 이를 1연에서 "저 멀리" 보이는 "작은 배"와 "세계의 저편"으로 표현한다. 이 시기에 창작된 시 「리보르노의 항구」에서 청년 시절의 그리움의 대상인 아름다운 풍경화 속 돛단배는 「오디세우스 — 리보르노에서」에서는 이제 투쟁해야 하는 인생 속에서 작가를 이끌어 가는 배로 묘사된다. 헤세는 꿈속에서 고향에 돌아오기 위한 목표와 완성을 위해, 두려움과 불안 속에 죽음을 각오하고 운명에 저항하며 인내해야 했던 오디세우스를 본다. 작가는 인생을 "희망"과 "환상"을 작은 배에 가득 채워, 불안과 두려움 그리고 혼란한 가운데 불확실한 미래와 "행운"을 찾아가는 항해에 비유한다. 그리고 나아가 작가는 "저녁녘 태양빛"을 받은 작은 배에서 "강력한 마법"의 힘을 획득하여, 더 먼 곳으로 나아가길 기대한다.[63]

헤세는 리보르노 항구를 방문하고 쓴 단상 「구름Eine Wolke」(1901)에서 동경(그리움)과 방랑의 의미를 구름과 연관시켰다. 흘러가는 구름은 리보르노 등대, 코르시카, 라 스페치아, 세스트리Sestri, 라팔로Rapallo, 검은 배, 갈색으로 얼굴이 탄 어부들, 푸른 바다, 태양, 사랑, 그리고 밤에 대해 노래한다. "어둠 속에서 빛을 발하는 태양은 그리움에 가득 찬 구름의 시선 die sehnsüchtige Blicke과 마주친다. 구름은 흰 깃털을 펼치고 횃불같이 타오르는 제노바의 언덕 위에 자리 잡는다"(1권 495).

헤세에게 동경(그리움)을 지니고 방랑하는 것은 시인의 한 면모인 것이다.

Hermann Hesse

그리움과 향수

travel in Italy

헤세는 항상 방랑을 동경하면서도, 동시에 고향을 그리워하며 안주를 추구하는 삶을 살았다.[64] 그의 이러한 동경과 향수는 소설 『페터 카멘친트』의 주제이기도 하다. 헤세는 단상 「테신의 가을날Tessiner Herbsttag」 (1931)[246]에서도 소박하게 시골에서 안주하고픈 마음속에서도, 그것이 불충분할 수 있다는 양가적인 감정을 다음과 같이 표현한다.

어디에선가 고향을 갖는 것, 한 조각의 땅을 사랑하고 경작하는 것, 단지 관찰하고 그림을 그리는 것이 아니라, 이천 년 동안 시골 달력의 변함없는 리듬에 따라 베르길리우스적 의미에서 농부들과 목동들의 검소한 행복에 함께하는 것은, 나에게는 아름답고 대단히 소박한 운명처럼 보인다, 물론 이것이 나

---

246 테신(Tessin: 독일어는 테신, 이탈리아어로 티치노)은 스위스의 주 이름으로, 스위스와 이탈리아 국경 가까이 위치한다. 이곳은 스위스에서 유일하게 이탈리아어를 구사하는 곳이다.
헤세가 스위스에서 살았던 루가노 호수 위 몬타뇰라라는 마을은 테신주에 위치해 있다. 그는 몬타뇰라 마을의 카사 카무치(Casa Camuzzi)에서 1919부터 1931년까지 12년을 살다가, 1931년 세 번째 아내 니논 헤세(Ninon Hesse)와 결혼한 후, 몬타뇰라의 카사 로사(Casa Rossa)로 이사를 갔다. 친구이자 스위스의 의사인 한스 보드머(Hans Bodmer, 1891~1956)가 이 집을 구입하여 새로운 건물을 지어 헤세에게 주었고, 이 집은 후에 카사 헤세(Casa Hesse)로 명명된다. 그는 이곳에서 사망하였다. 헤세는 테신의 풍경을 여러 차례 그림으로 남기고 있는데, 테신과 연관된 많은 그림을 그리기도 한다. 헤세의 수채화 작품 중에 〈테신의 풍경〉(1922)이란 제목의 수채화도 있다.

를 행복하게 만들기에는 불충분하다는 것을 예전에 맛보았고 경험하였지만
말이다(14권 163).

1901년 4월 7일 그는 피에솔레를 방문하여, 휴식을 취하고 있는 사람
들과 자연 풍경을 바라본다. 유독 그의 관심을 끌어당긴 것은 갖가지 색
채로 핀 수많은 아네모네이다. 그는 화려한 색의 아네모네 꽃에서 르네상
스 시대의 토스카나 그림을 연상한다(11권 212). 그러나 그는 이탈리아 피
에솔레가 가진 4월의 따뜻한 날씨에서 볼 수 있는 아름다운 경치에서도
다시 고향을 그리는 마음을 표현한다.[65] 시 「피에솔레」(1901)에서 그의 마
음을 엿볼 수 있다. 시의 내용은 다음과 같다.

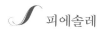 피에솔레

내 머리 위 파란 하늘의 흘러가는
구름은 나에게 고향으로 가라고 한다.

고향으로, 이름 모를 먼 곳으로,
평화와 별들의 나라로.

고향이여! 나는 그대의 아름다운 파란
해안을 다시 볼 수 없단 말인가?

그럼에도 이곳 남쪽 가까이에서야,
그대의 해안이 손에 잡힐 것 같구나. (10권 98이하)

1901년 4월 8일 헤세는 고향에 대한 그리움을 언급한다. 그는 피렌체의 성당에서 부활절 달걀을 보고, 고향에서 먹었던 부활절 달걀을 기억하며 "특별히 기도하는 마음"으로 먹었다고 한다(11권 212).

『베네치아 비망록』 중 1901년 4월 17일 자 기록에는 베네치아에 대한 진한 향수를 언급한다. 여기에서 헤세는 여행 시기를 착오한 것 같다. 그는 4월 20일 자 기록에, 저녁 내내 자신이 머물렀던 베네치아 숙소의 창가에 누워 풍경을 이야기하며 다시 고향을 언급한다.

> 나는 저녁 내내 창가에 누워 있었다. 그 위로 검고 조용한 바다, 높은 천장들 사이 좁은 띠 모양의 푸른빛 밤하늘에서 황금빛 물방울 같은 별들이 보인다. 그리고 놀랍게도 이 별들을 보니 오래된 노래가 떠올랐고, 나의 아버지의 정원, 고향 그리고 어린 시절, 그리고 나의 어머니를 생각해야만 했었다. 나는 오랫동안 어머니를, 그리고 여름의 화려한 화단이 있는 정원에 대해 꿈을 꾸었다가, 마침내 고요한 운하에서 낮은 소리로 철썩거리며 헤치고 나아가며 늦게까지 일을 하는 곤돌라 뱃사공의 외침 소리에 잠이 깨었다 (11권 267).

헤세는 베네치아의 저녁의 풍경을 한 편의 수채화가 연상되도록 묘사하면서 동시에 고향과 부모님을 그리는 마음을 토로한다. 그는 1901년 5월 15일 기록에도 "향수"라는 단어를 말한다.

> 이제 나는 흡족한 꿈같은 삶의 시간을 보낸 후에도 그리워할 것이라고 느끼고 있다(11권 260).

헤세는 미지의 세계를 동경하면서도, 과거를 그리워하는 양면성을 표현한다. 많은 작가들이나 예술가들이 여행을 통해 많은 경험과 인식의 확대를 꾀하여, 자신의 작품 세계 속에 그 경험을 구현시키고 있다. 그 대표적인 예가 헤세이다. 또한, 헤세는 유독 북이탈리아의 도시들을 집중적으로 방문하여, 그곳에 있는 예술품들을 하나하나 세밀하게 관찰하고 묘사하고 있다.

헤세가 산발적으로 기록한 여행의 의미, 혹은 그가 추구한 여행의 방법을 보면서, 우리의 여행 방법에 대해 생각하게 한다. 우리는 여행에서 어떤 것을 얻으려 하고, 어떤 것을 얻을 수 있을까?

여행을 마치면서

　헤세로 하여금 이탈리아로 여행하도록 영향을 준 이들은 괴테, 니체, 그리고 부르크하르트이다. 헤세는 아버지에게 보낸 편지에서 20개월 동안 이탈리아를 여행하고 고전주의 세계관을 확립한 독일 문학의 거장인 괴테의 저서를 읽는 것이 의미 있는 일이라고 말하고 있다. 또한, 바젤 대학의 역사학과 교수 부르크하르트의 강의를 듣고 감격한 니체가 부르크하르트의 이탈리아 연구를 수용하면서, 독일어 문화권에는 르네상스 열풍이 불고 있었다. 르네상스의 문화는 "최고의 인격 완성"이 "만능인"을 통해 이루어진 것이라고 정의하면서, 이탈리아의 문화, 역사 그리고 예술의 세계를 집대성한 부르크하르트의 『이탈리아 르네상스의 문화』는 청년 헤세에게 이탈리아 르네상스 세계를 연구해야 할 이론적 근거와 이탈리아 여행의 필요성을 제시한다. 단테와 보카치오 같은 이탈리아 작가들이 "외면 묘사를 비롯해 인물 묘사 전반에서 드러나는 완벽함"의 모범을 보여 준다고 한 부르크하르트의 연구는, 헤세에게 이탈리아는 배워야 할 나라라는 인상을 남겼다. 또한, 세계적인 명성을 얻은 이탈리아 작가 단눈치오의 작품 속 꿈의 테마를 자신의 산문 『자정 이후의 한 시간』에 형상화시킬 만큼 당시 헤세의 주요 관심은 이탈리아에 있었다.

헤세는 바젤에 도착했을 때부터 뵈클린의 〈죽음의 섬〉을 가방에 지니고 다닐 정도로 조형 예술에 관심을 갖고 있었다. 헤세는 바젤의 라이히 서점에서 점원으로 일하던 시기에 『낭만적인 노래』(1899)를 출간하면서 시인으로 자리매김했으며, 동시에 조형 예술을 독학했다. 그는 이탈리아 여행 시에, 부르크하르트의 『치체로네. 이탈리아 미술을 즐기기 위한 안내』를 소지하고 예술 작품들을 관찰한다. 24세가 된 헤세는 1901년부터 첫 번째 이탈리아 여행을 시작하여 총 10번 정도 이탈리아를 여행했다. 헤세의 르네상스 예술에 대한 관심과 부르크하르트의 영향은 시 「피에트로 아레티노」, 「보니파치오의 그림」, 「조르조네」, 단편소설 『난쟁이』 등에서 찾을 수 있다.

헤세는 이탈리아 여행을 하면서 예술 작품, 이탈리아 사람들 그리고 문화를 직접 경험하고, 그 경험과 인상의 "여광을 고향으로 가져가고자 기록들을 작성하였다"(11권 274).

1901년에 헤세가 이탈리아 여행 후 남긴 일기와 비망록은 단순한 기록이 아니라, 서구의 예술을 비평하고 소개하는 부르크하르트의 『치체로네』의 수준이다. 밀라노 대성당에서의 헤세의 경험과 인상은 『페터 카멘친트』에서, 파도바의 스크로베니 성당에 있는 조토의 작품은 『황야의 이리』에서, 피렌체와 피스토이아에서 본 설교단의 조각은 『나르치스와 골트문트』에서 나르치스가 조각하는 작품으로 구체화된다. 1901년의 여행 기록에서 헤세는 피렌체의 부활절 폭죽수레, 베네치아의 '정오를 알리는 축포' 등의 다양한 문화체험을 기록한다. 그리고 헤세는 이탈리아 사람들의 가난, 소박함과 자연스러움을 경험하게 되고, 따뜻한 남쪽 나라 이탈리아의 예상치 않았던 추위로 인해 감기에 걸렸던 이야기, 베네치아에서의 도둑 이야기와 숙소 사기 사건 등 개인적인 경험을 기록한다.

헤세는 1903년 이탈리아 여행에서는 다른 일행과 동행해서인지, 관찰하고 경험한 것들에 대해서 그다지 자세히 기록하지 않고 여느 관광객처럼 이탈리아를 여행한다. 천생 외톨이Einzelgäner인 헤세는 일행과 함께하기 때문에 혼자서 식사하는 즐거움도 찾을 수 없었으며, 일행인 군드룸과의 예술 이론에 대한 견해 차이로 힘들어 한다(11권 288). 헤세는 때론 일행과 헤어져 혼자 피렌체 근교의 피에솔레로 가서 자연을 관찰하고, 어린 아이들과 친분을 맺고 즐거워하기도 한다. 헤세는 '산 마르코 종탑의 붕괴'와 같은 역사적 사건을 경험하고 이에 대한 시 「베네치아의 산 마르코 종탑」를 완성한다.

그 후 헤세는 선택적으로 이탈리아의 도시를 방문하고 그 기록을 산발적으로 남긴다. 1907년에는 몬테팔코와 구비오 등의 도시를 방문하고 단상 「움브리아의 작은 도시」에서 그 경험을 남긴다. 구비오에서 경험한 성 프란체스코와 이리의 이야기는 『황야의 이리』에서 구체화된다.

1911년의 이탈리아 여행에 대한 헤세의 기록은 많지 않다. 헤세는 당시 임신 중인 아내 미아 헤세에게 보내는 편지에서 이탈리아 특유의 풍경을 볼 수 있는 오르비에토와 스폴레토를 언급한다.

1913년에는 헤세는 코모호와 베르가모를 방문한다. 헤세는 코모호에서의 경험을 「코모호에서의 산책」에서, 베르가모, 트레빌리오와 크레모나의 경험을 단상 「베르가모」와 「어느 여행길」에서 완성한다.

헤세의 1914년 이탈리아 여행에 대한 기록은 많지 않다. 그는 아버지와 누이들에게 보내는 편지 속에 이탈리아 여행에서 위로를 얻었다고만 간단히 언급한다.

헤세는 6세기 이민족의 침략을 피해 석호를 막아서 베네치아를 만든 베네치아인들의 위대함과 석호로 인해 형성된 베네치아만의 독특한 자연을 묘사한다. 베네치아에서 곤돌라를 타는 것은 고요함, 베네치아만의 대기를 느끼고, 세상과 떨어져 여유를 즐기는 것이다. 그런 의미에서 휴식을 취할 수 있는 베네치아는 기다릴 줄 아는 마음의 여유가 필요한 예술가에게 꿈의 도시이다. 베네치아는 사랑의 유희자 카사노바가 살았던 사랑의 도시이다. 바그너가 거주하였던 베네치아, 아이헨도르프가 작사하고 슈만과 볼프가 작곡한 「달밤」과 「봄밤」이 연상되는 베네치아의 밤은 음악의 도시이기도 하다. '강력한 마력을 행사하는' 베네치아에서 그는 베네치아만이 지니고 있는 독특한 자연을 화가의 시점으로 묘사하고, 베네치아만의 특색 있는 매력을 시 「광장」, 「베네치아」, 「석호」, 「베네치아에 도착」, 「뱃노래」 등에 표현한다.

부르크하르트는 고대부터 단테에 이르기까지 자연을 잘 묘사한다는 민족으로 이탈리아인을 꼽고 있다. 르네상스 작품 속 자연의 의미를 인식한 헤세의 작품에는 유독 자연 풍경에 대한 묘사가 많으며, 나아가 그의 자연에 대한 관심은 자연 치유력에 대한 믿음으로 확대된다. 이러한 자연관을 가진 그는 이탈리아 여행에서도 선명한 색채 묘사로 이탈리아의 자연 풍광을 담아내려고 노력한다. 1916년부터 헤세는 그림 그리는 것으로 심리치료를 하는 랑 박사의 영향으로 그림을 그리기 시작하여 많은 그림을 남기고 있는데, 그림 중에는 풍경화가 다수이다. 헤세가 이탈리아에서 본 대가들의 작품들에서 그 내용이나 화법보다는 배경에 있는 자연 풍경에 집중하여 관찰하는 시각도 흥미롭다.

헤세의 작품에는 죽음의 테마가 반복되어 등장한다. 이탈리아 여행에서도 헤세는 제노바의 스타리에노 공동묘지, 피사의 캄포산토 그리고 베네치아의 산 미켈레 공동묘지를 찾는다. 그에게 죽음은 고통에서 해방되는 것이기도 하고, 삶과 함께하는 개념이기도 하다. 그는 자신의 삶에서 겪은 죽음과 삶의 문제를 초기 작품 『페터 카멘친트』와 『수레바퀴 아래서』에 형상화시킨다. 어머니의 임종을 지키지 못했던 헤세는 『페터 카멘친트』에서는 임종을 지키는 카멘친트로, 자살을 시도했던 자신의 경험은

『수레바퀴 아래서』에서 기숙사 생활의 어려움을 겪는 어린 학생들이 택하는 안타까운 결말로 형상화된다.

헤세는 출판사의 부탁을 받고 이탈리아와 연관된 보카치오, 그리고 성 프란체스코의 생애와 작품에 대한 글을 써서 큰 성공을 거둔다. 헤세에게 보카치오와 성 프란체스코도 자신과 같은 방랑자이기에 그들에 대한 관심으로 글을 작성한 것이다. 헤세는 자신의 작품 세계에 큰 영향을 미친 성 프란체스코의 일대기를 적은『성 프란체스코』,『성 프란체스코의 작은 꽃다발』의 독일어 번역판에 대한 서평, 프란체스코의 어린 시절과 꿈을 그린 단편『꽃놀이, 아시시의 성 프란체스코의 어린 시절』을 완성한다. 헤세의 작품에는 성 프란체스코의 형상이 자주 등장하는데,『페터 카멘친트』에서는 '거룩한 사랑의 성자',『동방순례』에서는 '소박하고 순수한 순례자', 그리고『황야의 이리』에서는 '자비로운 구원자'로 형상화된다.

헤세는 이탈리아 여행을 하면서,「여행의 즐거움」,「어느 여행길」,「크레모나에서의 저녁」, 그리고「베르가모」등의 단상들과 여행일지에 자신의 여행 스타일과 의미 등에 대해 스스로 질문하고 답한다. 그는 여행을 통해 체험과 인식을 획득하고, 죽음과 삶의 의미에 대한 해답을 찾는다. 또한, 특별히 이탈리아 여행에서 볼 수 있는 위대한 작품에서 용기와 믿음을 얻을 수 있다고 말한다. 그런데 헤세가 여행의 방법으로 추천하는 것은 게으름의 미학이다. 헤세는 게으름이란 내면에서 무엇인가가 성숙되기를 기다리는 예술가에게 필요한 덕목이라고 한다. 그가 당시 교류했던 오스트리아 작가 츠바이크에게 추천한 여행 방법은 서두르지 말고, '어슬렁거리며 돌아다니다bummeln'라는 방법이다. 마지막으로 그는 미지에 대한 동경을 지니고 여행을 하면서도, 객지에서 고향을 그리는 양면성을 보이기도 한다.

이탈리아의 문화, 역사, 자연 그리고 사람에 많은 관심과 지식을 가지

고 이탈리아를 여러 차례 여행했던 헤세는 이제 동양 쪽으로 관심을 돌린
다. 그의 작품『로스할데』에서 주인공인 화가 베라구트Beraguth가 아내와
의 갈등 그리고 아들 피에르의 교육 문제 등을 고민하자, 친구 부르크하
르트Burckhardt는 인도 여행을 추천한다.[66] 헤세는 조부와 부모가 인도에서
선교 활동을 하였기에 어린 시절부터 인도의 문화에 대해 알고 있었다.
헤세는 27세에 이르러 쇼펜하우어Arthur Schopenhauer(1788~1860) 연구를 시
작하면서 인도에 관심을 갖게 되었다. 그가 인도의 문화에 깊게 관심을
갖게 된 것은 개인적인 이유였다. 헤세는 아내 마리아 베르누이와의 결
혼 생활에 위기를 겪고 결국 이혼했으며, 당시 사회적·정치적 상황에 떠
밀려 일종의 도피처가 필요했다. 헤세는 1911년 9월 7일 친구이자 화가
인 한스 슈투르첸에거Hans Sturzenegger와 함께 제노바에서 기선 "프린츠 아
이텔-프리드리히Prinz Eitel-Friedrich"를 타고 여행을 떠난다.[67] 그는 친구이
자 잡지『심플리치시무스Simplicissimus』의 편집자인 게헵Reinhold Geheeb에게
1911년 9월 7일 자 우편으로 다음과 같은 글을 보낸다.

> 나는 조용히 이 항구를 떠나네.
> 이제 유럽은 나를 …에서 찾을 수 있겠지(1권 200).

편지 속 말줄임표를 적은 것은 미지의 나라에서 여러 곳을 다니겠다
는 그의 의지를 남긴 것이리라. 그는 1911년 12월까지 말레이시아의 페
낭Penang과 보르네오Borneo, 싱가포르, 인도네시아의 수마트라Sumatra, 미
얀마를 여행하였다. 개인적·사회적·정치적 어려움 속에서 하나의 대안
을 찾았던 것이다. 그는 이 여행을 한 후「아시아를 기억하며Erinnerung an
Asien」(1914)를 완성했다.

헤세가 중국에서 가장 인상적으로 느끼는 것은 "종교적 규범과 구

속성"이다(13권 351 이하 참조). 그는 이 경험을 바탕으로 소설 『싯다르타 Siddhartha』(1922)를 쓴다. 그렇지만 헤세는 직접 인도나 중국을 방문하지 않았다. 헤세가 『동방순례』에서 말했듯이 인도와 중국에의 여행은 정신적인 순례인 것이다.

티치아노, 보니파치오 베로네세 등의 작품들을 직접 볼 수 있는 르네상스의 나라, 문학의 모범을 제시한 단테와 보카치오의 나라, 헤세의 초기 문학의 모범이 된 단눈치오의 나라, 헤세에게 삶의 모범을 제시한 성 프란체스코의 나라, 소박하고 자연스러움을 지닌 사람들과 교류할 수 있는 나라, 예술을 창조할 힘을 주는 "게으름, 사랑 그리고 음악의 도시" 베네치아가 있는 나라, 독특하고 아름다운 자연의 나라, 당대의 많은 화가들이 그리고자 했던 나라 이탈리아로의 "정신적 순례"와 미학의 체험을 통하여 "속박을 벗어나려는 방랑자" 헤세는 자신만의 고유의 작품 세계와 모티브를 찾는다.

외국을 여행할 때 우리가 일반적으로 선택하는 방법은 여행사의 패키지 여행이다. 여행사가 제공하는 교통편과 가이드의 안내로 많은 관광지들을 편안히 훑어보려는 사람들에게는 가장 간편하고 이상적일 것이다. 헤세처럼 방문지에 대한 연구를 하고, 열차를 타고 느긋하게 여행해 보는 것은 어떨까? 꼭 이탈리아뿐만이 아니라 다른 여행지를 여행할 때도, 그곳의 문화와 예술에 대한 사전 조사를 하기도 하고 천천히 다니면서 그 지역의 문화의 의미와 우리의 삶의 의미를 되새겨 보는 것은 어떨까? 그런 의미에서 헤세의 이탈리아 여행 기록은 하나의 새로운 여행 방식을 제공하며, 문화사에 대한 드높은 교양을 제공한다. 낭만적인 이탈리아로의 여행을 생각하는 우리는 이탈리아에서 무엇을 볼 수 있을까, 혹은 무엇을 보아야 할까? 그리고 그 속에서 발견하게 될 삶의 의미는 무엇일까?

참고문헌

1차 문헌

베르길리우스, 『아이네이스』, 천병희 옮김, 숲, 2007.

알리기에리, 단테, 『신곡: 지옥편』, 박상진 옮김, 민음사, 2018.

Goethe, Johann Wolfgang, *Sämtliche Werke nach Epochen seines Schaffens Münchner Ausgabe*, Hrsg, von Karl Richter, München Wien 1990~1992.

Hesse, Hermann, *Sämtliche Werke*. Bde. 20, Frankfurt am Main 2001~2003.

＿＿＿＿＿＿＿＿, *Gesammelte Briefe*, 4 Bände, Frankfurt am Main 1978~1986. (Abkürzung: HB)

Hesse, Ninon(Hrsg.), *Kindheit und Jugend vor Neuzehnhundert. Hermann Hesse in Briefen und Lebenszeugnissen*. 2 Bände, Frankfurt am Main 1978. (Abkürzung: NH)

Michels, Volker(Hrsg.), *Hermann Hesse/Stefan Zweig Briefwechsel*, Frankfurt am Main 2006. (Abkürzung: HSB)

2차 문헌

김선형, 『나 역시 아르카디아에 있었노라 ― 괴테와 함께하는 이탈리아로의 교양여행』, 경남대학교 출판부, 2015.

＿＿＿＿, 「헤세의 『나르치스와 골트문트』에 나타난 양극성의 이념과 의지의 문제」, 『헤세연구』 제25집(2011), 5~23쪽.

＿＿＿＿, 「헤세의 『동방순례』에 나타난 자서전적 요소」, 『헤세연구』 제71집(2015), 1~25쪽.

＿＿＿＿, 「헤세의 이탈리아 형상 연구」, 『헤세연구』 제17집(2007), 5~25쪽.

＿＿＿＿, 「헤세 작품 속에 나타난 죽음의 제 양상들 ― 헤세의 초기 작품들을 중심으로」,

『헤세연구』 제30집(2013), 3~24쪽.

김재상, 「르네상스와 모더니즘 ― 호프만슈탈의 르네상스 희곡과 빈 모더니즘의 미학 전력」, 『독일언어문학』 제61집, 2013.

부르크하르트, 야코프, 『세계 역사의 관찰』, 안인희 옮김, 휴머니스트, 2008.

_____, 『이탈리아 르네상스의 문화』, 이기숙 옮김, 한길사, 2016.

_____, 『치체로네. 이탈리아 미술을 즐기기 위한 안내: 회화편』, 박지형 옮김, 서울대학교 출판문화원, 2015.

홍순길, 「헤세의 생애를 통해 본 방랑과 안주의 모티브」, 『헤세연구』 제8집(2002), 41~64쪽.

Ball, Hugo, *Hermann Hesse. Sein Leben und sein Werk*, Berlin 2018.

Bucher, Regina, *Mit Hermann Hesse durchs Tessin. Mit zahlreichen Abbildungen und Fotographien von Roberto Mucchuit*, Berlin 2012.

Decker, Gunnar, *Hesse. Der Wanderer Und sein Schatten, Biographie*, München 2013.

Galvan, Elisabeth, *Belleza und Satana. Italien und Itliener bei Thomas Mann*, In: Thoman Mann Jahrbuch Bd. 8. Hrsg, von Eckhard Heftrich und Thoman Sprecher, 1995, S. 109~138.

Gommen, Dorothée, *Polaritätsstrukturen im Werk Hermann Hesses. Lyrik, Epik, Drama*, München 2006.

Günther, Frieder(Hrsg.), *Theodor Heuss. Aufbruch im Kaiserreich. Briefe 1892~1917*, München 2009.

Kunstmuseum Bern, Frehner, *Matthias und Fellenberg, Valentine von, und Museum Hermann Hesse Montagnola*, Bucher, Regina(Hrsg.), »··· Die Grenzen Überfliegen«, Der Maler Hermann Hesse, Bielefeld-Berlin 2012.

Michels, Volker(Hrsg.), *Hermann Hesse. Italien, Schilderungen, Tagebücher, Gedichte, Aufsätze, Buchbesprechungen und Erzählungen*, Frankfurt am Main 1983.

ders: *Hermann Hesse, Lagunen Zauber, Aufzeichnungen aus Venedig*, Berlin 2016.

ders: *Mit Hermann Hesse durch Italien. Ein Reisebericht durch Oberitalien*, Frankfurt am Main 1988.

Mileck, Joseph, *Hermann Hesse. Dichter, Sucher, Bekenner*, München 1979.

Nicolai, Ralf R., *Hesses »Narziss und Glodmund«. Kommentar und Deutung*, Würzburg 1997.

Schnierle-Lutz, Herbert, *Auf den Spuren von Hermann Hesse. Calw, Maulbronn, Tübingen, Basel, Gaienhofen, Bern und Montagnola*, Berlin 2017.

Schwilk, Heimo, *Hermann Hesse. Das Leben des Glasperlenspiels*, München 2012; Stolte, Heinz, *Hermann Hesse. Weltscheu und Lebensliebe*, Hamnurg 1971.

Wehdeking, Volker, *Hermann Hesse*, Marburg 2014.

미주

1. S는 독일어 Seitz의 줄임말이며, 쪽수를 뜻한다.
2. a.a.O.는 '앞의 책'을 뜻한다.
3. Vgl.은 '참고(참조)'를 뜻한다.
4. f.는 '해당 쪽 이하'를 뜻한다. 예) 47f. → 47쪽 이하.

1   Gunnar Decker, *Der Wanderer und Sein Schatten. Biographie*, München 2012, S. 183.

2   Vgl. Volker Michels, *Hermann Hesse. Italien. Schilderungen, Tagebücher, Gedichte. Aufsätze, Buchbesprechungen und Erzählungen*, Frankfurt am Main 1983, S. 47f.

3   Vgl. Volker Michels(Hrsg.), a.a.O., S. 197.

4   Vgl. Volker Michels(Hrsg.), a.a.O., S. 195.
    Vgl. Volker Michels(Hrsg.), a.a.O., S. 336.

5   Vgl. Elisabeth Galvan, *Belleza und Satana. Italien und Itliener bei Thomas Mann*, In: Thoman Mann Jahrbuch Bd. 8. Hrsg. von Eckhard Heftrich und Thoman Sprecher, 1995, S. 177.

6   Gunnar Decker, a.a.O., S. 183.

7   Gunnar Decker, a.a.O., S. 178.

8   Gunnar Decker, a.a.O., S. 176.

9   Volker Wehdeking, *Hermann Hesse*, Marburg 2014, S. 48.

10 Gunnar Decker, a.a.O., S. 115 und 155.

11 Herbert Schnierle-Lutz, *Auf den Spuren von Hermann Hesse. Calw, Maulbronn, Tübingen, Basel, Gaienhofen, Bern und Montagnola*, Berlin 2017, S. 316.

12 김재상 「르네상스와 모더니즘 ― 호프만슈탈의 르네상스 희곡과 빈 모더니즘의 미학 전략」, 『독일언어문학』 제61집(2013), 313쪽 이하.

13 Volker Michels(Hrsg.), a.a.O., S. 202.

14 Gunnar Decker, *Hesse. Der Wanderer Und sein Schatten*, Biographie, München 2013, S. 177.

15 Gunnar Decker, Hesse. a.a.O., S. 120 und 146.

16 김선형, 「헤세의 『나르치스와 골트문트』에 나타난 양극성의 이념과 의지의 문제」, 『헤세연구』 제25집(2011), 5~23쪽, 16쪽 이하 참조.

17 Vgl. Gunnar Decker, Hesse. a.a.O., S. 184.

18 단테 알리기에리, 『신곡: 지옥편』, 박상진 옮김, 민음사, 2018, 167쪽 이하.

19 Volker Michels(Hrsg.), a.a.O., S. 87.

20 Vgl. Volker Michels(Hrsg.), a.a.O., S. 203; Heimo Schwilk, *Hermann Hesse. Das Leben des Glasperlenspiels*. München 2012, S. 116.

21 Volker Michels(Hrsg), *Hermann Hesse. Lagunen Zauber, Aufzeichnungen aus Venedig*, Berlin 2016, S. 96.

22 Vgl. Heimo Schwilk, a.a.O., S. 161.

23 Volker Michels(Hrsg.), *Mit Hermann Hesse durch Italien. Ein Reisebericht durch Oberitalien*, Frankfurt am Main 1988, S. 40f.

24 Volker Michels(Hrsg.), a.a.O., S. 351.

25 김선형, 『나 역시 아르카디아에 있었노라 — 괴테와 함께하는 이탈리아로의 교양여행』, 경남대학교 출판부, 2015, 90쪽 참조.

26 Vgl. Volker Michels(Hrsg.), a.a.O., S. 358ff.

27 Volker Michels(Hrsg.), a.a.O., S. 58.

28 Heimo Schwilk, a.a.O., S. 108.

29 Volker Wehdeking, *Hermann Hesse*, Marburg 2014, S. 69ff.

30 Volker Wehdeking, a.a.O., S. 72.

31 zitiert nach Kunstmuseum Bern, Frehner, *Matthias und Fellenberg, Valentine von, und Museum Hermann Hesse Montagnola*, Bucher, Regina(Hrsg.), »··· Die Grenzen Überfliegen«, Der Maler Hermann Hesse, Bielefeld-Berlin 2012, S. 104.

32 Volker Michels(Hrsg.), a.a.O., S. 54.

33 Volker Michels(Hrsg.), a.a.O., S. 42ff.

34 Volker Michels(Hrsg.), a.a.O., S. 17.

35 Volker Michels(Hrsg.), a.a.O., S. 18.

36 Joseph Mileck, *Hermann Hesse. Dichter, Sucher, Bekenner*, München 1979.

37 Kunstmuseum Bern, Frehner, Matthias und Fellenberg, Valentine von, und Museum Hermann Hesse Montagnola, Bucher, Regina(Hrsg.), a.a.O., S. 159.

38 Kunstmuseum Bern, Frehner, Matthias und Fellenberg, Valentine von, und Museum Hermann Hesse Montagnola, Bucher, Regina(Hrsg.), a.a.O., S. 159.

39 Regina Bucher, *Mit Hermann Hesse durchs Tessin. Mit zahlreichen Abbildungen und Fotographien von Roberto Mucchuit*. Berlin 2012, S. 118f.

40 Frieder Günther(Hrsg.), *Theodor Heuss. Aufbruch im Kaiserreich. Briefe 1892~1917*. München 2009, S. 469.

41 Vgl. Dorothée Gommen, *Polaritätsstrukturen im Werk Hermann Hesses. Lyrik, Epik, Drama,* München 2006, S. 71~79.

42 Vgl. Dorothée Gommen, a.a.O., S. 77.

43 Vgl. Dorothée Gommen, a.a.O., S. 78.

44 zitiert nach Dorothée Gommen, a.a.O., S. 78.

45 Volker Michels(Hrsg.), a.a.O., S. 286f.

46 김선형, 앞의 책, 2015, 6쪽 이하 참조.

47 Vgl. Gunnar Decker, a.a.O., S. 191.

48 김선형, 「헤세 작품 속에 나타난 죽음의 제 양상들 ― 헤세의 초기 작품들을 중심으로」, 『헤세연구』 제30집(2013), 6~8쪽 참조.

49 Vgl. Gunnar Decker, a.a.O., S. 77.

50 Vgl. Heinz Stolte, *Hermann Hesse. Weltscheu und Lebensliebe,* Hamnurg 1971, S. 43.

51 Hugo Ball, *Hermann Hesse. Sein Leben und sein Werk,* Berlin 2018, S. 42.

52 Vgl. Gunnar Decker, a.a.O., S. 76.

53 Gunnar Decker, a.a.O., S. 213f.

54 Gunnar Decker, a.a.O., S. 214f

55 Gunnar Decker, a.a.O., S. 217.

56 Vgl. Gunnar Decker, a.a.O., S. 550.

57 김선형, 「헤세의 『동방순례』에 나타난 자서전적 요소」, 『헤세연구』 제71집(2015), 9쪽 참조.

58 Volker Michels(Hrsg.), a.a.O., S. 9.

59 Volker Michels(Hrsg.), a.a.O., S. 336.

60 Volker Michels(Hrsg.), a.a.O., S. 46; Heimo Schwilk, a.a.O., S. 108.

61 zitiert nach Volker Michels(Hrsg.), a.a.O., 1983, S. 296.

62 Gunnar Decker, a.a.O., S. 180.

63 김선형, 「헤세의 이탈리아 형상 연구」, 『헤세연구』 제17집(2007), 13쪽 이하 참조.

64 홍순길, 「헤세의 생애를 통해 본 방랑과 안주의 모티브」, 『헤세연구』 제8집(2002), 41쪽 참조.

65 Volker Michels(Hrsg.), a.a.O., S. 108ff.

66 김선형, 「헤세 작품 속에 나타난 죽음의 제 양상들 ― 헤세의 초기 작품들을 중심으로」, 『헤세연구』 제30집(2013), 12쪽 참조.

67 Vgl. Heimo Schwilk, a.a.O., S. 162ff.

헤르만 헤세, 이탈리아 여행 그리고 르네상스 예술